OBSESIÓN
FATAL

OBSESIÓN
FATAL

FAITH MARTIN

Cualquier forma de reproducción, distribución, comunicación pública o transformación de esta obra solo puede ser realizada con la autorización de sus titulares, salvo excepción prevista por la ley. Diríjase a CEDRO si necesita reproducir algún fragmento de esta obra.
www.conlicencia.com - Tels.: 91 702 19 70 / 93 272 04 47

Editado por HarperCollins Ibérica, S. A.
Avenida de Burgos, 8B - Planta 18
28036 Madrid

Obsesión fatal
Título original: A Fatal Obsession
© 2018 Faith Martin
© 2023, para esta edición HarperCollins Ibérica, S. A.
Publicado por HarperCollins Publishers Limited, UK
© De la traducción del inglés, HarperCollins Ibérica, S. A.

Todos los derechos están reservados, incluidos los de reproducción total o parcial en cualquier formato o soporte.
Esta edición ha sido publicada con autorización de HarperCollins Publishers Limited, UK.
Esta es una obra de ficción. Nombres, caracteres, lugares y situaciones son producto de la imaginación del autor o son utilizados ficticiamente, y cualquier parecido con personas, vivas o muertas, establecimientos comerciales, hechos o situaciones son pura coincidencia.

Diseño de cubierta: © HQ 2018
Imágenes de cubierta: © Shutterstock.com

ISBN: 978-84-19883-55-1
Depósito legal: M-22449-2023

*A mamá y a papá,
por creer en mí*

PRÓLOGO

Oxford, julio de 1955

El cuerpo yacía inmóvil en la cama mientras el hombre de mediana edad miraba la estancia prestando atención a todos sus detalles. Era una habitación realmente bonita, amplia y decorada con tonos azules y plateados. Una de las dos grandes ventanas de guillotina estaba entreabierta, lo que permitía la entrada de una cálida brisa veraniega que agitaba con suavidad los finos visillos y traía consigo un tenue aroma a madreselva procedente de los exuberantes y bien cuidados jardines del exterior.

El hombre paseó por la estancia, intentando absorber la mayor información posible, desde la calidad de las sábanas de seda hasta los frascos de perfume caro sobre una cómoda antigua ornamentada, poniendo mucha atención en no tocar nada. Como había nacido en una familia de clase humilde, desconocía la importancia de cada uno de los cuadros que adornaban las paredes, pero apostaría un ojo a que la venta de uno solo de ellos sería más que suficiente para que él y su familia pudieran vivir una larga temporada sin hacer nada.

Nunca antes había tenido ocasión de visitar ninguna de las mansiones que abundaban en las ostentosas calles que se extendían entre el Woodstock y Banbury Roads, en el norte de la ciudad, o cualquiera de las frondosas avenidas de la zona. Así que se tomó su tiempo, disfrutando a placer de la mullida alfombra azul Axminster bajo sus pies.

Sus ojos se dirigieron al joyero ligeramente abierto que había sobre la mesilla de noche de nogal. El oro, las perlas y algunas piedras preciosas brillaban bajo el sol estival, lo que hacía que la tentación llamara a sus puertas.

—Muy bonito todo —murmuró en voz baja.

Sin embargo, sabía que no debía meterse en el bolsillo ni siquiera un modesto anillo. No esa vez, y mucho menos tratándose de ese tipo de gente. El hombre no había alcanzado el medio siglo de vida sin aprender que había unas leyes para los ricos y otras para el resto de los mortales.

Absorto en sus pensamientos, los ojos se centraron de nuevo en el cuerpo sin vida que había en la cama. Era muy guapa. Y joven. ¿Tal vez recién salida de la adolescencia?

«Pobre chica», se dijo.

Entonces la brisa hizo que algo que había en la mesilla de noche se moviera. Se acercó a la cama y al cadáver, atento sobre dónde ponía los pies, y se centró en lo que había captado su atención. Estaba claro que lo habían colocado deliberadamente entre los botes de crema facial y los polvos compactos, los pintalabios y las cajas de pastillas.

Doblando la cintura con dificultad, el hombre, al que sin lugar a dudas le empezaban a sobrar algunos kilos, entrecerró los ojos y leyó algunas de las palabras que había escritas.

Una sonrisa radiante se le dibujó en el rostro, en absoluto atractivo. Dio un silbido largo, lento y casi silencioso y miró por encima del hombro para asegurarse de que nadie de la casa hubiera subido detrás de él y pudiera ver lo que estaba a punto de hacer. Convencido de que estaba solo y de que nadie le había visto, cogió el objeto y se lo guardó en el bolsillo interior de la chaqueta.

Luego se tocó el pecho asegurándose de que lo que acababa de guardarse siguiera allí. Porque, a menos que estuviera muy equivocado, ese precioso hallazgo era el mayor golpe de suerte que había tenido en muchos años, quizá en toda su vida. Y sin lugar a dudas iba a hacer que su jubilación fuera mucho más agradable de lo que había previsto.

Caminó henchido de felicidad hacia la puerta, dejando

atrás a la chica muerta sin dedicarle ningún pensamiento más, y salió decidido al rellano.

Más bien pensó que había llegado el momento de abordar al hombre de la casa.

1

Oxford, enero de 1960

—¡Eh, tú, detente! ¡Policía! —gritó con todas sus fuerzas la agente en prácticas Trudy Loveday mientras echaba a correr.

Como era de esperar, el joven que acababa de arrebatar el bolso a la mujer que se encontraba bajo la esfera del reloj de la Torre Carfax hizo caso omiso. Simplemente lanzó una mirada de pánico al verse sorprendido y se alejó como alma que lleva el diablo por High Street.

El ladrón estuvo a punto de ser atropellado por un taxi al cruzar la calle principal en la intersección. Por suerte para Trudy, el tráfico que se había detenido para dejarle pasar le permitió a ella también atravesar la vía con bastante más seguridad.

Mientras corría, no podía ocultar del rostro una expresión de verdadera excitación.

El sargento O'Grady le había encomendado la misión de encontrar al hombre responsable de una oleada de robos de bolsos en el centro de la ciudad que se venía produciendo desde antes de Navidad, y aquella era la primera vez que veía a su presa con las manos en la masa. Aunque el ladrón se había mostrado muy activo y las denuncias de sus víctimas no habían dejado de aumentar, ni ella ni ninguno de sus compañeros de patrulla habían tenido aún la suerte de estar en el lugar adecuado en el momento oportuno.

Hasta entonces.

Y un mes pateando las calles heladas, tomando declaración a las mujeres enfurecidas o llorosas y escondiéndose tras las puertas de las tiendas, con los pies cada vez más doloridos mientras mantenía los ojos bien abiertos para dar con el ladrón, habían sembrado en Trudy la semilla del rencor hacia ese tipo en particular.

Lo que significaba que no estaba para nada dispuesta a que se escapara.

Era consciente de que muchos de los transeúntes la observaban boquiabiertos y expectantes. De hecho, algunos hombres parecían dispuestos a interferir, y ella solo podía esperar y rezar para que no lo hicieran. Aunque sin duda tendrían buenas intenciones, lo último que necesitaba era que algún caballeroso gerente de banco de mediana edad intentara detener al ladrón fugitivo por ella, solo para que terminara siendo arrojado con brusquedad al suelo, golpeado o algo peor.

El papeleo que algo así conllevaría le supondría un trabajo extra. Por no hablar de la mirada furiosa que le lanzaría el inspector Jennings cuando supiera que ella había frustrado un arresto tan sencillo.

Había transcurrido apenas un minuto de persecución alocada cuando recordó que podía hacer uso del silbato, y se debatió entre usarlo o no.

A los diecinueve (casi veinte) años, Trudy Loveday aún recordaba sus días de gloria en las pruebas de atletismo del colegio, donde siempre había ganado premios el día del deporte por sus carreras, ya fueran de velocidad o campo a través. Y aún podía correr como el viento, incluso con sus pulcros zapatos negros, su uniforme de policía y su mochila de cuero golpeándola en la cadera. Además, se daba cuenta de que estaba ganando terreno al pequeño delincuente que tenía delante, que tuvo que enfrentarse al obstáculo añadido de apartar a los peatones de su camino mientras corría, abriéndole sin saberlo un pasillo por donde resultaba más cómodo correr.

Sus piernas y brazos se movían al ritmo adecuado que le permitía ir recortando distancia entre ella y el ladrón, y se resistía a bajar ese ritmo, pero el entrenamiento y el sentido común le decían que debía hacerlo. Así que, tratando de no perder velocidad, agarró el silbato de plata prendido a una cadena, se lo llevó a los labios y sopló con fuerza, expulsando el aliento. El inconfundible y agudo silbido resonó en el aire frío y helado. Sabía que cualquiera de sus colegas que estuviera cerca correría en su ayuda. Algo que no estaría de más si el ladrón de bolsos decidía abortar su intento de huida en línea recta y cambiaba de estrategia perdiéndose por las estrechas callejuelas medievales de la ciudad.

Pero hasta ahora se había limitado a correr por High Street, sin duda confiado en que podría dejar atrás a una simple mujer. Pero no era el primer hombre que la subestimaba.

Con una sonrisa de confianza, Trudy aceleró el ritmo. Estaba tan cerca que casi podía sentir el momento en que lo tiraría al suelo con un placaje, lo oiría gruñir de sorpresa y luego vería la expresión de consternación en su cara engreída cuando ella le colocara las esposas y le leyera sus derechos.

Y en ese momento, justo cuando ella alargaba la mano y se disponía a agarrarlo, él se giró y miró por encima del hombro. Al verla, lanzó un juramento y torció abruptamente hacia su derecha, metiéndose entre dos coches aparcados.

Trudy se cercioró al instante de que la carretera estaba despejada y miró hacia delante hasta Magdalen Bridge, divisando la silueta familiar de un autobús rojo que avanzaba a toda velocidad hacia ella. Pero tenía tiempo de sobra antes de que los alcanzara.

Anticipándose a la intención del ladrón fugitivo de cruzar e intentar perderla por una de las calles laterales de enfrente, Trudy dio un último toque al silbato. Lo hizo tanto para advertir al público que observaba boquiabierto que se apartara de su camino como para intentar atraer la ayuda de alguno de sus colegas.

Después dio un salto lateral.

Su sincronización, como bien pudo prever, fue casi perfecta, y antes de que él pudiera llegar a la mitad de la carretera, ella estaba sobre él, haciéndole girar y volver hacia la acera. Le golpeó con fuerza, poniendo todo su peso ligero en ello. Por suerte, con su metro setenta, era una chica alta y tenía un gran alcance.

El ladrón tuvo la mala suerte de caer de narices en el asfalto helado y chilló de dolor. Era un espécimen delgado y enjuto, todo brazos y piernas, y la nariz le sangraba profusamente.

Como era de esperar, seguía sujetando el bolso que le había robado a la señora en Carfax. Trudy advirtió que había perdido la gorra de policía al caer encima de él, pero, afortunadamente, su pelo largo, ondulado y castaño oscuro lo llevaba bien sujeto en un moño apretado por una plétora de horquillas y gomas elásticas.

Con una rodilla en el centro de la espalda del ladrón, buscó a tientas las esposas. Fue consciente entonces de una voz masculina que gritaba algo a poca distancia y de que el público, que había empezado a reunirse en un curioso círculo a su alrededor, estaba retrocediendo, cuando el ladrón que tenía debajo se sacudió de repente y se retorció con violencia.

Y antes de que pudiera siquiera abrir la boca para empezar a advertirle, el codo de él salió disparado hacia arriba, golpeándola con fuerza en el ojo.

Gritó, llevándose una mano al pómulo, que le empezó a arder al instante. Eso brindó al delincuente la oportunidad que había estado esperando y le dio otro fuerte empujón, haciéndola caer de bruces.

A pesar de eso, tuvo la suficiente energía para estirar la mano y agarrarle por el pie cuando intentaba levantarse. Él se volvió, giró la pierna que tenía libre y estaba a punto de darle una patada en la cara cuando ella se dio cuenta de que otra figura se cernía sobre ella.

—¡Muy bien, amigo, quieto ahí! No va a ir a ninguna parte —dijo una voz triunfante. Y un par de grandes manos masculinas aparecieron ante ella, poniendo en pie al ladrón de bolsos—. Queda detenido por agredir a una agente de policía en acto de servicio. Debo advertirle que todo lo que diga será anotado y podrá ser utilizado como prueba.

Trudy, con sus grandes ojos castaños llorosos tanto por frustración como por dolor, vio cómo el agente Rodney Broadstairs, el guaperas de la comisaría de St. Aldates, le ponía las esposas al sospechoso. Rígida, se puso en pie. Ahora que la adrenalina estaba desapareciendo, empezaba a notar las magulladuras y los moratones que había sufrido durante la desastrosa detención. Aunque, afortunadamente, los guantes, el uniforme y el grueso gabán de sarga negra que llevaba la habían protegido de algo peor.

El público aplaudió satisfecho cuando el agente Broadstairs llevó al ladrón de vuelta a la acera, y uno de los espectadores le tendió con timidez a Trudy su gorra, la cual aceptó con una sonrisa y unas cansadas palabras de agradecimiento.

También recuperó el bolso de la señora como prueba.

Sin embargo, las miradas de admiración de los transeúntes y los murmullos de aprobación hacia la valiente policía, que cojeaba malhumorada tras el agente Broadstairs y el ladrón de bolsos, no contribuyeron a mejorar su agrio estado de ánimo. Porque sabía, después de casi un año de amarga experiencia, cómo iban a ir las cosas desde ese momento.

Broadstairs sería el autor de la detención a ojos de todos, ya que había sido él quien había dado la advertencia y puesto las esposas. Y sería el apuesto agente de policía, y no la humilde agente de policía en prácticas, quien recibiría la enhorabuena por parte de sus superiores.

Sin duda le dirían que se fuera a casa de sus padres a descansar, a curarse el ojo morado y a escribir el informe a primera hora de la mañana, sin olvidarse de que debía recoger la declaración de la mujer que había sufrido el robo. Y todo ese tiempo teniendo que soportar los cuchicheos y los comentarios sarcásticos sobre que para eso servían los agentes de policía.

Desconsolada, mientras regresaba a St. Aldates, solo podía esperar que el inspector Jennings no utilizara sus heridas leves como excusa para volver a ponerla con tareas administrativas.

Frente a ella, el agente Rodney Broadstairs la miró por encima del hombro y le guiñó un ojo.

Mientras tanto la agente Trudy Loveday luchaba contra el deseo de insultar de una manera impropia para una dama a su colega masculino, a ocho kilómetros de distancia, en el pequeño y bonito pueblo de Hampton Poyle, *sir* Marcus Deering había dejado de trabajar para tomar el tentempié de media mañana.

Aunque nominalmente todavía estaba al frente de la cadena de grandes almacenes que le había hecho rico, a sus sesenta y tres años trabajaba dos días a la semana desde el estudio de su majestuosa residencia campestre en Oxfordshire. Confiaba en que sus directores generales, además de toda una junta de ejecutivos, pudieran encargarse del grueso del trabajo sin mayores contratiempos, y ahora rara vez se desplazaba a las oficinas principales de Birmingham.

Suspiró complacido cuando su secretaria entró en la habitación repleta de libros con una bandeja de café llena de galletas recién horneadas y el correo de esa mañana. *Sir* Marcus era un hombre corpulento, de pelo ralo y canoso, bigote bien recortado y grandes ojos color avellana.

Sin embargo, su apetito se esfumó al instante al reconocer la letra de un sobre grande y blanco. Estaba escrito con letras mayúsculas y en un tono amarillo verdoso que recordaba a la bilis.

Su secretaria depositó la bandeja sobre el escritorio y, al notar que los labios se le habían afinado en un rictus que denotaba contrariedad, se apresuró a retirarse.

Sir Marcus frunció el ceño ante el montón de correspondencia y dio un sorbo al café, diciéndose a sí mismo que aquella última carta anónima era una más de la colección que ya había recibido. Sin lugar a dudas la habría escrito algún chiflado con mucho tiempo libre, y apenas merecía la pena el esfuerzo de abrirla y leerla. Debería tirarla a la papelera sin darle ni una sola vuelta más.

Pero sabía que no lo haría. La naturaleza humana no se lo permitiría. Después de todo, el gato no era la única criatura que la curiosidad era capaz de matar. Así que, con una leve mueca de desagrado, sacó el sobre de la pila de correspondencia, cogió el abrecartas de plata y lo abrió con un solo corte. Luego sacó el único papel que contenía, sabiendo lo que diría sin siquiera tener que mirarlo. Las cartas siempre contenían la misma petición absurda, ambigua y sin sentido.

Había recibido la primera hacía poco menos de un mes. Unas pocas líneas, una amenaza velada y, por supuesto, sin firmar. Un disparate en toda regla, recordó haber pensado entonces. Era solo una de las muchas cosas que un hombre de su posición, un hombre muy rico que se había hecho a sí mismo, tenía que soportar.

La arrugó y la tiró sin pensárselo dos veces.

Luego, solo una semana después, había llegado otra.

Por extraño que pareciera, no había sido más amenazadora, tampoco más explícita, ni siquiera estaba más crudamente escrita. El mensaje había sido el mismo, palabra por palabra. Lo cual era inusual. *Sir* Marcus siempre había supuesto que las desagradables cartas anónimas se volvían cada vez más viles y explícitas a medida que pasaba el tiempo.

No sabía si era una anomalía o puro instinto, pero algo le había hecho detenerse. Esta vez, en lugar de tirar la nota, la había guardado. Solo por precaución.

De igual modo había guardado la de la semana anterior, aunque el mensaje fuera el mismo. Y para no romper la rutina guardaría también la última carta en el cajón superior de su escritorio y lo cerraría con llave. Después de todo, no quería que su mujer las encontrara. Esos desgraciados solo la asustarían.

Con un suspiro, desdobló el papel y lo leyó. Sí, tal y como había pensado: el mismo texto, casi exacto:

HAZ LO CORRECTO. TE ESTOY VIGILANDO.
SI NO LO HACES, LO LAMENTARÁS.

Pero esta nota tenía una frase final diferente:

TIENES UNA ÚLTIMA OPORTUNIDAD.

Sir Marcus Deering sintió que el corazón le latía con fuerza en el pecho. ¿Una última oportunidad? ¿Qué significaba aquello?

Con un gruñido de fastidio, dejó el papel sobre el escritorio y se levantó, acercándose a las ventanas francesas que daban a una extensa explanada de césped cuidado con esmero. Un pequeño riachuelo cruzaba la franja de hierba que delimitaba el jardín de flores, y sus ojos seguían inquietos las formas esqueléticas de los sauces llorones que lo bordeaban.

Más allá de la casa y de los jardines —el orgullo y la alegría de su esposa Martha—, tan coloridos y llenos de aromas en verano, había más pruebas aún de su riqueza y prestigio, en forma de las fértiles hectáreas de las que se encargaba su administrador.

Por lo general, contemplar la extensión de sus tierras calmaba a *sir* Marcus, le tranquilizaba y le recordaba lo lejos que había llegado en la vida.

Era estúpido sentirse tan..., bueno, no asustado por las cartas precisamente, porque *sir* Marcus no admitiría estarlo nunca, aunque sí inquieto. Esa era la palabra exacta. A simple vista, no eran nada. La amenaza, insignificante e insulsa. Ni siquiera había un lenguaje soez. Como anónimos desagradables, dejaban mucho que desear, la verdad. Y, sin embargo, había algo en ellos.

Se sacudió los malos pensamientos y se dirigió con paso decidido hasta el escritorio para sentarse pesadamente en su silla. Con una expresión de desagrado en el rostro, guardó la carta en el cajón superior junto con todas las demás y lo cerró con llave.

Tenía mejores cosas que hacer con su tiempo que preocuparse por estupideces. Sin duda, el imbécil que las había escrito estaría sentado en algún lugar en aquel preciso momento, riéndose a carcajadas e imaginando que había conseguido ponerle los pelos de punta.

¡Pero *sir* Marcus Deering estaba hecho de otra pasta! Hacer lo correcto, decía... Estaba claro que no podía referirse al fuego, ¿no? Una sensación de ansiedad le recorrió el cuerpo. Todo aquello había sucedido hacía mucho tiempo, y no había tenido nada que ver con él. Era joven, aún trabajaba en su primer puesto ejecutivo y, sin duda, estaba verde; pero el incendio ni siquiera se había producido estando él en el mando, y mucho menos había sido su responsabilidad.

No. No podía ser por eso.

Desafiante, cogió una galleta, la mordió, abrió la primera de sus cartas comerciales y reflexionó sobre si debía o no introducir en sus tiendas una nueva línea de radios inalámbricas. El director de la cadena de tiendas de Leamington Spa se había mostrado partidario de encargar un gran lote de aparatos de baquelita color crema.

Sir Marcus resopló. ¡Color crema! ¿Qué había de malo en que la baquelita pareciera caoba maciza? ¿Y qué importaba que estuvieran en 1960, al comienzo de una nueva y excitante década, como insistía la carta del director? ¿De verdad las amas de casa iban a gastar el dinero que sus maridos habían ganado con el sudor de su frente en eso? Pero por dentro, incluso mientras llamaba a su secretaria y empezaba a dictar una reprimenda a su ejecutivo con visión de futuro en la ciudad balneario, su mente se agitaba de un modo incontrolable.

¿Qué demonios quería decir la carta con «hacer lo correcto»?

¿Qué era lo correcto? ¿Y qué pasaría si él, *sir* Marcus, no hiciera lo correcto?

2

—¿Eres tú, cariño? —gritó Barbara Loveday al oír que se abría y cerraba la puerta principal—. ¡Estoy en la cocina!

Y Trudy, que estaba cansada colgando sus cosas en el pequeño vestíbulo, no pudo evitar sonreír. Por supuesto que su madre estaba en la cocina; Barbara Loveday rara vez se movía de allí. Durante toda su infancia, ella y su hermano mayor, Martin, habían pasado más tiempo en aquel espacio diminuto y reconfortante que en cualquier otro lugar de la pequeña casa adosada de la zona degradada de Botley a la que llamaban hogar.

Botley, al tratarse de un suburbio, carecía de las elevadas colinas y de las nuevas y elegantes viviendas de Headington, o del encanto más bohemio y colorido de Osney Mead junto al canal, pero Trudy no podía imaginarse viviendo en ningún otro sitio. Y en aquel día frío y lleno de decepciones, con los huesos doloridos y el ojo amoratado, lo que más le podía subir el ánimo era ir a la cocina, donde sabía que la esperaba algo realmente apetitoso, a juzgar por el aroma que salía de ella, y la cálida y cariñosa bienvenida de su madre.

—Llegas a casa temprano... ¡Oh, Trudy, cariño! —exclamó Barbara llena de impotencia al ver el rostro magullado de su hija—. ¿Qué te ha pasado? Ven aquí.

Por un momento, mientras la amplia figura de su madre la envolvía y sus ojos color malva (igual que los suyos) la inspeccionaban con atención, no le importó sentirse como si volviera a tener seis años. Después de todo, era muy agradable saber que alguien te quería y se preocupaba por ti, y allí, en esa pequeña cocina, con el suelo de linóleo agrietado y las alegres cortinas amarillas, se sentía segura y apreciada una vez más.

Lo cual era más de lo que podía decirse de cómo se había sentido en la comisaría.

—Siéntate aquí, amor. Voy a prepararte una taza de té. Te pondré algo en el ojo. Lástima no tener un buen filete, que funciona muy bien, pero tengo una pomada que es mano de santo para los cardenales.

Trudy no pudo evitar sonreír, aunque le doliera la cara. Porque si la familia Loveday hubiera podido permitirse un buen filete, como había dicho su madre, no hubieran sido tan tontos como para desperdiciarlo de ese modo. Lo cocinarían y se lo comerían como Dios manda.

—Mamá, no es nada —insistió, sentándose frente a la pequeña mesa de la cocina, pegada a la pared para ahorrar espacio.

Después miró hacia abajo mientras Maggie se frotaba contra sus tobillos. Se agachó de un modo distraído para acariciarle el pelaje blanco y negro, y sospechó que el ronroneo de la gata tenía más que ver con sus exigencias alimenticias que con una posible empatía hacia su compañera humana.

Trudy conocía bien la astucia felina.

—¿Qué ha pasado esta vez? —preguntó su madre, que permanecía de pie junto al fregadero esperando a que el agua hirviera en la tetera, con las manos plantadas con firmeza en sus amplias caderas.

Trudy suspiró. No quería discutir con ella. La misma monserga de siempre sobre si las mujeres debían o no formar parte del cuerpo de Policía había existido en la casa familiar desde que les había dicho a sus padres a qué quería dedicarse.

—Mamá, ya te he dicho que no es nada. Me resbalé en el pavimento helado, eso es todo.

Bueno, eso no era del todo mentira, reflexionó Trudy. El pavimento estaba helado, ¿verdad? Que se hubiera resbalado al intentar atrapar a un ladrón de bolsos... era mejor ahorrárselo a su madre.

—No me vengas con eso, Gertrude Mary Loveday —le advirtió su madre, haciendo que Trudy se estremeciera. Solo su madre la llamaba por su odiado nombre completo, algo que utilizaba en contadas ocasiones.

Le habían puesto ese nombre por una de las hermanas de su padre, que había muerto joven en la guerra, y Trudy siempre había insistido en el diminutivo, casi desde que aprendió a hablar. Las burlas de sus compañeros de colegio cuando descubrieron su nombre completo no habían hecho más que reforzar su determinación a que la llamaran estrictamente Trudy. Todo lo demás sobraba.

Trudy miró intensamente a su madre.

—Tampoco pongas esa cara —replicó Barbara Loveday con brusquedad—. Estabas persiguiendo malhechores, ¿a que sí? Así es como te hiciste ese moratón, hija mía. ¿Crees que soy estúpida?

Trudy resistió el impulso de desplomarse sobre la mesa y agarrarse la cabeza con las manos.

—Mamá, ese es mi trabajo —se lamentó sin poder evitarlo—. Eso es lo que hace un policía.

Barbara resopló.

—No me cabe duda de que lo hace —aceptó estirando el cuello—. Pero por qué lo haces tú es lo que no puedo entender. Me parece una tontería. Pensé que, cuando fuiste a la escuela para aprender mecanografía y taquigrafía, te convertirías en secretaria. —Su madre prosiguió con la conocida letanía—: Habrías sido la primera de mi familia o de la de tu padre en hacerlo. Los Butler y los Loveday siempre hemos trabajado en tiendas o fábricas, o en los autobuses, como tu padre. Tú habrías sido la primera en trabajar en una bonita oficina. Incluso Martin trabaja con las manos.

—Lógico. Es carpintero, mamá —apuntó Trudy con ironía—. Y se gana muy bien el sueldo. Tiene un oficio.

—Sí, ahí te doy la razón —dijo Barbara, y no pudo reprimir una sonrisa llena de orgullo al pensar en su primogénito—. Pero ojalá siguiera viviendo en casa.

Trudy también sonrió. Martin se había marchado de casa hacía más de un año y se había instalado con un amigo de la familia cerca de su trabajo en Cowley. Y, como cualquier otro hombre joven, en forma y bien parecido, se había sentido muy feliz de no estar bajo la vigilante mirada de sus padres. Sin embargo, Trudy nunca le diría nada de eso a su madre. Tenía una idea muy clara de lo que hacía el granuja los sábados por la noche, y era mucho mejor que su madre y su padre siguieran viviendo en la feliz ignorancia.

—Lo dicho: podrías haber sido secretaria. —Como era de esperar, su madre volvió al ataque mientras echaba tres cucharadas de hojas de té en la tetera y vertía agua hirviendo sobre ellas—. En lugar de estar ahí sentada y cabizbaja, que parece que te han arrastrado por el suelo.

Trudy ahogó un gemido. No importaba cuántas veces había intentado explicarle a su madre que trabajar en una oficina aburrida, haciendo un trabajo administrativo tedioso y sin sentido, no era para ella. Barbara Loveday no era capaz de entenderlo.

Lo cual era bastante irónico, pensó Trudy, conteniendo las ganas de reír. Una vez terminada su formación policial en Eynsham Hall y destinada en St. Aldates, había pasado más tiempo mecanografiando informes, archivando y preparando tazas de té para sus superiores que cualquier secretaria.

Todo había estado tan alejado de lo que ella consideraba un verdadero trabajo policial que había perdido la esperanza de que alguna vez le dieran otras responsabilidades.

De modo que ahora, justo cuando por fin había conseguido hacer rondas, e incluso había logrado realizar con éxito algunas detenciones —dos ladrones de tiendas y un caso menor de incendio provocado—, ¡tenía que ocurrir ese desastre con el ladrón de bolsos! No era justo.

Aún podía recordar la expresión de culpabilidad del sargento O'Grady cuando le vio el ojo morado y la expresión de incomodidad del inspector Jennings cuando leyó su informe.

Como hombres, no les gustaba ver a las mujeres heridas, especialmente como resultado de la violencia. Y aunque ella lo entendía —y en cierto modo incluso apreciaba su galantería—, también sabía, con un creciente sentimiento de frustración, que mientras mantuvieran esa actitud le iba a ser casi imposible avanzar en su carrera.

Confiaba en que aquello no pusiera en peligro su plan de presentarse a los exámenes finales de TDC, es decir, de agente de policía temporal. Para eso debía terminar su periodo de prácticas de dos años con el uniforme, recorriendo las calles y cumpliendo con sus obligaciones.

Tenía que tener paciencia, como era lógico. Después quería seguir ascendiendo en el escalafón policial, algo que le llevaría muchos años. Pero estaba decidida a hacerlo. Y ningún hombre iba a detenerla, ni los oficiales superiores ni...

—¡Trudy!

Levantó la cabeza al darse cuenta de que su madre le había estado dando el sermón de siempre mientras ella se había perdido en sus pensamientos.

—Lo siento, mamá —murmuró.

Barbara suspiró cansada.

—¿Qué hay de malo en sentar la cabeza, casarte con un joven agradable y tener hijos? Eso es lo que me gustaría saber.

Trudy estaba a punto de decirle de un modo rotundo que ya habría tiempo de sobra para todo eso, pero entonces el rostro de su madre se torció.

—Trudy, cariño, me da mucho miedo que andes por ahí sola, caminando por calles oscuras y vestida con ese uniforme. Hay muchos maleantes por ahí que no le tienen miedo a la policía. ¿Y si la próxima vez te hacen daño de verdad?

Trudy se levantó y abrazó con fuerza a su madre.

—Por favor, intenta no preocuparte, mamá —dijo consciente de que no serviría de nada—. Nos enseñan a enfrentarnos a cosas así. Y, además, tengo mi porra.

Pero, por supuesto, su madre se preocupaba, ¿cómo no iba a hacerlo? Y su padre también. Aunque era más tranquilo y comprensivo que su mujer, y menos propenso a sermonearla, era muy consciente de que él hubiera preferido que encontrara otro tipo de trabajo. Cualquier otro, aunque solo fuera como revisora en uno de sus queridos autobuses.

Aún recordaba cómo se había reído cuando, de niña, al escuchar sus historias sobre la vida como conductor de autobús para los Servicios Motorizados de la Ciudad de Oxford, le había dicho que ella también quería conducir autobuses cuando fuera mayor.

Tampoco es que eso fuera una opción, pensó Trudy con una breve sonrisa. ¿Cuántas conductoras de autobuses había visto en su vida? Ninguna.

Aun así, sabía que sus padres estaban de acuerdo en que cualquier cosa sería mejor que ver a su «pequeña» trabajando como agente de policía.

A veces le remordía la conciencia causarles tanta preocupación y dolor, pero también sabía que, siendo realistas, poco podía hacer al respecto. Solo tenía que esperar a que se les pasara la ansiedad y los miedos, algo que, con un poco de suerte, acabaría ocurriendo. Y quién sabía..., quizá un poco más adelante, cuando hubiera conseguido sus galones de sargento y se sintieran orgullosos de ella, recordarían días como aquel y se reirían.

3

El doctor Clement Ryder cogió la botella de brandi y maldijo en voz alta cuando la mano le empezó a temblar.

Había oscurecido, el día había sido largo y agotador y, después de una rápida y poco satisfactoria comida de salchichas y puré en el *pub* local al que solía ir, sintió que se merecía una buena copa junto a la chimenea mientras la lluvia arreciaba fuera. Aquello no era algo que hiciera con frecuencia, pues rara vez bebía solo. Ahora se daba cuenta de que probablemente no debería haberse molestado, ya que no era capaz de sostener el vaso con firmeza.

Al menos, pensó para evitar el pesimismo, los temblores no habían empezado hasta después de salir del despacho. Además, hasta ahora, por fortuna, nunca había tenido un ataque mientras estaba en el tribunal. Lo que significaba que el humillante momento en que tuviera que confesar su estado a su personal y a sus superiores podría aplazarse un poco más.

Menos mal. Clement no tenía intención de contarle nada a nadie, si podía evitarlo.

A sus cincuenta y siete años, Clement empezaba a notar cada vez más el frío. Por suerte, su casa victoriana de gruesas paredes con vistas a South Parks Road era relativamente a prueba de corrientes de aire, y mientras servía con cuidado una pequeña medida de su tercer mejor brandi, se felicitó al comprobar que no había derramado ni una gota.

Sonrió con amargura, pero sabía que debía estar agradecido incluso por las pequeñas victorias.

Hasta ahora, la parálisis temblorosa que había empezado a acecharle hacía poco más de cinco años no se había convertido en un problema importante en su nueva vida. Aunque, como era lógico, había acabado con la anterior.

Nacido de padres de clase media en un suburbio de Cheltenham, Clement había obtenido una beca para estudiar Medicina en Oxford. De allí pasó a una residencia en un importante hospital londinense, que culminó, tras años de duro trabajo y más estudios, con un puesto de cirujano en el mismo hospital.

Después se especializó en cirugía cardiaca y, a los cuarenta años, asumió confiado que su vida seguiría por el mismo camino.

Por supuesto, no había sido así. Sus hijos habían crecido demasiado rápido y, sedientos de independencia, se habían marchado de casa en cuanto tuvieron la primera oportunidad. Lo cual, como se vio después, fue lo mejor, ya que Angela, su mujer, había muerto antes de cumplir los cincuenta.

Por si eso no hubiera sido suficiente golpe, dos años más tarde, mientras se preparaba para una operación, había notado un ligero temblor en la mano izquierda cuando se estaba lavando.

En ese momento no le había dado importancia. La operación había salido bien, pero dos semanas después sintió una ligera debilidad en el brazo cuando levantaba media pinta de cerveza en la fiesta de jubilación de uno de sus colegas.

Una vez más, había preferido ignorarlo, pero le quedó una ligera duda que se fue transformando en inquietud.

Durante el año siguiente, se vigiló de cerca, anotando cada pequeño incidente, cada pequeño temblor inexplicable o debilidad de las extremidades. Y, por supuesto, había investigado sobre el asunto.

Descubrió que, desde la Antigüedad, los médicos ya conocían la parálisis agitante. Sin embargo, no sería hasta 1817, gracias al trabajo de James Parkinson, cuyos resultados publicó en *Un ensayo sobre la parálisis agitante*, que se describirían mejor las características habituales de las personas que padecían tal afección, detallando el temblor en reposo, la postura anormal, la parálisis y la disminución de la fuerza muscular y la forma en que la enfermedad progresaba con el tiempo.

Al principio, Clement no lo había aceptado. Después de todo, había otras causas posibles de sus síntomas. Pero una cosa quedó clara de inmediato: no podía seguir operando a sus pacientes hasta que lo supiera con certeza.

Así que se había tomado unas semanas de permiso y, con un nombre falso, había ingresado en una pequeña clínica que conocía en el sur de Francia, solicitando y supervisando una serie de pruebas para ver el alcance de su enfermedad. Cuando llegaron los resultados, supo que era el fin de su mundo tal y como lo había conocido.

Clement suspiró hondo mientras daba un gran trago al brandi. Era consciente de que, desde que había dejado de operar, se había convertido poco a poco en un bebedor social..., en cierto modo. Había sido muy estricto con el alcohol durante muchos años, y ahora agradecía poder darse un capricho de vez en cuando.

Ahogando una sonrisa, reconoció que bien podría jugar en su favor el hecho de que su aliento apestara a alcohol y que la gente pensara que era un borracho. Tal vez eso sirviera para explicar algún que otro tropezón o algún temblor involuntario.

¡Menuda ironía! Se había pasado toda la vida procurando beber de forma moderada y ahora, en cambio, era preferible fingir que era un borracho a que sus compañeros descubrieran la verdad.

Su mirada se perdió en el fuego de la chimenea, recordando tiempos mejores.

La pérdida de tanto en tan poco tiempo podría haber destrozado a cualquier hombre menos preparado para las tragedias. Sin embargo, Clement Ryder nunca había dejado que los vaivenes de la vida le afectaran más de la cuenta. Así que, tras presentar su dimisión inmediata, buscó algo con lo que ocupar su tiempo.

Había regresado a Oxford, pero no tenía ningún deseo de enseñar. Un día se sentó y se preguntó qué quería y qué no en la vida.

Desde luego, no quería abandonar el mundo de la medicina, pero era lo bastante sabio, y se conocía a sí mismo lo suficientemente bien, como para saber que convertirse en médico de cabecera o consultor en algún hospital le terminaría por pasar factura. Los cirujanos tenían el ego muy subido, sobre todo los cardiocirujanos y los neurocirujanos, ya que en sus manos estaba la balanza de la vida y la muerte.

Por feo y horrible que sonara, sabía que no podría soportar convertirse en algo inferior a lo que había sido. También sentía que necesitaba un cambio radical: el reto de algo nuevo, algo que pudiera captar su interés y que le impidiera caer en la autocompasión o la amargura. En resumen, necesitaba otra meta importante y gratificante a la que aspirar.

Así que, tras reflexionar e investigar, estudió Derecho y se hizo forense.

Por eso el Juzgado de Instrucción se había convertido en su hogar y su mundo durante los últimos años. Allí, su aguda mente, sus conocimientos médicos, su recién adquirida formación jurídica y su determinación natural y tenaz por descubrir la verdad se habían convertido en activos vitales.

Se enorgullecía, con razón, de lo rápido que se había familiarizado con su nuevo papel. Después de apenas un año, estaba seguro de saber cuándo un testigo mentía o falseaba algo. De manera natural había desarrollado un sexto sentido para saber lo que la policía pensaba y quería de él, y se formaba su propia opinión sobre si debía dárselo o no. Y aunque este último atributo no le había granjeado demasiadas simpatías entre la policía local, nadie dudaba de que, cuando el doctor Clement Ryder estaba con un caso, no se le escapaba.

Era minucioso y competente, y no necesitaba que le dijeran que su nombre era temido y respetado por los que le importaban; era algo que ya daba por hecho.

Por eso la posibilidad de que alguien supiera sobre su enfermedad era un anatema para él. Estaba decidido a mantenerlo en secreto el mayor tiempo que humanamente fuera posible. De saberse, podrían destituirle, y no se veía capaz de rehacer su vida de nuevo. No, tendrían que sacarlo a rastras del juzgado de instrucción, pataleando y gritando.

Y para eso hacía falta alguien con muchas más agallas que cualquiera de sus subordinados, o que todos esos tontos del Ayuntamiento. Con una leve sonrisa, Clement bebió el último trago del brandi. Al día siguiente tenía que ir al juzgado y le vendría bien dormir. No dejaría que su enfermedad afectara a su profesión.

Se levantó despacio, procurando desentumecer su metro ochenta y cinco de estatura. Al pasar por la ventana, vislumbró su reflejo: su pelo no conservaba ni siquiera un atisbo del castaño oscuro que tenía en su juventud; había encanecido por completo. Sus ojos grises, más bien acuosos, hacían juego con el agua de lluvia que corría por el cristal. Con cierta satisfacción, se dio cuenta de que su mano había dejado de temblar. Al menos por ahora.

Tenía que ser optimista. Su vida profesional aún no había acabado. El año anterior había tenido que guiar a un jurado que tenía la intención de emitir un veredicto accidental en un caso que era, sin lugar a dudas, un veredicto abierto, dejando vía libre para que la policía siguiera adelante con la investigación y acabara deteniendo al culpable por homicidio imprudente.

Como cirujano que una vez tuvo en sus manos la vida de las personas, Clement Ryder no tenía reparos en juzgar a testigos que sabía que eran culpables y asegurarse de que recibieran su merecido. Cuando él estaba al frente, nadie se salía con la suya. Esa actitud le había granjeado algún que otro enemigo, como era natural, pero Clement nunca había sido un hombre que necesitara la aprobación de los demás. En cualquier caso, sus amigos siempre habían sido pocos y buenos.

El reloj de pie del pequeño vestíbulo marcaba las once cuando pasó junto a él de camino a las escaleras. Al día siguiente se abriría la investigación sobre una colegiala que había muerto atropellada por un coche en St. Giles.

Su afligida familia estaría presente. Iba a ser un momento tenso y triste.

4

El ojo morado de Trudy había palidecido hasta convertirse en una mera mancha amarilla cuando, cinco días después de atrapar al ladrón de bolsos —y de perder el arresto a manos del chico de pelo dorado y ojos azules, Rodney Broadstairs—, regresó de la Oficina de Registros y vio que algo había causado revuelo en la oficina principal.

Acercándose a Rodney, sentado en un escritorio, tecleando de manera concienzuda un informe con sus dos dedos índices, susurró:

—¿Qué pasa? —Señaló con la cabeza al hombre corpulento, de aspecto adinerado y bigote arreglado, a quien el sargento O'Grady estaba haciendo pasar muy civilizadamente al despacho privado de Jennings.

—No lo sé —dijo Rodney con desinterés—. Algún pez gordo descontento con algunas amenazas que ha recibido o algo así.

Trudy suspiró.

Sabiendo que pedirle más información sería inútil, ya que Rodney solía ocuparse de una sola cosa a la vez, Trudy se dirigió hacia la puerta entreabierta del inspector con una carpeta en la mano a modo de camuflaje.

Para su disgusto, después de su reciente pelea con el ladrón de bolsos, el inspector Jennings la había asignado sin pensárselo mucho a Registros y Archivos. Abrió el archivador más cercano al despacho del inspector y, fingiendo buscar el lugar adecuado para depositar el expediente, se mantuvo atenta a la conversación que mantenía con aquel hombre.

Dentro del despacho, *sir* Marcus Deering, con la cara colorada y la respiración entrecortada, dejó un trozo de papel sobre el escritorio y soltó:

—¡Aquí tiene! —exclamó con disgusto—. Lea esto y dígame luego si estoy exagerando —le desafió.

Jennings, que no llegaba a los cuarenta años, pareció buscar algunas palabras tranquilizadoras, moviéndose incómodo en el asiento. Era un hombre delgado, con el pelo rubio y ralo y una nariz lo bastante grande como para sentirse molesto con ella.

Cuando *sir* Marcus Deering telefoneó por primera vez para decir que iría a comisaría y que esperaba ver a un superior, sabía que tendría que tener cuidado. Por supuesto, sus superiores confiaban en que tratara al hombre con mucho tacto. Las donaciones caritativas del empresario a muchas buenas causas locales —incluido el fondo de viudas y huérfanos de la policía— eran muy conocidas. También lo era el hecho de que formaba parte de varios organismos en los que su influencia iba más allá del Ayuntamiento.

Por otro lado, Jennings no tenía ninguna duda de que era masón.

Consciente de todo ello, carraspeó con cuidado y leyó la misiva de tinta verde que tenía delante.

> NO HAS HECHO LO CORRECTO. TE ADVERTÍ DE QUE SOLO TENÍAS UNA OPORTUNIDAD MÁS. AHORA TU HIJO LO PAGARÁ. MORIRÁ EXACTAMENTE A LAS DOCE DEL MEDIODÍA DE MAÑANA.
> TAL VEZ ENTONCES HAGAS LO CORRECTO.

Por encima de su hombro derecho, el sargento O'Grady lanzó un leve suspiro. A sus cuarenta y un años, el sargento, un hombre algo regordete con un flequillo rubio que le caía sobre la frente, hacía tiempo que había renunciado a cualquier esperanza de seguir ascendiendo. No es que eso le preocupara demasiado. Llevaba años en la comisaría, que funcionaba como a él le gustaba.

Frunció los labios con disgusto. Cuando el inspector le dijo que un dignatario local había estado recibiendo amenazas, no esperaba eso. Lo normal era que acusaran a los destinatarios de conducta sexual inapropiada. Y a veces incluían amenazas de muerte, pero nada tan preciso. De hecho, para Mike O'Grady, había algo que se salía de lo común en aquella amenaza concreta. ¿Qué clase de loco avisaba de cuándo iba a atacar?

—Veo que esto le resultará muy angustioso, señor —empezó diciendo diplomáticamente el inspector Jennings—. Pero, en primer lugar, permítame asegurarle que casi todas las cartas anónimas son obra de chiflados y que las amenazas que contienen rara vez se cumplen. Es más, suelen estar escritas por mujeres, más que por hombres, que o bien tienen delirios de grandeza o un enorme complejo de inferioridad. En general, suelen ser un grupo bastante lamentable y patético.

Sir Marcus, que mostraba su nerviosismo jugueteando con su sombrero, un bonito Homburg de color gris oscuro, resopló impaciente.

—¿Cree que no soy consciente de todo eso? Por eso, cuando empecé a recibir estas malditas cosas, las ignoré. Tiré la primera a la papelera, que era donde debía estar. Pero cuando siguieron llegando, todas diciendo lo mismo, empecé a guardarlas, por si acaso. Pero esta es la primera que amenaza a mi hijo, ¡maldita sea! Eso es ir demasiado lejos.

Jennings se incorporó despacio en la silla.

—¿Ha recibido otras, dice usted, señor? Supongo que no habrá traído... —Se interrumpió cuando *sir* Marcus lanzó un exabrupto y se sacó unas hojas de papel del bolsillo.

—Sí. Aquí tiene. Léalas. Todas idénticas, como puede ver, excepto estas dos últimas.

—Sí. Puedo ver por qué le hacen sentir incómodo, *sir* Marcus —concedió el inspector—. ¿Tiene alguna idea de quién podría haberlas enviado?

—Ni una pista —respondió *sir* Marcus—. Y no crea que no me lo he preguntado. Este último mes no he hecho otra cosa.

—¿Alguien a quien haya tenido que despedir recientemente? —insistió Jennings—. Seguro que tiene uno o dos empleados descontentos, por así decirlo.

—Seguro que sí —admitió *sir* Marcus con indiferencia—. Pero no creo que llegaran a tanto, ¿no?

Jennings suspiró.

—Quizá no, señor —convino, aunque en secreto no estaba tan seguro. La gente hacía cosas raras cuando se sentía humillada—. ¿Qué hay de su personal doméstico, señor?

—No, no. Llevan años conmigo, todos ellos —dijo el millonario con desdén—. Bueno, la cocinera y mi mayordomo, desde luego. Las criadas van y vienen... Ese tipo de cosas las lleva mi mujer.

—Ummm. ¿Y usted...? —Jennings hizo una pausa, tratando de encontrar una manera discreta de formular la siguiente pregunta—. ¿Tiene alguna idea de lo que nuestro anónimo escritor de la carta quiere decir cuando le instan a hacer lo correcto?

Sir Marcus vaciló. De nuevo pensó en el fuego. Y de nuevo lo descartó. Fue algo que pasó mucho tiempo atrás, y definitivamente no había sido culpa suya.

—Ehhh, no. Eso es lo que es tan frustrante. ¿Por qué esta maldita persona no puede decir sin rodeos lo que quiere? Por lo general, estas cartas anónimas no tienen problemas en hacerlo, ¿verdad?

Entonces Jennings se vio obligado a reconocer que *sir* Marcus tenía razón. Una carta de ese tipo por lo general explicaba, a veces con mucho detalle, lo que quería.

—Es esta maldita amenaza a Anthony lo que me ha desconcertado por completo —admitió *sir* Marcus con un fuerte suspiro—. El chico se lo toma a risa, por supuesto, pero a mí no me ha ninguna gracia. —Se inclinó hacia delante en su silla y miró al inspector con ojos fieros—. ¿No se supone que el trabajo de la policía es proteger a los ciudadanos cuando sus vidas están amenazadas?

Ahí estaba el primer ataque, pensó Jennings, conteniendo un gemido. Desde que había leído la carta, sabía que eso iba a suceder.

Y, por supuesto, no había forma de evitarlo. Tendría que dedicarle mucho tiempo a aquel asunto.

—Sí, señor, claro que sí —dijo tranquilizador—. Y puede estar seguro de que, mañana al mediodía, el sargento O'Grady estará en su casa y tendrá a su hijo bajo vigilancia en todo momento.

—Sí, bueno, eso espero —dijo *sir* Marcus, un poco más apaciguado ahora, mientras se recostaba en la silla—. Le he dicho a Anthony que lo quiero en casa, y aunque ha montado un poco de jaleo al respecto, ha accedido. Eso sí, dice que puede cuidar de sí mismo, y me atrevo a decir que puede, pero cuando tratas con alguien un poco chiflado, como con total seguridad lo será este maldito idiota, nunca se sabe, ¿verdad? Me atrevería a decir que Anthony podría defenderse bien si se tratara de una pelea a puñetazos como Dios manda —se jactó el empresario con orgullo—, pero ¿y si el maniaco tiene un cuchillo?

—No creo que eso vaya a suceder, *sir* Marcus —intentó apaciguarle Jennings.

Pero lo cierto era que no se podía descartar nada. De sufrir un ataque, igual podría ser con un cuchillo o con un arma de fuego. Era sabido que muchos hombres se habían quedado con sus pistolas cuando regresaron de la guerra. No estaba permitido, por supuesto, pero lo hacían. Así que no estaba fuera de lo posible que el autor de la carta pudiera utilizar una pistola en el supuesto caso de que realmente quisiera matar al hijo de *sir* Marcus.

—¿Y cómo lo sabe? Se trata de mi hijo. ¿Cómo podemos estar seguros al cien por cien? —preguntó *sir* Marcus con inquietud—. Puede que resulte ser una vieja chiflada a la que le gusta asustar a la gente, o un oficinista de mala muerte en uno de mis despachos con complejo de Napoleón o cegado por el rencor. ¡Pero también puede que no! Maldita sea, no puedo ir por ahí el resto de mi vida mirando por encima del hombro.

—No, señor, por supuesto que no puede —dijo Jennings—. Y sin duda lo vamos a investigar por usted. ¿Sería posible que nos proporcionara una lista de las personas que cree que podrían tener algún tipo de problema con usted o su familia? Aunque fuera la mínima sospecha.

El hombre de negocios asintió cabizbajo y se levantó pesadamente.

—Por supuesto, lo haré. ¿Y estarán en mi casa mañana? —preguntó, sacando una de sus tarjetas de visita personales y colocándola sobre el escritorio—. Esta es la dirección.

—Sí, señor, mi sargento y otro agente estarán allí a primera hora —prometió Jennings—. Supongo que su hijo vive con usted.

—Tiene un piso en Londres, pero se queda con nosotros por Navidad. Le gusta asistir a la cacería del Boxing Day —dijo el empresario, con un brillo afectuoso en los ojos al hablar de su hijo y heredero—. Así que siempre se queda un par de semanas más para disfrutar de los galopes. Al chico siempre le gustaron los caballos, y monta todos los días que está con nosotros.

Jennings, sin el menor interés, asintió con pereza.

—Ya veo, señor. Bueno, déjelo en nuestras manos. Sargento, acompañe a la salida a *sir* Marcus.

Fuera, Trudy se alejó con tranquilidad del archivador y se dirigió hacia una mesa libre.

El sargento O'Grady le lanzó una mirada rápida, con los labios fruncidos, mientras acompañaba a su visitante a la salida.

Una vez de vuelta con el inspector, suspiró con complicidad.

—El temor de *sir* Marcus es completamente infundado, señor, y no creo que me equivoque —dijo rotundamente—. Va a ser una pérdida de tiempo. Tarde o temprano, el acosador se aburrirá y buscará otro objetivo. Y en cuanto a las posibilidades de que ocurra algo mañana al mediodía... —O'Grady resopló—. Bueno, creo que será más fácil ver un burro volando sobre la base aérea de Brize Norton que el pirado de turno cumpla con su amenaza.

—Pero no se le puede decir eso a *sir* Marcus —dijo Jennings con una breve sonrisa—. Por otro lado, el hecho de que en la amenaza se indique fecha y hora... no deja de ser algo raro.

—Sí —aceptó O'Grady inseguro—. No es lo habitual, lo reconozco. —Y se preguntó si su superior se había dado cuenta de la ligera vacilación cuando le preguntó a *sir* Marcus si tenía alguna idea de lo que el autor de la carta quería decir con «hacer lo correcto». Apostaría cualquier cosa a que el millonario tenía algún cadáver en el armario. Los ricos, según su experiencia, siempre tenían algo sobre lo que preferían guardar silencio.

—Aunque estoy de acuerdo en que las posibilidades de que pase algo son nulas, llévate a un muchacho fornido por si acaso. Broadstairs sería un buen candidato. Es útil tenerlo en una pelea.

—De acuerdo, señor.

—Oh, y sargento...

—¿Sí?

—Cuando vayas mañana, llévate también a la agente en prácticas Loveday contigo, ¿quieres? Lleva toda la semana mirándome con cara de sufrimiento. Me está empezando a poner de los nervios. Puede ayudar a interrogar a las criadas o algo así. Seguro que ellas no saben nada, así que tampoco importará si la chica comete errores.

O'Grady sonrió.

—Buena idea, señor. Le vendrá bien para ejercitarse en el interrogatorio.

Jennings se encogió de hombros con indiferencia.

Pero mientras cerraba la puerta, Mike O'Grady no creía que la agente Trudy Loveday fuera a cometer errores. Era una chica bastante inteligente y, además de guapa y simpática, probablemente tendría al personal doméstico de *sir* Marcus comiendo de su mano.

5

A la mañana siguiente, Mavis McGillicuddy mojó un trozo de pan en el huevo pasado por agua y miró el reloj de la cocina. Aún le quedaba una hora antes de tener que levantar a su nieta para ir al colegio, algo que agradeció, ya que, a sus diez años, Marie estaba abandonando su etapa más amable e infantil para transformarse poco a poco en una preadolescente rebelde que a veces era difícil de gestionar.

No es que a Mavis le importaran todos los altibajos que conllevaba la crianza de los hijos, incluso a su edad. La mayoría de las mujeres que rondaban los sesenta pensaban que todo eso había quedado atrás, pero Mavis era muy consciente de que, sin su hijo y su hija viviendo con ella, sería una viuda solitaria más.

Y ella prefería sentirse agobiada o bien ocupándose de una rabieta infantil antes que estar sentada sin nada que hacer.

En la radio, el primer ministro Harold Macmillan estaba diciendo algo aburrido, como era su costumbre, y estuvo a punto de levantarse y cambiar el dial para ver si encontraba algo más alegre que escuchar. Pero últimamente las emisoras de radio parecían no poner otra cosa que esa música moderna que tanto gustaba a los jóvenes. Todo era *Be-Bop-A-Lula* y *Poison Ivy*. Y cada vez le resultaba más difícil encontrar la música que le gustaba: grabaciones de la Glenn Miller Band, por ejemplo, o algún tema de Vera Lynn.

Levantó la vista cuando se abrió la puerta de la cocina y entró su único hijo.

—Buenos días, mamá. ¿Has visto mis botas por algún sitio? Quiero arrancar unos viejos manzanos y no quiero... ¡Ah, mira, ahí están!

Su hijo Jonathan siempre la hacía sonreír. Con treinta años recién cumplidos, seguía siendo un muchacho apuesto y parecía mucho más joven de lo que en realidad era. Había heredado de ella su espeso y ondulado pelo rubio y de su padre unos llamativos ojos verdes. Por otro lado, casi llegaba a los dos metros de altura, y su trabajo como paisajista lo mantenía delgado y en forma.

Mientras le miraba con cariño calzarse las botas de trabajo, se bebió el té disfrutándolo. Aunque la vida había sido dura para Mavis en sus primeros años (y durante la guerra, como era lógico), tenía que admitir que finalmente había tenido algo de suerte, y nunca dejaba de estar agradecida por ello. Al otro lado de la ventana de su modesta y diminuta casa adosada, el suburbio de Cowley seguía su ajetreada actividad, con la mayoría de los hombres del vecindario acudiendo en masa a las fábricas de automóviles. Pero, gracias a la ayuda del padre de Jonathan, Mavis era la propietaria de la casita en la que vivían y la única de la calle que no vivía de alquiler. También había podido pagar los estudios de Jonathan en la escuela local, hasta que los dejó para trabajar como aprendiz del jardinero jefe de St. Edmund Hall, antes de independizarse y montar su propia empresa.

Sí, en muchos sentidos, Mavis sabía que había tenido suerte.

—¿Marie está todavía en la cama? —preguntó su hijo, sirviéndose una taza de té y mirando por la ventana. Los últimos días habían sido húmedos y relativamente suaves, perfectos para arrancar las raíces de los árboles.

—Sí. No está contenta de volver a la escuela después de las vacaciones de Navidad —dijo Mavis con una sonrisa—. Sospecho que me costará un poco levantarla. Pero no te preocupes, hijo, no voy a aguantar ninguna de sus rabietas. No creo que le duren mucho.

Jonathan se acercó de forma distraída a su silla y le besó la cabeza.

—Gracias por cuidarla, mamá. No sé qué habríamos hecho sin ti.

Jonathan lo decía a menudo, más por costumbre que por otra cosa, aunque era bastante consciente de que lo que decía era cierto.

Había tenido que casarse joven, con solo veinte años, cuando la chica con la que salía se había quedado embarazada, algo que no le había hecho muy feliz, a decir verdad. Aunque se sentía culpable por ello, no tenía sentido negar que se veía prisionero de una situación que no había deseado. Cuando su hija nació, siete meses después, se sintió ligeramente engañado. Le hubiera gustado tener un varón. Y de nuevo se sintió mal al pensar de forma tan egoísta.

Pero, entonces, solo tres años después de nacer Marie, Jenny había muerto en un accidente de tren, junto con otras cuatro personas. Se dirigía a Banbury para buscar un trabajo a tiempo parcial, con la esperanza de que pudieran mudarse de casa de su madre y encontrar un lugar propio.

Obviamente, aquello nunca había sucedido. Así que, con veinticuatro años, Jonathan McGillicuddy se había convertido en un joven viudo muy codiciado con una niña a la que cuidar. Muy pronto descubrió que su inesperada libertad no era tan maravillosa como podría haber imaginado. Echaba muchísimo de menos a Jenny. Y lejos de ser una niña no deseada, su hija se convirtió en todo para él. Por suerte, su madre, viuda desde hacía mucho tiempo, había estado más que dispuesta a hacerse cargo de ella.

Ahora Marie la llamaba «mamá» y parecía no tener ningún recuerdo de Jenny.

Su madre se puso a untarle mantequilla a una tostada y luego le preparó sándwiches para el almuerzo. Aunque algo rolliza, aún se movía con energía. Sin embargo, Jonathan observó que su madre debía de estar empezando a acusar la edad. Y una vez más, sintió que lo invadía un vago sentimiento de culpa. ¿Era justo seguir esperando que ella cuidara de su hija y le diera alojamiento? Quizá había llegado el momento de pensar en casarse de nuevo. Pero, cuando lo meditó, terminó por descartar la idea.

Solo había tenido dos relaciones serias con mujeres en su vida, y ambas habían acabado en desastre total. Primero Jenny, y después... Pero no, no pensaría en ella. No podía. Había tardado años en dejar de tener pesadillas, y a veces seguían atormentándole, sacándole del sueño, sudando y temblando, con el corazón latiéndole con fuerza.

A veces se preguntaba si acaso estaba maldito.

Su padre había muerto antes de que tuviera la oportunidad de conocerlo. Parecía que todo el mundo le había abandonado. ¿Y si le pasaba algo a su madre? ¿O a Marie?

Se estremeció y, diciéndose a sí mismo que no debía ser tan sensiblero ni tan estúpido, se comió de tres bocados la tostada y se puso el impermeable. Todo iría bien. Hacía tiempo las cosas iban sobre ruedas. No debía pensar en aquella otra época de su vida en la que parecía que se estaba volviendo loco. Cuando el peligro había sido tan agudo y persistente que casi podía saborearlo. No, esa parte de su vida había terminado y nunca volvería. No podía volver. Todo estaba muerto, hecho y terminado.

Una vez más, besó distraído a su madre en la coronilla mientras ella tomaba el té.

—Adiós, mamá. Nos vemos a las cuatro —añadió alegremente—. Es inútil trabajar en un jardín cuando oscurece. —Esa era una de las pocas ventajas del invierno para un jardinero: su jornada laboral era más corta.

Cerró la puerta tras de sí y salió al camino mojado. Mientras caminaba hacia el aparcamiento en donde tenía su vieja furgoneta, no se percató de la figura silenciosa y vigilante que tomaba nota de todos sus movimientos.

Y era muy probable que nada hubiera cambiado de haberlo hecho.

6

Trudy sintió que se le desencajaba la mandíbula al contemplar la casa a las afueras de Hampton Poyle, un coqueto pueblecito situado en plena campiña agrícola. Construida con piedra de Cotswold y cuadrada al estilo georgiano, se erguía mayestática en un terreno bien cuidado, con un aspecto elegante y distinguido.

—Cómo vive el resto del mundo, ¿eh? —dijo Rodney Broadstairs desde el asiento del copiloto del Ford Corina.

Detrás del volante, el sargento O'Grady sonreía sombríamente.

—Será mejor que te andes con ojo, Rod —le aconsejó con rotundidad—. Me atrevería a decir que el hijo de *sir* Marcus ha salido con su maldito caballo, pero le ha prometido a su padre que volverá a las diez. Debes quedarte junto a él como si fueras una lapa, sobre todo a las doce. Trudy, quiero que vayas a la cocina y hables con el personal. Entérate de cualquier chisme que puedas sobre la familia. No solo nos interesa saber quién escribió las cartas, sino también si existe una razón por la que *sir* Marcus y su familia fueron elegidos. ¿Entendido?

—Sí, sargento —dijo Trudy conteniendo la alegría.

Por fin se le permitía intervenir en un caso real.

Jonathan McGillicuddy atravesó el gran pueblo de Kidlington y aparcó su furgoneta bajo las ramas desnudas de una gran haya. Los terrenos en los que estaba trabajando pertenecían a una casa victoriana con vistas al canal de Oxford, pero los nuevos propietarios estaban pasando el invierno en

Barbados. Como acababan de comprar la casa, le habían dejado planos detallados de los cambios que querían hacer en el gran jardín, que incluían arrancar el antiguo huerto y crear en su lugar un gran estanque.

Comenzó a descargar la furgoneta, llevando un gran pico y varios tipos de sierras a través de un jardín cuyo césped había sido sustituido por la maleza. Torció hacia la parte trasera de la propiedad y después se dirigió al huerto, en el perímetro más alejado. Mientras caminaba, tarareaba en voz baja la última canción de Ricky Valance.

No tener a nadie viviendo en la casa era una doble bendición. Por un lado, no tenía a sus clientes vigilándolo constantemente para asegurarse de que no holgazaneaba o cambiando de opinión sobre lo que querían que hiciera. Pero también significaba que no podía ir a utilizar el baño de la planta baja o buscar en la cocina una taza de té o un plato de sopa en un día frío.

Miró el reloj mientras descargaba los últimos bártulos junto al primero de los manzanos nudosos y en su mayoría enfermos, tan viejos que hasta sus ramas más altas se inclinaban lo suficiente hasta casi tocar el suelo.

Acababan de dar las nueve.

Robby Dix, el joven a quien de manera puntual solía contratar para que le echara una mano con las tareas pesadas, tenía otro trabajo ese día, pero a Jonathan no le importaba. Le gustaba trabajar solo.

Mientras se disponía a serrar una rama de árbol, la figura que lo había estado vigilando en Cowley se aproximó con sigilo al huerto amurallado y se asomó por una abertura con forma de arco. Desde allí podía controlarlo sin ser visto.

Era un día húmedo, la hierba estaba larga y húmeda, además empezaba a formarse una ligera niebla. Aunque la casa tenía vecinos a ambos lados, los jardines eran grandes y estaban vacíos, e incluso la calle se hallaba en completo silencio. Nadie salía en un día tan húmedo y triste, ni siquiera el que sacaba a pasear los perros.

Lo cual era una ventaja.

La figura se retiró y se refugió en la sombra que proyectaba un viejo tejo, plantado en un rincón especialmente oscuro del terreno. Al paciente mirón le quedaban menos de tres horas de espera. No es que tuviera que esperar hasta el mediodía. Después de todo, no importaba, ¿verdad? Sonrió malhumorado. Pero si tenía que hacer algo, lo suyo era que lo hiciera bien.

Trudy se comió el último bocado de tarta Dundee y sonrió a la cocinera.

—Está delicioso, señora Rogers, pero no podría comer ni un bocado más. —Sonrió, acariciándose el vientre plano.

Había pasado las dos últimas horas, como le había pedido el sargento O'Grady, charlando con el personal y haciéndose amiga de las criadas, Milly y Phyllis —a la que prefería que le llamaran Phil—. Ambas tenían casi su misma edad y estaban mucho más interesadas en saber cómo era la vida que llevaba un policía que en cotillear sobre la familia. Sin embargo, Trudy había insistido y ahora sabía tanto de *sir* Marcus Deering como del funcionamiento de la casa.

Sabía, por ejemplo, que *lady* Deering tenía debilidad por el juego, algo que se cuidaba mucho de ocultar a su marido. Sabía que el hijo, Anthony, lo era todo para sus padres y que, en su opinión, era incapaz de romper un plato; pero tanto Milly como Phil decían que tenían que tenerlo bajo control porque, si podía, se aprovechaba de ellas. Era un hombre apuesto que tendía a pensar que su riqueza y encanto le daban derecho a tomarse ciertas libertades.

Trudy había sonreído y dicho que la mayoría de los hombres le parecían iguales. Esto había llevado a hablar del propio *sir* Marcus, quien, por otro lado, se inclinaba más por la vanidad que por la promiscuidad.

—A veces es tan engreído —se había quejado Milly—. Creo que es porque no es un *sir* propiamente dicho. Solo obtuvo su título por ser uno de esos magnates industriales, o lo que sea. Él se da cuenta. Quiero decir, que no es de familia noble. Se pone nervioso con ciertas personas y cree que le hacen de menos, cuando seguramente la mayoría de ellos ni siquiera se preocupan por esas cosas.

—Pero, si le provocan o disfrutan menospreciándole, es solo porque están celosos de que tenga más dinero que ellos —dijo Phil, mostrando una sorprendente perspicacia sobre el verdadero funcionamiento de las mentes de las clases altas.

Todo ello había resultado muy interesante, desde luego, reconoció Trudy mientras revisaba sus notas, pero no podía imaginar qué utilidad tendría todo aquello para el sargento.

Aun así, eso no lo podía decir una humilde agente de policía en prácticas.

—Ahí tienes al amado hijo y heredero —dijo Phyllis, girando el cuello para mirar por la ventana de la cocina y ganándose una mirada de recriminación de la mucho más comedida señora Rogers—. Bueno, puedo oír su caballo —precisó la joven con una risita.

Trudy, que no quería perder la oportunidad de evaluar al hijo de *sir* Marcus con sus propios ojos, se puso en pie al instante.

—Bueno, creo que eso es todo por ahora —añadió cortésmente—. Gracias por vuestro tiempo.

—Espero que encontréis pronto al que escribe esas amenazas —dijo la cocinera con ansiedad.

Aunque los criados ya sospechaban que algo preocupaba a su jefe, ya que lo habían notado especialmente inquieto, todos parecían conmocionados por la noticia de que había recibido amenazas de muerte dirigidas a su hijo. Por desgracia, ninguno de ellos tenía ni idea de quién podía estar detrás de todo aquello. Del mismo modo, todos se mostraban ignorantes sobre cualquier posible hecho oscuro que hubiera en el pasado de *sir* Marcus y que pudiera explicar que alguien quisiera vengarse ahora.

Todo había resultado bastante desalentador, pero el paso de Trudy se aceleró emocionada mientras salía de la cocina y se dirigía al exterior.

Eran las once y media y, en la caballeriza situada en la parte trasera de la casa, observó cómo Rodney Broadstairs se acercaba al joven que desmontaba de un precioso *hunter* negro.

Trudy, una chica de ciudad hasta la médula, no sabía nada de caballos, pero supo valorar la belleza del animal. Y mientras Anthony Deering se quitaba el casco y entregaba las riendas a la moza de cuadra que se había acercado a cogerlas, se le ocurrió que no era solo la belleza del caballo lo que merecía la pena contemplar.

Al acercarse, vio que el hijo de la casa era más o menos de la misma estatura que ella, con un espeso pelo castaño y grandes ojos de color verde. Vestido con pantalones de montar y una chaqueta verde oscuro, parecía la personificación de un hombre de clase alta disfrutando de la vida.

Sus ojos la recorrieron cálidamente, recordándole la advertencia de Phyllis: «Deja que se acerque a tu trasero, y es muy probable que intente pellizcarlo».

Trudy sonrió mientras pensaba en lo agradable que sería arrestar a ese apuesto joven por agredir a un agente de policía si alguna vez tenía la imprudencia de intentar pellizcarle el trasero.

—Bueno, debo decir que las cosas están mejorando —dijo Anthony Deering, sonriéndole—. ¿Vas a protegerme también del desagradable admirador de papá?

—No, señor. —Fue Rodney el primero en hablar, con los ojos clavados en Trudy—. La agente Loveday iba a hablar ahora con su madre.

Trudy, entendiendo la indirecta, asintió con vehemencia y continuó hacia la parte trasera de la casa, donde sabía que el sargento O'Grady estaba con los Deering en la gran terraza acristalada.

Faltaban diez minutos para el mediodía.

A la terraza acristalada se accedía por un par de puertas francesas que daban al lado sur de la casa, y cuando golpeó el cristal y la invitaron a entrar, no pudo evitar preguntarse qué estaría pensando en ese momento Anthony Deering.

Volvió a mirar el reloj. Solo quedaban ocho minutos.

A pesar de que la fanfarronería y las bromas del joven daban a entender que no se tomaba en serio la amenaza, no cabía duda de que debía sentir un poco de inquietud. Saber que alguien, en algún lugar, había jurado matarte cuando las manecillas del reloj se pusieran rectas bastaría para que a cualquiera le recorriera un escalofrío por la espalda.

En algunos aspectos, la situación le recordaba un poco a la película *Solo ante el peligro*. Ella misma, el sargento y Rodney miraban ansiosos el reloj mientras esperaban que ocurriera algo. Salvo que Anthony Deering no era Gary Cooper. Y desde luego no se esperaba que se enfrentara solo a ningún pistolero.

Aun así, seguía creyendo que no sería humano si no sintiera un poco de miedo. Y sabía a ciencia cierta que sus padres estaban asustados, porque en la terraza acristalada *lady* Deering, una mujer alta y delgada con el rostro descompuesto, se paseaba de un lado a otro mientras su marido fingía leer el periódico. El sargento O'Grady la miró al entrar, sonrió brevemente y continuó observando la explanada campestre fuera de la casa.

Trudy volvió a mirar el reloj sin poder evitarlo.

Apenas quedaban cinco minutos.

¿Era posible que alguien estuviera fuera, observándoles, esperando para cumplir con su amenaza? ¿Que, a pesar de la presencia policial, hubieran encontrado alguna forma casi imposible de acabar con la vida de Anthony Deering delante de sus narices? ¿Quizá colocando algún tipo de explosivo? ¿O acaso habían decidido que la fuerza bruta era, con diferencia, la forma más fácil y entrarían disparando?

El pensamiento de la posible carnicería que resultaría si tal escenario llegara a producirse la hizo sentirse enferma, y solo esperaba que las mujeres de la cocina tuvieran la sensatez de permanecer escondidas si algo malo ocurría.

Pero, por supuesto, nadie creía en realidad que aquello fuera a producirse. El inspector Jennings, el sargento e incluso el agente Broadstairs estaban seguros de que cualquier temor era infundado. Lo cual era tranquilizador, supuso Trudy. Aun así, sabía que sus nervios no eran los únicos que se hallaban a flor de piel.

Al otro lado de la puerta, oyó la voz de Rodney Broadstairs y la de Anthony Deering que le contestaba. Al momento siguiente, ambos hombres entraron en la habitación.

Sir Marcus levantó la vista del periódico e hizo un movimiento con la cabeza a modo de saludo.

—Siéntate a mi lado, Anthony, ¿quieres? Te he guardado el crucigrama. —Sacó una sección del periódico y se la entregó a su hijo, junto con un bolígrafo.

Este aceptó el ofrecimiento, complaciéndole.

—Está bien —dijo con firmeza, lanzando una amplia sonrisa a su padre—, pero a las doce y cinco me voy a la cocina a comer y después me iré a Oxford a ver una matiné en el cine.

Sir Marcus frunció el ceño.

—Me gustaría que no lo hicieras, hijo.

—Yo también lo preferiría. ¿Por qué no puedes quedarte aquí? Al menos durante el resto del día —insistió su madre nerviosa.

Anthony suspiró con teatralidad. Se había quitado la ropa de montar y ahora llevaba una chaqueta de *tweed* con pantalones de franela gris oscuro.

—¡Venga! ¡Por Dios! El lunático ese amenazó con liquidarme a las doce del mediodía. Cuando haya pasado la hora, estaré bien. Después de todo, ¿por qué iba a fijar el momento preciso si luego no pensaba cumplir con su palabra? No tiene sentido. O pasa algo a las doce o no pasa nunca.

—Eso no está garantizado —murmuró *sir* Marcus, poco convencido de tan espuria lógica.

—Nada está garantizado en la vida, como bien sabes —replicó su hijo con ironía—. Vamos, papá, no esperarás que me pudra aquí sin hacer nada —soltó riéndose—. Anímate. Todos sabemos que esto es cosa de alguien que tiene mucho tiempo libre y que se aburre. No va a pasar nada.

Sir Marcus suspiró y miró el reloj de pared. Faltaban cuatro minutos para el mediodía.

Jonathan McGillicuddy hizo una pausa, se estiró y se llevó las manos a la espalda dolorida. Una hora más y se tomaría un descanso, entonces iría a la furgoneta a por los sándwiches y el termo de té. Cogió una sierra de mano y se agachó para abordar una rama especialmente nudosa y gruesa cerca del suelo. A pesar del frío, había acabado sudando bastante.

El áspero ruido de la sierra contra la madera y la hierba blanda y húmeda que amortiguaba el sonido de las pisadas le imposibilitaron cerciorarse del peligro que le acechaba por detrás.

Lejos, a su izquierda, Jonathan McGillicuddy oyó los suaves tonos de la campana de la iglesia del pueblo que empezaba a dar las doce.

Fue lo último que oyó.

Lady Deering se echó a reír. En el vestíbulo, el reloj de pie dio la última de las doce campanadas. El silencio que siguió a esta última pareció llenarlo todo.

A Trudy también le entraron ganas de reír. ¿Había imaginado alguna vez que un loco irrumpiría en la casa disparando? Ahora se sentía algo avergonzada de sus temores.

Anthony Deering levantó la vista de su crucigrama casi terminado y sonrió a su madre.

—¿Ya estás mejor? —le preguntó.

—Mucho, cariño —reconoció Martha.

—¿Lo ves, papá? —El joven se volvió hacia su padre—. Te dije que no pasaría nada.

Eran las seis y ya había oscurecido cuando Mavis McGillicuddy empezó a preocuparse de verdad. No era propio de Jonathan trabajar hasta tan tarde. Hacía casi dos horas que había oscurecido por completo. ¿Dónde podría estar?

A las nueve en punto llamó a la vecina de al lado y le preguntó si no le importaría quedarse un rato con Marie. Había conseguido que la niña se fuera a la cama, pero Mavis temía que se levantara con la excusa de querer beber agua y se encontrara la casa vacía.

Marie también había esperado que su padre llegara a casa a tiempo para leerle su cuento habitual, y Mavis no estaba segura de que su nieta hubiera creído sus mentiras acerca de que había quedado con unos amigos para tomar una copa en el *pub* local.

El sargento de guardia de la comisaría escuchó pacientemente a Mavis y le dijo que, con toda probabilidad, su hijo estaba bebiendo en algún *pub*, tal como ella le había dicho a su hija, y que era demasiado pronto para alarmarse. Solo después de que Mavis insistiera con vehemencia en que era algo que él nunca había hecho antes, prometió comprobar que no se había producido ningún accidente de tráfico en el que estuviera implicada la furgoneta de Jonathan. Y más para librarse de ella que por otra cosa, preguntó en los hospitales de la zona por si habían llevado a alguien con la descripción de Jonathan.

El resultado de las pesquisas fue negativo.

Al final, sabiendo que tenía que volver a casa, ya que no podía esperar que su vecina se quedara en su casa toda la noche, Mavis obligó al sargento a prometerle que, a primera hora de la mañana, enviaría a un agente al jardín donde su hijo estaba trabajando. Solo para comprobar que todo iba bien.

Al acercarse a su casa, sus pasos se aceleraron esperanzada. Seguro que Jonathan había vuelto a casa mientras ella estaba fuera. Él se disculparía con timidez al encontrar a su vecina en el salón y ella lo regañaría.

Pero cuando llegó allí, seguía sin haber rastro de él. Como era de esperar, Mavis no pegó ojo aquella noche.

Con los primeros rayos del sol, se levantó y se quedó sentada en la cocina, la mirada perdida y desesperanzada, sintiendo las manos frías como el hielo a pesar de tenerlas en torno a una taza de té caliente, cuando oyó que llamaban a su puerta.

Se puso en pie y salió al vestíbulo. A través del cristal esmerilado de la puerta principal pudo distinguir una silueta grande e inquietante. Cuando la abrió, se encontró con un policía que la miraba solemnemente.

Fue entonces cuando empezó a llorar.

Sir Marcus Deering se levantó aquella mañana silbando alegremente y tomó un copioso desayuno. Se respiraba un ambiente de júbilo en toda la casa, aunque también había cierta vergüenza, como si reconocieran que habían actuado de un modo exagerado.

Anthony salió una vez más en su querido caballo, ya que debía regresar pronto a Londres y quería aprovechar al máximo el día soleado, aunque hiciera frío.

A las nueve y media, *sir* Marcus se encontraba sentado tras el escritorio de su estudio, leyendo el correo de la mañana. No había llegado ninguna carta con tinta verde que pudiera alterar su tranquilidad y, si llegaba alguna más, la tiraría sin más a la papelera sin molestarse en leerla. Las amenazas habían terminado para él. No volvería a ser tan tonto como para dejarse intimidar ni se preocuparía por «hacer lo correcto».

Cuando sonó el teléfono del escritorio, lo cogió distraído. Oyó que su secretaria le decía que había una mujer en la línea que insistía en hablar con él, pero no le daba su nombre.

—¿En serio? —Marcus frunció el ceño—. Qué raro. —Sus llamadas diurnas eran invariablemente con otros hombres de negocios o sus secretarias, ninguno de los cuales se negaría a identificarse—. Bueno, pásamela.

—Sí, señor —dijo su secretaria.

Hubo una breve pausa, un pitido, luego escuchó una voz quejumbrosa.

Le llevó un rato darse cuenta de quién era la persona que estaba al otro lado de la línea y, cuando lo hizo, su primer instinto fue mirar de manera prudencial hacia la puerta cerrada de su estudio.

—Te dije que nunca me llamaras aquí —siseó furioso al auricular, poniéndose en pie—. Si mi mujer...

Pero la voz le calló al instante, algo que nunca le había sucedido antes. Y cuando por fin asimiló lo que le decía, toda su ira desapareció, junto con el color de su rostro, dejándole blanco y tembloroso en su silla y luchando contra el impulso de vomitar.

7

En la comisaría de St. Aldates, el inspector Jennings miró con seriedad los rostros que se volvían hacia él.

—Os repito que esta es una investigación de asesinato. En algún momento de ayer, alguien mató brutalmente a Jonathan McGillicuddy con su propia pala de trabajo.

Luego dio detalles sobre el fallecido: su trabajo como jardinero en una casa en la que los propietarios estaban ausentes, el hecho de no regresar a su domicilio tras la jornada laboral y la denuncia de desaparición presentada por su madre como consecuencia de ello. A continuación, relató el hallazgo de su cadáver al día siguiente por el agente enviado desde Kidlington, en respuesta a la petición del sargento de guardia de la comisaría de Cowley.

—La víctima se encontraba en el huerto —concluyó con pesadumbre el inspector Jennings—. Por lo que se vio, estaba allí arrancando los árboles viejos. Nuestro cirujano de la policía calcula que llevaba muerto al menos doce horas, tal vez quince. O quizá más, pero no puede estar seguro. La causa preliminar de la muerte, como ya os imaginaréis, fue un traumatismo craneal por objeto contundente, pero esto lo confirmará después de la autopsia.

Trudy Loveday, junto con sus compañeros, escuchaba con la boca seca. No era frecuente que tuvieran que tratar un caso de asesinato, y mucho menos un ataque tan salvaje y a sangre fría. A su alrededor, todos los demás también estaban serios y prestaban atención a cuanto decía el inspector.

«¡Y el horror que estará pasando la madre del pobre chico!», pensó, tragando saliva.

—El muchacho que a veces trabajaba con él ha sido localizado, pero confirmó que no estaba ese día con el señor McGillicuddy, sino en un almacén en Bicester, lo cual ya ha sido confirmado. Según la señora McGillicuddy, su hijo no tenía enemigos, no bebía ni se metía en peleas, y siempre fue responsable y respetable. A pesar de su juventud era viudo, con una niña a su cargo, y siempre había vivido con su madre. Sobra decir que no estaba fichado —señaló con firmeza el inspector—. Pero hay que seguir investigando. Alguien tenía una razón para matar a este hombre. Y ahí es por donde tenemos que empezar. Dado que el asesino utilizó la propia pala de la víctima, una teoría es que el asesinato no fue premeditado. Nuestro *modus operandi* confirma que la herida inicial y primaria fue en la nuca, con varios golpes más mientras yacía tendido en el suelo. Ahora quiero que se organicen en equipos y averigüen todo lo que puedan sobre nuestra víctima. Su madre dijo también que no tenía ninguna amiga. —El inspector hizo una pausa y sonrió—. Pero eso no significa que no existieran, sino que su hijo no dejó a la vista ningún rastro de posibles aventuras. —El inspector se encogió de hombros—. Tenemos que averiguar principalmente sus movimientos económicos. Era un jardinero que vivía de los encargos que le hacían, de modo que sus ingresos deben de ser fáciles de rastrear. Tenéis que averiguar si eso es así, si tiene deudas o no. O tal vez le gustara el juego. Investigadlo. Luego está la madre. Sí, lo sé, a primera vista es una sospechosa improbable. Pero las familias pueden ser complicadas.

»También habría que interrogar a los vecinos de las casas colindantes. Por desgracia, según el agente que encontró el cuerpo, la casa y los terrenos son extensos y gozan de bastante privacidad. Además, ayer fue un día húmedo y frío, por lo que la gente no suele salir tanto. En cualquier caso, no perdemos nada por preguntar. ¿Se fijó alguien en la furgoneta de la víctima y, lo que es más importante, vieron ese día algún otro vehículo circulando por el barrio que les llamara la atención? Si es así, tenemos que localizar a los propietarios de esos coches y hablar con ellos. ¿Alguien oyó alguna discusión o vio a algún extraño merodeando? Tenemos que entrevistar a todos los que estuvieran cerca: al cartero, a los comerciantes o a cualquier otro que fuera por la zona a trabajar en lo que fuera. Necesitamos saberlo todo sobre esa calle y lo que pasó ayer en ella.

—Señor... —Un joven agente se acercó arrastrando los pies y le entregó un mensaje del sargento de guardia.

El inspector lo leyó con los labios ligeramente fruncidos por la irritación, y luego asintió al sargento.

—O'Grady, continúa. Volveré enseguida.

—Sí, señor.

Pero el inspector Jennings tardó en regresar.

Cuando recibió el mensaje de que *sir* Marcus Deering estaba en la comisaría y quería hablar con él, el inspector Jennings se había propuesto tratar con él lo más rápido posible. Aunque estaba dispuesto a ceder a la insistencia de sus superiores de que debía tratarse al empresario con la mayor de las deferencias, no estaba dispuesto a perder el tiempo con él, más teniendo en cuenta que el día anterior ya se había mostrado lo suficientemente servicial con el asunto de las cartas anónimas que a todas luces se trataba de una broma de mal gusto y que ahora estaba ocupado en la investigación de un asesinato de verdad.

Pero cuando entró en su despacho, las primeras palabras del empresario lo dejaron descolocado.

Sir Marcus, sentado en la silla frente a su escritorio, parecía demacrado y sus manos temblaban de un modo incontrolable.

—Nos equivocamos, inspector. Al final, mataron a mi hijo —dijo con la voz cargada de emoción.

El inspector Jennings parpadeó y se sentó pesadamente en su silla. Otra investigación de asesinato que habría que sumar al caso McGillicuddy. Lo primero que pensó fue que necesitaría más personal.

—¿Cómo ha ocurrido? —preguntó de inmediato—. Me dijeron que ayer no pasó nada. ¿Cuándo fue atacado el señor Deering?

—Mi hijo Anthony está bien. —*Sir* Marcus interrumpió el aluvión de preguntas con rotundidad, dejando al inspector con la boca abierta y sin comprender nada. El anciano se miró las manos, incapaz de encontrar la mirada del inspector—. Lo que sucede, Jennings, es que, en mis días de juventud, bueno..., me encariñé de una chica... de mi pueblo. Era guapa y muy respetable, pero un poco..., eh... De clase más baja que nosotros, para que lo entiendas. Pero ella era una chica decente y todo eso... Y cuando se quedó embarazada, mi padre... Bueno, digamos que mi padre y el suyo llegaron a un acuerdo.

—Ya veo, señor —dijo con firmeza el inspector Jennings. Aunque se sentía incómodo por semejantes revelaciones que no le correspondía a él juzgar—. Por lo que entiendo, esa chica tuvo un hijo suyo...

—Sí. Él... tiene... tenía treinta años.

El inspector Jennings sintió lentamente que un escalofrío le subía por la espalda.

—¿Y cómo se llamaba?

—Jonathan McGillicuddy —dijo *sir* Marcus con rotundidad—. Su madre se llamaba Mavis. Como es lógico, mi hijo conservó el nombre de su madre. Creo que todos sus vecinos piensan que McGillicuddy es su apellido de casada.

—Ya veo —dijo con cansancio el inspector Jennings—. ¿Y sabía el muchacho quién era usted? —preguntó con delicadeza.

—Oh, no —dijo *sir* Marcus, sonando sorprendido—. Mavis siempre le dijo al muchacho que su padre murió en un accidente antes de que pudieran casarse. Mi padre insistió en ello.

—Entiendo —dijo Jennings.

Era de suponer también que Mavis McGillicuddy habría recibido una pequeña renta vitalicia para pagar la crianza de su hijo solo bajo el estricto acuerdo de que ni ella ni el niño harían ni dirían nada que avergonzara a la familia Deering.

—Mavis me llamó esta mañana y me dijo..., me dijo... —comenzó *sir* Marcus, pero no pudo continuar y bajó la cabeza tapándose la cara con las manos.

—Sí, señor —dijo el inspector comprensivamente—. Sé lo que le dijo.

—Mi... hijo... Jonathan... —dijo ahogando un llanto, y después volvió a levantar la cabeza y miró al inspector directamente a los ojos—. Murió ayer a las doce del mediodía, ¿verdad? —preguntó *sir* Marcus con tono sombrío.

—No lo sabemos, *sir* Marcus —admitió Jennings sin rodeos. Pero sabía que encajaría con el marco temporal proporcionado por el cirujano de la policía.

Sir Marcus tragó saliva y se llevó las manos a la cabeza, volviendo a cubrirse los ojos con las palmas de la manos.

—Cuando ayer no pasó nada, todos nos sentimos aliviados. Pensé que la pesadilla había terminado, pero no era así. No ha hecho más que empezar —dijo con la voz apagada por las manos y la desesperación—. Quienquiera que escribiera esa carta dijo que mataría a mi hijo, y lo hizo.

El inspector Jennings abrió la boca, pero no supo qué decir. Que habían estado protegiendo al hijo equivocado a las doce del mediodía del día anterior estaba demasiado claro, y podía imaginarse la reacción de sus superiores cuando todo aquello saliera a la luz. Y, sin duda, si *sir* Marcus hubiera confesado desde el principio que tenía un hijo ilegítimo, tal vez ahora no estaría muerto en la morgue del condado. Pero decir algo tan cruel era innecesario.

—Tiene que atraparlo —dijo finalmente *sir* Marcus—. Tiene que detenerlo. O Anthony... —Se calló y se encogió de hombros, impotente, sin atreverse siquiera a expresar con palabras aquel horrible pensamiento. No es que lo necesitara, por supuesto, porque el inspector ya lo había razonado por sí mismo—. Si el autor de esos anónimos pudo matar una vez, puede volver a hacerlo.

—*Sir* Marcus..., se lo volveré a preguntar... ¿De verdad no tiene ni idea de lo que quiere esta persona? ¿A qué se refiere cuando dice que debe «hacer lo correcto»?

Sir Marcus sacudió la cabeza. Presentaba la figura de un hombre devastado.

No se había afeitado y tenía el rostro pálido y tembloroso. Distaba mucho del hombre de negocios eléctrico y pagado de sí mismo que el inspector había conocido hacía apenas una semana.

—¡No lo sé! —se lamentó—. A menos que... Solo se me ocurre una cosa, pero no tiene sentido. Realmente no lo tiene.

—Necesito saber cualquier cosa que pueda ser relevante, *sir* Marcus —insistió con gravedad el inspector Jennings.

Y entonces el hombre destrozado le contó todo sobre el incendio.

8

Beatrice Fleet-Wright mordió una rebanada de pan tostado con una fina capa de mermelada Oxford y cogió el periódico local. Su marido ya estaba leyendo *The Times*, mientras Rex, su hijo, desayunaba sin el acompañamiento de la palabra escrita, como era su costumbre.

A Beatrice le faltaban solo dos años para cumplir los cincuenta, pero nadie lo podría sospechar con tan solo mirarla. Su pelo corto y oscuro estaba tan bien peinado como siempre, y el tinte que ocultaba las incipientes canas había sido puesto en una de las mejores peluquerías de la ciudad. Sus ojos verdes seguían dominando un rostro por lo demás anodino, con un maquillaje discreto que apenas se notaba. En esa eterna juventud también ayudaba el hecho de que durante años se había cuidado muy mucho de vigilar su peso.

La suya había sido la generación que había crecido escuchando la canción *Keep Young and Beautiful*, y si alguna vez se había inclinado a olvidarlo, su madre siempre había tenido la amabilidad de recordárselo.

Fuera, era otro día aburrido y nublado. Suspiró y, para distraerse del interminable día que tenía por delante, echó un vistazo a un escabroso titular que con total claridad había sido redactado a última hora, quizá poco antes de que el periódico entrase en las rotativas.

Por un momento, solo se fijó en los detalles: una mujer preocupada porque su hijo no había regresado a casa y el descubrimiento, después, de su cadáver en un jardín de Kidlington.

Entonces vio el nombre. McGillicuddy.

El corazón se le subió a la garganta, cortándole al instante la respiración. Después de todo, no era exactamente un nombre común.

Por unos instantes, sintió que la habitación le daba vueltas mientras sus ojos escudriñaban los pequeños párrafos impresos en busca de más detalles.

El nombre del hombre asesinado era Jonathan. ¡Era Jonathan!

También la edad era la misma. Y era jardinero... Tenía que ser él.

Por un momento, Beatrice sintió náuseas y temió vomitar allí mismo, en la mesa del desayuno, manchando el mantel de damasco blanco y montando un espectáculo, algo que no hubiera sentado nada bien ni a su marido ni a su hijo.

Pero, por supuesto, no lo hizo. Tal comportamiento era impensable. Ella era Beatrice Fleet-Wright, una Collingswood de nacimiento. Hija del rico propietario de una cervecería local que había estudiado en el Cheltenham Ladies College y más tarde en el Somerville College. Siempre había ido a la iglesia más cercana y siempre había hecho lo que se esperaba de ella. Lo que incluía comportarse como una dama en todo momento.

Incluso había recibido el elogio de sus padres cuando tomó la decisión de casarse con Reginald Fleet-Wright, hijo del propietario de una gran empresa de transportes que casi generaba unos ingresos anuales equivalentes a los del negocio de su padre.

Había tenido dos hijos, y si la vida hubiera sido tan justa como debiera, habría envejecido elegantemente, con los disgustos propios de una persona que había vivido toda la vida entre algodones.

Por supuesto, nada de eso había sucedido. Por el contrario, se había enfrentado a la tragedia, la traición y la pérdida. Por no mencionar el hecho de convertirse en la comidilla de su grupo de amigos.

Y ahora, justo cuando parecía que había superado todo aquello, la vida estaba a punto de asestarle otro duro golpe.

Aunque no había amado a Reginald cuando se casó con él, le había cogido cariño con los años. Siempre había querido a sus hijos, como era lógico. Pero incluso con ellos nunca había llevado una venda en los ojos, ni había sido una de esas madres que se empeñan en ver a sus vástagos como verdaderos ángeles.

Y menos mal que fue así.

Beatrice siempre había insistido en ver la vida tal como era. Y las amargas experiencias del pasado le habían enseñado que, ante la adversidad, no servía de nada esconder la cabeza bajo tierra. Había que afrontar las cosas de frente e intentar sacar lo mejor de ellas.

Así que se tragó rápido la bilis que le había subido a la garganta y dejó la tostada con un leve temblor de la mano. Una furtiva mirada le hizo percatarse de que ninguno de los hombres de la mesa había notado nada extraño.

Esto tampoco la sorprendió. Para su marido, a lo largo de los años, ella se había convertido más o menos en un accesorio de la casa, un accesorio con cierto valor, como un sofá Chesterfield o un elegante cuadro que colgara de la pared, valorizándose con el paso del tiempo. Y para su hijo... Beatrice a veces se preguntaba si Rex era consciente de su existencia.

—Tendré que volver a ver a ese idiota de Binsey Lumber —dijo en ese momento su marido—. ¿Qué demonios le hizo pensar que podía pedir veinte camiones con cinco minutos de antelación y...?

Beatrice no tuvo ningún problema en abstraerse de lo que decía y componer la mejor de sus caras, soltando de vez en cuando unas palabras de asentimiento, como si prestara realmente atención. Después de todo, llevaba años practicando tal habilidad con paciencia.

Y si se le pasó por la cabeza que Rex se había dado cuenta de que no estaba escuchando, también lo ignoró. Estaba acostumbrada a su antagonismo silencioso. Y lo entendía. No podía hacer nada al respecto.

Rex estudiaba en la universidad, pero parecía pasar poco tiempo en el campus, y aún menos estudiando.

Aunque Beatrice no había renunciado del todo a recuperar la relación con su hijo, aquel no era un buen momento para ello. Tenía un problema más inmediato.

En cambio, sus pensamientos se remontaron a la primera vez que vio a Jonathan McGillicuddy, hacía ya casi siete años. Podía recordar aquel verano tan lejano como si hubiera sido ayer.

Había sido el verano en que su vida, y la de su familia, se había reducido a cenizas.

Y ahora también estaba muerto. Y no solo muerto, sino asesinado.

Respiró hondo, intentando que no se le notara el nerviosismo.

Lo más probable fuera que aquello no tuviera nada que ver con ella. No podía afectarla a ella o a su familia. Tenía que ser una coincidencia. La gente moría todo el tiempo. Y ella no había tenido contacto con él desde entonces...

El tiempo transcurrió en una especie de neblina. Su marido la besó en la mejilla, como hacía siempre, antes de marcharse a la oficina. Rex hizo un lacónico comentario sobre lo que iba a hacer el resto del día y se marchó.

Beatrice solo era vagamente consciente de todo ello. El té se le enfrió, la tostada se quedó sin comer.

Jonathan McGillicuddy estaba muerto. Y, de algún modo, Beatrice Fleet-Wright sabía que eso iba a significar un nuevo desastre. Un desastre para ella y para su familia, justo cuando creía que por fin habían logrado salir de la angustia y la desesperación del pasado y de aquellos terribles acontecimientos.

Nada podía ser peor que aquello. A primera vista, era difícil que la muerte de alguien de su pasado pudiera compararse con la pérdida de un hijo y el escándalo de la investigación del forense. Y todos los largos años de soledad, culpa y miedo que había soportado desde entonces.

Y, sin embargo, mientras se obligaba a leer los escasos detalles sobre la muerte de un paisajista al que una vez había conocido, breve y trágicamente, Beatrice podía sentir en sus huesos que lo peor estaba por llegar.

9

La investigación del juez de instrucción sobre la muerte de Jonathan Paul McGillicuddy se inició seis días después, en una jornada fría y gris azotada por el viento a finales de enero. Todos los que tenían asuntos que tratar en el tribunal o en el depósito de cadáveres, que compartían un patio al final de Floyds Row, estaban acurrucados con su ropa que más abrigaba y se alegraban de no hallarse a la intemperie.

El doctor Clement Ryder observaba cómo se llenaba su tribunal a través de una puerta entreabierta del pasillo que comunicaba con su despacho, y esperaba el momento en que le llamara el ujier. Ese día se sentía bien, su cuerpo estaba libre de dolores y de los malditos temblores, e hizo un repaso mental de la mañana que tenía por delante y de lo que había que hacer, que sería más bien poco, tratándose de una fase inicial de la investigación. La experiencia le había enseñado que sería algo breve, mientras que el público que había acudido en masa esperaba ver un espectáculo que cubriera sus expectativas. El forense ya estaba acostumbrado a ese comportamiento morboso de la gente, por la que sentía verdadero desprecio, al tiempo que sabía que se marcharían de allí decepcionados.

Ya había hablado con el agente que investigaba el caso McGillicuddy, el inspector Harry Jennings, en su opinión un buen policía, aunque algo falto de imaginación. Ellos querían un aplazamiento, por supuesto, para darles tiempo a reunir más pruebas, y como es natural se aseguraría de que lo consiguieran.

No era una petición inusual en las primeras etapas de una investigación de asesinato.

Oyó su señal y entró en la sala con confianza, sintiendo, como siempre, cierta satisfacción por el repentino silencio que se hizo en la sala cuando apareció. Tomó asiento y miró alrededor. Observó, con una sonrisa irónica de desagrado, la presencia de la prensa. Luego echó un vistazo a los asientos delanteros, donde normalmente se encontraban los miembros de las familias afectadas, y distinguió al instante a la madre de la víctima. Una señora pequeña y encogida, con el rostro pálido y desconcertado y la mirada perdida.

Le llamó la atención y le hizo un leve gesto con la cabeza. No sonrió. Nunca sonreía en el tribunal. Nunca sonrió cuando estaba en el quirófano, y no veía por qué iba a hacerlo ahora que era la cara pública del sistema judicial.

Mavis McGillicuddy, mirando al hombre de pelo plateado, vestido con elegancia y de aspecto distinguido que parecía gobernar ese desconcertante mundo de la ley y la medicina como un semidiós, tragó saliva y consiguió asentir.

No entendía nada de lo que estaba a punto de ocurrir, y gran parte del protocolo que rodeaba el acto se le escapaba de la comprensión. Sin embargo, instintivamente sintió que el hombre que estaba a cargo de todo haría lo correcto por su hijo.

Pero, en realidad, le costaba preocuparse por la búsqueda de la verdad y la justicia. La policía había hablado con ella sin parar los últimos días, haciéndole preguntas sobre Jonathan y su vida. En un momento dado, incluso parecieron sospechar que ella y su hijo no estaban muy unidos y que no todo iba bien en casa, pero eso no le importó. Estaba demasiado cansada para enfadarse.

Su vecina había estado todo ese tiempo cuidando a Marie, y tampoco eso parecía importarle.

Lo único que sabía o le importaba era que su hijo se había ido para siempre y que nunca volvería a verlo.

Clement apartó con firmeza su mirada del rostro inexpresivo de Mavis McGillicuddy mientras llamaba al orden al tribunal y procedía por el camino trillado y ya familiar de la apertura de un procedimiento judicial forense. Una vez concluidas las diligencias preliminares, instruidos los miembros del jurado sobre lo que se esperaba de ellos y satisfechos los secretarios con el estado del papeleo, el inspector Jennings fue llamado al estrado.

Como era de esperar, el policía no tardó en exponer los hechos que rodeaban el caso, desvelando lo menos posible, y pidió un aplazamiento para que la policía pudiera reunir más pruebas.

Clement se lo concedió sucintamente.

Hizo una seña con la cabeza al secretario para que levantara acta de la concesión y, mientras lo hacía, observó a los periodistas y reporteros que garabateaban en sus cuadernos con una mirada mordaz. Al principio, cuando fue nombrado, uno o dos de ellos pensaron que podrían aprovecharse de su inexperiencia y sacarle información sobre uno de sus casos más escabrosos. Desde entonces, su respuesta se había convertido en legendaria, y ahora ningún periodista, ni siquiera el más ambicioso o impertinente, soñaba con acercarse a él. Mientras el inspector Jennings abandonaba el estrado y sus ojos recorrían la sala, Clement se fijó por primera vez en una mujer sentada en la tribuna del público. Al principio no habría podido decir por qué le había llamado la atención. Iba un poco mejor vestida que la mayoría de los presentes; sin embargo, aunque era bastante guapa, no llamaba la atención. Tal vez fuera el sosiego que parecía que desprendía o la mirada serena pero afilada con la que escrutaba al inspector Jennings.

Tal vez fuera solo instinto, pero activó su radar interno.

Desde luego, no parecía la típica espectadora de esos circos, que acudían con la esperanza de oír algún secreto vergonzoso que les sirviera de catarsis o de llenar sus retorcidas mentes con descripciones de muertes y lesiones.

Estaba tan ocupado intentando averiguar qué era lo que le había escamado en ella que tardó un momento en darse cuenta de que la había visto antes en alguna parte. Muchos años atrás, en circunstancias que, pensó, no habían sido muy cómodas.

Pero antes de que pudiera atrapar ese recuerdo, la perdió de vista cuando la sala empezó a vaciarse lentamente y el público y el personal del tribunal salieron por la estrecha puerta.

Durante unos minutos permaneció en la sala vacía, sentado en su silla tan quieto como una garza de caza, y pensando de forma vertiginosa. ¿Dónde había visto antes a aquella mujer de ojos verdes, de tez pálida y cabellera oscura?

Tuvo un recuerdo fugaz, una impresión de su calma estoica y su voz apagada, y se convenció de que, de algún modo, ella había sufrido un gran dolor y una gran pérdida. Sin embargo, no había estado presente en ninguno de sus juicios, al menos de eso estaba seguro. Recordaba con claridad y precisión todos los casos que había presidido, y su memoria no fallaba.

A menos que esa maldita enfermedad hubiera empezado a robarle algunas de sus facultades mentales. Con rabia, sacudió la cabeza, negándose obstinadamente a dar crédito a semejante posibilidad.

Y sin embargo... Sí, ahora lo recordaba. La había visto antes en un juzgado de instrucción, ¡pero no en uno que él presidiera!

Cuando decidió convertirse en forense, empezó a frecuentar los tribunales, sentándose en la tribuna pública y observando cómo se juzgaba un caso tras otro, escuchando y destilando la esencia de lo que ocurría. Y hubo un caso en particular...

De repente chasqueó los dedos y, extendiendo la mano hacia delante, cogió su copia de la carpeta McGillicuddy y se quedó mirando absorto el nombre de la víctima.

Y lo tenía. McGillicuddy.

Por supuesto, allí la había visto antes.

Con calma, se reclinó en la silla, dibujando una pequeña sonrisa en los labios. Ahora comprendía lo que había traído a Beatrice Fleet-Wright a aquella investigación.

Por aquel entonces se preguntó muchas cosas.

Sospechaba que había algo muy raro en el caso Fleet-Wright. Pero no estaba en disposición de cuestionar el veredicto del forense porque todavía se estaba formando. Pero aquello no le había impedido sentirse indignado. Estaba convencido de que algunos testigos habían mentido. Mintieron y volvieron a mentir. Y también sospechaba que la señora Beatrice Fleet-Wright había sido una de las personas que más habían faltado a la verdad.

Tampoco le convencieron las pruebas presentadas por el primer agente de policía que había llegado a la escena del crimen. No se había fiado de él ni un pelo.

Y Clement no había tenido ninguna duda de que el veredicto emitido había sido erróneo, muy erróneo.

Como era natural, sabía que sería inútil interferir. El juez de instrucción, uno de sus predecesores, ya jubilado pero muy estimado, no habría escuchado las opiniones de un hombre, por muy bueno que fuera en su campo, que ni siquiera había recibido formación jurídica.

Además, Clement tenía la impresión de que había cosas ocultas entre bastidores. Aunque nunca habría podido demostrarlo.

De modo que tuvo que resignarse, muy a su pesar. Y fue una de las muchas razones por las que, cuando asumió el cargo, se juró a sí mismo que nunca habría nada dudoso en ninguno de sus casos. Todo saldría a la luz de forma abierta y transparente, capaz de soportar cualquier tipo de escrutinio público.

Sabía que su forma de actuar le había granjeado muchos enemigos, pero todo el mundo, incluyendo la policía, el Ayuntamiento y hasta la gente más rica y prominente de Oxford, sabía que era incorruptible. Era algo que no iba con él.

Y ahora, por fin, quizá pudiera hacer algo también en aquel caso que tanto le había indignado. Pero tenía que saber jugar sus cartas y ser paciente.

10

El inspector Jennings regresó a su despacho con el aire satisfecho de un hombre que acababa de superar un obstáculo y que a continuación debía enfrentarse a otro distinto. No es que esperara problemas en la investigación, por supuesto, pero con el doctor Clement Ryder presidiendo siempre existía esa posibilidad. El forense era famoso por su imprevisibilidad, un hecho que Jennings y el resto de la policía de la ciudad conocían demasiado bien. Era un hombre muy inteligente, admitió de buen grado el inspector, y sin duda conocía su profesión, tanto en el ámbito judicial como médico. Todo el mundo sabía que había sido cirujano, y muchas veces había puesto la zancadilla a los cirujanos de la policía o a otros testigos médicos profesionales cuando declaraban, pillándolos en algún punto sin importancia o centrándose en algo que habían intentado eludir. Lo que, como es lógico, no hacía que el forense se ganara su simpatía. Los médicos estaban acostumbrados a salirse con la suya, y no les gustaba toparse con alguien que sabía más de medicina que ellos.

La policía tampoco se libraba. Muchos agentes, y a veces sargentos, o incluso inspectores, habían sentido el látigo sarcástico y cortante del doctor Clement Ryder cuando intentaron jugársela en su tribunal.

Pero había que darle al césar lo que era del césar, y era una persona justa que dominaba su profesión como nadie, además de tener un olfato para la verdad que ponía en evidencia al jurado más convencido. Ya podían los testigos contar lo que quisieran, que él sabía cuándo mentían y cuándo no. Y no dejaba pasar una. Cuando se iniciaba una investigación, el juez de instrucción no dejaba ninguna duda de quién estaba al mando, algo que denotaba su verdadera pasión por que se hiciera justicia.

Quizá, pensó Jennings con ironía, ahí radicaba el problema. A veces el doctor Clement Ryder creía saber más que la policía. En cuatro casos anteriores había cuestionado enérgicamente la línea que la policía estaba tratando de seguir. Y lo que era aún más molesto, en las cuatro veces le habían dado la razón, para gran vergüenza del equipo policial encargado de la investigación. Y aunque él y sus colegas sabían que el jurado de un juez de instrucción, compuesto por ciudadanos de a pie, podía ser inducido, con sumo cuidado y delicadeza, a dar el veredicto preferido por la policía, eso no se intentaba cuando el doctor Ryder supervisaba el caso.

Sin embargo, hasta el momento, Harry Jennings nunca había tenido problemas con el egocéntrico y astuto forense, y se esforzaría por asegurarse de que nunca los tuviera. Lo último que quería hacer era enfrentarse a alguien como el doctor Ryder. El hombre podía ser una amenaza, pero también tenía amigos en las altas esferas.

Así que, ahora, mientras se sentaba detrás de su escritorio, exhaló un suave suspiro de alivio al ver que la investigación de McGillicuddy había transcurrido sin contratiempos y, abriendo un expediente, empezó a releer las últimas conclusiones sobre el caso Deering.

Cuando *sir* Marcus se sinceró por fin sobre lo que podía haber detrás de las escalofriantes cartas anónimas, hizo que su equipo investigara el incendio de inmediato. Al principio parecía una pista que podía llevarlos por el buen camino, pero cuanto más habían investigado, menos probable parecía. Como *sir* Marcus había insistido, era difícil que alguien pudiera culparle de lo ocurrido. Los hechos eran simples. Treinta años atrás, al dejar la universidad, había aceptado un puesto como gerente de un gran almacén de Birmingham. Allí se almacenaba una amplia gama de mercancías que de forma inmediata se enviaban a las tiendas de la zona: ropa de cama, cerámica de todo tipo, bombonas de gas para uso doméstico, muebles de madera, productos de limpieza... En otras palabras, cualquier artículo que pudiera venderse y muchos de ellos muy inflamables.

Un día de otoño en el que soplaba un fuerte viento, un carretillero, mientras se tomaba un descanso y fumaba un cigarrillo, provocó accidentalmente un incendio que arrasó en poco tiempo el gran edificio, matando a tres personas y quemando con gravedad a otras cinco, incluido el carretillero. El incendio se agravó por los fuertes vientos, que contribuyeron a extenderlo por todas partes, creando un verdadero infierno.

La empresa admitió su responsabilidad y el seguro pagó a los familiares de los fallecidos y a los heridos, aunque las víctimas, también era cierto, no se sintieron muy satisfechas con las cantidades percibidas.

Como era lógico, el incendio se investigó a fondo y se consideró un accidente. El conductor de la carretilla se libró de ir a la cárcel a causa de sus graves quemaduras, pero murió apenas un año después. Algunos decían que se sentía culpable, mientras que otros insistían en que se había dado al alcohol hasta morir.

Pero como *sir* Marcus había señalado, ninguna persona razonable podría haber dicho o creído que él era el principal culpable de la tragedia. No era el encargado de la seguridad, no era el jefe de bomberos y ni siquiera había estado en el trabajo el día del accidente. De hecho, la única relación que se le podía atribuir era que, como gerente, había sido responsable de la contratación del conductor de la carretilla elevadora. Pero, incluso entonces, el hombre había tenido un historial intachable y antes del accidente ni siquiera era conocido por beber en exceso. ¿Cómo se le podía considerar a él responsable? ¿Y por qué ahora, después de tanto tiempo, querían vengarse?

Aunque Jennings estaba de acuerdo con *sir* Marcus en que ninguna persona razonable le culparía, también era un hecho que ninguna persona razonable escribiría cartas amenazadoras y luego cumpliría esas amenazas asesinando a un hombre inocente.

Así que había ordenado a su equipo que comprobara el paradero y la situación de las víctimas del incendio que habían sobrevivido, de los familiares de los fallecidos y de todos los que habían trabajado en el almacén en aquella época y se habían mostrado especialmente críticos con las normas de seguridad de la empresa y con las míseras indemnizaciones pagadas a los heridos. De hecho, cualquiera que pudiera sentir que no se había hecho justicia. Siempre era posible, aunque fuera algo improbable, que, en los años transcurridos, alguien hubiera desarrollado una obsesión enfermiza que le hubiera hecho ver a *sir* Marcus Deering como el culpable de todos sus males.

Tal vez algún pobre diablo que hubiera sobrevivido a las heridas de las llamas y hubiera padecido los efectos de la inhalación de humo había terminado por tener pesadillas. Pesadillas que habían durado años, lo que le había llevado a estar demasiado cansado para realizar un trabajo y, por tanto, a convertirse en un parado de larga duración. Lo que, en un venenoso efecto dominó, podría haberle llevado a perder a su familia, ya que la esposa se marchó y se llevó a los niños con ella.

¿Y si tal vez esa supuesta víctima del incendio se había despertado una mañana, había visto la ruina de su vida y había estallado de manera irremediable, decidiendo vengarse? Siempre era más fácil culpar a otro de los males de uno, ¿no? Y mucho más si ese otro había alcanzado el éxito y se había convertido en dueño de su propio imperio empresarial y vivía en una preciosa finca.

Sin embargo, la lista de posibles sospechosos era larga y abarcaba a muchas personas que, en los años transcurridos, se habían dispersado por todo el país. Por lo que se necesitó de bastante tiempo, y la cooperación de muchas otras fuerzas policiales, para localizarlos a todos e investigar su situación actual.

Hasta ahora no habían encontrado a nadie que encajara con el perfil. Pero el inspector Jennings no había renunciado a esa línea de investigación todavía. Porque, salvo que saliera a la luz alguna otra prueba, era difícil ver por qué alguien habría sentido una aversión asesina por *sir* Marcus Deering. En cualquier caso, era evidente que alguien lo había hecho y, si no averiguaban quién, y pronto, podría morir alguna otra persona. Y esta vez la culpa por no haberlo evitado recaería directamente sobre sus hombros.

11

Al día siguiente de haberse iniciado la fase de instrucción sobre la muerte de Jonathan McGillicuddy, Trudy se sonrojó al entrar en la comisaría con el abrigo de su uniforme ceñido a la cintura de un hombre desnudo.

Como era de esperar, fue recibida al instante con gritos de burla y algunos chiflidos por parte de sus compañeros; el silbido más fuerte procedía del payaso de Rodney Broadstairs. El sargento de guardia, un veterano llamado Phil Monroe, que lo había visto todo, se limitó a dedicarle una sonrisa que denotaba cierto hartazgo mientras ella cruzaba cariacontecida.

—Así que has pillado al exhibicionista —dijo Walter Swinburne mientras Trudy llevaba a su desvergonzado preso a la zona de oficinas y buscaba una mesa que estuviera libre.

Charles Frobisher, un hombre de cincuenta y dos años de aspecto lamentable, era delgado como un junco —a excepción de la barriga, que la tenía sorprendentemente abultada—, calvo por la parte superior de la cabeza y tan blancucho que Trudy no pudo evitar compararlo con un pollo desplumado.

No sabía por qué pensaba que las amas de casa de Oxford estarían interesadas en verlo desnudo. Sin embargo, durante las últimas semanas, se había ocultado tras los arbustos de los jardines de la ciudad para salir después en el traje de Adán, echando a correr por los senderos ante la perplejidad de los transeúntes.

Sabía que el inspector Jennings solo le había dado la misión de patrullar los parques para mantenerla ocupada, y sospechaba que nunca había esperado que estuviera en el lugar adecuado en el momento indicado, de modo que se sintió muy orgullosa de demostrar que estaba equivocado. Aunque, la verdad fuera dicha, tampoco creía que ese episodio en particular la favoreciera en nada, más teniendo en cuenta las burlas que se traían sus colegas con el asunto.

Cuando el despreciable individuo declarara ante el juez, sería enviado, con total seguridad, a un centro de salud mental para que le curaran de su extraño comportamiento.

En resumidas cuentas: podía esperar sentada a que un superior la felicitara por aquella detención.

Mientras Charles Frobisher se pavoneaba por la oficina como un gallito, con sus partes pudientes a buen recaudo bajo su abrigo, le ordenó con brusquedad que se sentara en la silla frente al escritorio para comenzar con la meticulosa tarea del papeleo.

No es que fuera a llevarle mucho tiempo escribir el informe. Al fin y al cabo, ella simplemente estaba de pie bajo un gran castaño de Indias, tratando de protegerse del gélido viento de enero, cuando oyó un grito angustioso. Al darse la vuelta, vio a una mujer furibunda de mediana edad con un pequeño West Highland terrier a su lado, intentando golpear a un hombre desnudo con el bolso.

El perrito también intervenía y atacaba los tobillos desnudos del hombre, que intentaba evitar las dentelladas dando brincos. Y como iba descalzo, Trudy no tuvo ninguna dificultad para atraparlo. Por supuesto, no opuso resistencia, para alivio de ella. No estaba muy segura de qué parte de su poco agraciado cuerpo debía agarrar primero, puesto que ese tipo de cosas no se explicaban durante su etapa de formación policial.

Con las mejillas aún sonrojadas por el bochorno, no sabía si admirar el valor del exhibicionista al desnudarse en pleno mes de enero o maldecirlo por convertirla en el blanco de las bromas de la comisaría durante los próximos días.

—¿Puedo tomar una taza de té, señorita? —le preguntó cortésmente Charles Frobisher. Estaba soltero, vivía con su madre con lo que él llamaba «rentas personales» y era «poeta» de profesión.

—No. Y cállate si no te pregunto —soltó Trudy, echando una rápida mirada a la puerta del inspector.

—No te preocupes, está con cosas más importantes. Está con el quebrantahuesos —dijo el agente Swinburne para tranquilizarla.

Trudy lo miró con curiosidad.

—¿El quebrantahuesos? ¿Quién es ese?

—Nuestro querido forense, el doctor Clement Ryder —le dijo el viejo agente—. Eres nueva, así que aún no has tenido ocasión de cruzarte con él, pero ya te tocará. Tarde o temprano, a todos nos toca. Algún día tendrás que testificar en uno de sus interrogatorios y, cuando lo hagas, hija mía, asegúrate de consultar tus notas y no cometer errores. Es un cabrón de cuidado.

Por su forma de hablar, Trudy supuso que el veterano agente lo decía por experiencia propia.

—Pues vaya... —dijo resignada—. No lo pintas muy bien.

Walter bufó.

—Era un prestigioso cirujano cardiaco antes de dejarlo. Y ya sabes cómo son estos tíos —añadió malhumorado—. La mayoría cree que tiene línea directa con Dios. Tienen el poder de la vida y la muerte en sus manos y toda esa gaita. Ahora que es forense se cree Perry Mason y Dick Tracy, todo en uno. El problema es que es muy respetado en la ciudad y se codea con las altas esferas —dijo encogiéndose de hombros—. Así que tenemos que tenderle una alfombra roja cada vez que viene, aunque tenga la manía de meter las narices donde no le llaman.

—¿Y eso cómo es?

Walter Swinburne resopló enfadado.

—Tiene metido en la cabeza que puede decirle a la policía lo que está bien y lo que no. Probablemente es lo que está haciendo ahora. Estará diciéndole al jefe cómo debería llevar el caso McGillicuddy o algo así. En realidad, no es asunto suyo, pero al quebrantahuesos no puedes decirle eso. Ninguno de los otros forenses nos da tantos problemas como él. No creo que el jefe esté muy contento —dijo frunciendo los labios—. Estará rabiando.

Resultó que el veterano policía solo tenía razón a medias. Cierto que al inspector Jennings no le gustaba mucho tener al doctor Ryder echándole el aliento en la nuca, pero el forense no estaba allí para decirle cómo debía llevar su última investigación de asesinato.

Por el contrario, parecía tener algún tipo de información de un viejo caso que podría ser de mucha utilidad, según sus palabras.

Cuando el forense había llamado aquella mañana, esperando que Jennings dejara lo que estuviera haciendo para que le atendiera —cosa que, por supuesto, Jennings tuvo que hacer, ¡qué remedio!—, el inspector había presentido que venían curvas. Después de escuchar lo que Ryder realmente quería, se había disgustado aún más. Porque el maldito forense solo quería que reabriera un caso ya archivado, una muerte que había sucedido cinco años atrás.

—Como he estado tratando de explicarle, doctor Ryder —soltó Jennings, armándose de paciencia—, no tengo autoridad para reabrir un caso solo porque usted lo diga, y mucho menos uno que tuvo un veredicto correcto. Y antes de que continúe... —Levantó una mano como si quisiera apartarle físicamente—. No creo que mis superiores inmediatos lo permitieran, aunque yo se lo pidiera —dijo intentando zanjar la discusión.

Se detuvo al oír un repentino estruendo de risas en el exterior y miró por el ventanal que lo separaba del resto de la oficina, justo a tiempo para ver entrar a la nueva y guapa agente de policía en prácticas con un hombre desnudo.

Respiró con fuerza. Diablos, al final había logrado atrapar al exhibicionista, pensó sorprendido. Luego frunció el ceño al verla conducir al hombre delgaducho, cubierto por su abrigo, hasta una silla. La escena era incómoda y ligeramente de mal gusto, y solo esperaba que la cosa no se saliera de madre. Bastaría con que una puritana de algún influyente comité del Ayuntamiento se quejara de lo inapropiado que resultaba que una joven tuviera que atrapar a un pervertido desnudo para que se armara un buen escándalo. No sería difícil que llegara a los oídos de sus superiores, entonces ya tendría la bronca asegurada.

—Solo quiero que alguien me ayude a hacer una pequeña y discreta investigación. —El tono cáustico y preciso del forense hizo que su mente volviera al problema que tenía entre manos—. Sospecho que el caso Fleet-Wright tenía serios errores. Y dada la conexión con su última víctima de asesinato, no entiendo por qué lo pone tan difícil —dijo Clement Ryder insistiendo.

Harry Jennings volvió a sentarse detrás del escritorio con un suspiro.

—El hecho de que nuestra víctima de asesinato, McGillicuddy, conociera a alguien que murió en lo que usted insiste en llamar «misteriosas circunstancias», no quiere decir que los dos casos estén conectados, doctor Ryder —señaló con cansancio.

Clement inspiró lenta y pacientemente, y el inspector sintió que su ánimo se hundía aún más. Estaba claro que el anciano no iba a darse por vencido, y lo último que necesitaba era al maldito doctor Clement Ryder obsesionándose por algo.

—No le estoy pidiendo que reabra de forma oficial el caso todavía. Ni siquiera le pido que le asigne un equipo —dijo el forense magnánimo.

Harry Jennings sonrió con ironía.

—Muy amable por su parte —murmuró mordaz.

—De hecho, estoy dispuesto a dedicarle mi tiempo libre —dijo Clement, ocultando una sonrisa de satisfacción cuando los ojos del inspector se abrieron alarmados, casi a punto de saltar de su silla—. Pero, como comprenderá, no puedo hacerlo sin algún tipo de autorización o ayuda de la Policía Municipal —continuó Clement, antes de que el inspector tuviera ocasión de protestar.

Jennings, que se había desplomado aliviado en la silla, se levantó casi de un salto.

—Eso es imposible —le espetó al límite de sus fuerzas—. Mi equipo está ocupado con el caso del asesinato de McGillicuddy. Seguro que lo entiende.

Mientras hablaba, se acercó de nuevo al ventanal del despacho y miró a través de él, aliviado al ver a su equipo trabajando afanosamente.

—Y, como puede imaginar, mis superiores preferirían que lo resolviéramos cuanto antes.

—Lo entiendo, como es lógico. Pero seguro que puede prescindir de una persona. Un agente es todo lo que necesito para que haya cierta oficialidad cuando vuelva a interrogar a algunos testigos —le engatusó Clement—. Y quién sabe, no es improbable que el caso Fleet-Wright se relacione con el caso McGillicuddy. Piense en lo estúpido que parecería si fuera fundamental para resolverlo y no lo hubiera investigado, ¡sobre todo porque me he ofrecido a hacerlo por usted! Mataría dos pájaros de un solo tiro. ¿Qué puede perder?

—No tiene autoridad para ir por ahí interrogando a nadie —le aclaró Jennings.

—Por supuesto que no —dijo Clement Ryder con suficiencia—. Por eso necesito un agente de policía de verdad. Alguien que trabaje estrechamente conmigo y me siga. ¿Seguro que tiene a alguien sin importancia que pueda darme?

Al instante, Harry Jennings pensó en el agente Swinburne. De todos modos, el hombre estaba haciendo tiempo hasta su jubilación, y estaba dispuesto a hacer casi cualquier cosa con tal de quitarse al forense de encima. Pero, cuando volvió a mirar a su equipo en la oficina, la primera persona que vio fue a la agente Trudy Loveday, que realizaba el trabajo burocrático tras detener al exhibicionista.

Tendría que ser reasignada a algún otro caso en el que no pudiera sufrir ningún daño ni causara demasiados problemas.

De repente al inspector se le dibujó una sonrisa en los labios.

—¿Sabe, doctor Ryder? —dijo, volviéndose para sonreír con los dientes apretados al insistente forense—. Creo que tengo a la persona adecuada para usted...

Cuando Trudy regresó de dejar a su prisionero en las celdas —Frobisher había sido vestido por un amable coronel del Ejército de Salvación que había llegado con algunos artículos donados—, se sorprendió al ser llamada al despacho del inspector. Casi podía contar con los dedos de una mano el número de veces que su superior había querido verla y sospechaba que hubiera preferido no tener a su cargo personal femenino. Era como si no supiera qué hacer con ella, y por eso solía dejar que el sargento le encomendara las tareas.

Cuando entró en su despacho, se sorprendió aún más al ver que el famoso forense, un hombre de aspecto distinguido, no se había marchado aún. Vestido con un elegante traje marengo y con un tupido y bien peinado pelo plateado, la miraba desde debajo de unas pobladas cejas con evidente curiosidad. Aunque sus ojos grises parecían algo acuosos, la expresión de su mirada al observarla era nítida.

Trudy se puso en alerta al instante.

—Agente Loveday, este es el doctor Clement Ryder, uno de los forenses de la ciudad —empezó a decir Harry Jennings secamente.

—Señor... —dijo Trudy. Pero nadie, ni siquiera Trudy, supo si se lo decía a su superior o al hombre que la observaba sentado en la silla.

—El doctor Ryder tiene una propuesta bastante interesante que quiere hacerle —dijo el inspector Jennings con algo de malicia. Porque, por supuesto, sabía que en realidad era él quien tenía que dar las órdenes a la agente de policía y que ella no tenía ni voz ni voto en el asunto.

No quería ponérselo fácil al forense, quien lo miró con reproche.

Trudy, con las palabras de advertencia de Walter Swinburne todavía coleando en su cabeza, dijo con cautela:
—¿Y cuál es?

12

Mavis McGillicuddy estaba junto al fregadero, desganada, lavando la vajilla del desayuno. Marie estaba en la escuela. La pobrecita ya solo tenía a su abuela para cuidarla, y Mavis sintió el peso de la responsabilidad.

Miró fugazmente por la ventana de la cocina mientras empezaba a secar las tazas de té. Sus vecinos y amigos habían sido maravillosos, se habían movilizado, pero no podían estar con ella cada minuto del día. Y ahora la casa estaba tan vacía y silenciosa que nada parecía normal.

Incluso la gente que pasaba por la calle se detenía a mirar su casa. Como si esperaran ver algo... ¿El qué? ¿Algo interesante? ¿O algo aterrador?

Mavis no lo sabía con certeza. Al menos los periodistas habían dejado de molestarla por el momento y la dejaban en paz.

Pero en cuanto pensó eso, Mavis se fijó en la mujer al final del corto sendero del jardín. Parecía acercarse al portón, decidida a abrirlo, pero luego cambió de idea y siguió su camino, como si hubiera perdido el valor.

Las manos de Mavis McGillicuddy se detuvieron sobre su paño de cocina. La mujer era una desconocida, estaba segura, y vestía muy bien, con un abrigo hecho a medida y unos bonitos guantes de cuero.

Tras la muerte de Jonathan se había acostumbrado a los cotillas esporádicos, como ella los llamaba, sin embargo, aquella mujer no se semejaba a ninguno de ellos.

Mavis observó a la mujer, intentando encajar las imágenes inconexas que acudían a su cabeza, y frunció el ceño.

¿Sería posible que la conociera?

Tal vez tuviera casi dos décadas menos que ella, pero conservaba el atractivo. Giró sobre sus pies y esta vez reunió el coraje para dirigirse al portón, la espalda erguida, como si se estuviera preparando para algo desagradable. Su mano, enguantada con elegancia, llegó incluso a alcanzar el pestillo. Pero en el último momento volvió a darse la vuelta. Esta vez sus hombros se inclinaron como derrotados cuando se alejó.

Y no volvió.

Restándole importancia, Mavis cogió otro plato y lo metió en la palangana, sin darse cuenta de que ya lo había lavado y secado hacía un rato.

—Entonces, ¿lo ha entendido todo? —preguntó el inspector Jennings a Trudy, que permanecía de pie y atenta frente a su escritorio.

El doctor Clement Ryder acababa de marcharse y su superior la observaba con curiosidad.

—Sí, señor —dijo Trudy, emocionada y a la vez algo desconcertada—. Quiere que lea el expediente de la investigación que ha dejado el doctor Ryder, que le haga un resumen y que trabaje de manera estrecha con él mientras prosigue sus pesquisas. Y al final de cada día le entregaré un informe escrito de nuestras actividades.

El inspector Jennings asintió. La chica tenía una mente rápida y una buena comprensión de las cosas, lo reconocía.

—Le informaré de inmediato si creo que el doctor Ryder se ha excedido de alguna manera. —Sobre este tema Trudy se sintió un poco desconcertada, ya que no estaba muy segura qué había querido decir el inspector. ¿Qué consideraba su jefe que era pasarse de la raya?—. Y cuando preguntemos a los testigos, yo seré la que se encargue del interrogatorio —repitió como un loro sus instrucciones.

—Correcto. El doctor Ryder, aunque es forense, no deja de ser un civil. No tiene autoridad para arrestar, ni para interrogar a los testigos fuera de su tribunal, tampoco para desempeñar el papel de un oficial de policía. ¿Está claro?

—Sí, señor —respondió Trudy sin dudar.

Lo que no le quedaba claro, ni mucho menos, era por qué el inspector tenía que complacer al forense de aquella manera.

Después de conocerlo brevemente, comprendió por qué Walter Swinburne y el resto de la comisaría lo llamaban quebrantahuesos. No era solo el hecho de que el hombre tratara con la muerte en el curso de su trabajo, ya que otros también lo hacían. Tampoco era su nariz en forma de pico, que tendía a darle la apariencia de un ave carroñera. Eran esos ojos fríos y vigilantes los que daban escalofríos.

Jennings suspiró con hastío.

—El doctor Ryder es un hombre muy inteligente, con amigos poderosos, agente Loveday, recuérdelo siempre. También tiene la molesta costumbre de tener razón. Así que, si cree que hay algo raro en este viejo caso... —señaló la carpeta de color beis que había sobre su escritorio—; entonces, no me extrañaría que lo hubiera. Y puesto que hay un tenue vínculo con nuestra víctima de asesinato, McGillicuddy... —aquí los ojos de Trudy se abrieron de par en par con verdadero interés—, tendremos que comprobarlo. Dentro de lo razonable.

Ahora Trudy quería dar volteretas por el suelo. Nunca había pensado, como humilde agente de policía en prácticas, que se le permitiría acercarse a un caso real de asesinato. Y aunque estaba claro que el inspector no creía que hubiera nada en él, poder trabajar, aunque fuera en la periferia de un caso en curso, incluso en circunstancias tan extrañas como aquellas, era mucho más de lo que jamás podría haber deseado.

Sería una tonta si no lo aprovechara al máximo.

—Ya veo, señor —dijo con entusiasmo—. ¿Cuándo empiezo?

—Mañana. Pero con calma. No quiero que el viejo quebra..., que el doctor Clement piense que le basta con chasquear los dedos para lograr lo que quiere. Así que estudie primero el caso. —Cogió el archivo y echó un vistazo al nombre—. Se trata de una tal Gisela Fleet-Wright... Muerte accidental, si no me equivoco. Cuando esté segura de que se ha enterado de todo, llame al doctor Ryder a primera hora de la mañana. Ha dicho que estará en su despacho. Entonces, le ayudará a investigar lo que sea que haya que investigar.

—Sí, señor. ¿Y debo seguir todas sus instrucciones? —Quería que le aclarara ese punto.

—Sí, pero como ya he dicho, solo dentro de lo razonable —añadió con cautela—. Hágale la pelota y, si realmente puede descubrir algo y además podemos quitarnos al forense de encima, tanto mejor.

Trudy asintió, tratando de contener una creciente sonrisa de excitación. Aunque el caso cerrado hacía cinco años no pareciera tan interesante *a priori*, seguro que era mucho mejor que atrapar a ladrones de bolsos y a exhibicionistas, ¿no?

—Sí, señor. Haré lo que pueda, señor.

El inspector Jennings le hizo un gesto con la mano para que saliera de su despacho, con la cabeza ya en otros asuntos. Después de todo, había resultado que podía haber una pista que seguir en el incendio del almacén en el que *sir* Marcus había sido gerente, y estaba deseando seguirla.

13

A Trudy no le llevó mucho tiempo leer el expediente y hacerse una idea resumida del caso Fleet-Wright. Pero después tuvo que emplear varias horas para profundizar en todos los aspectos, tomando notas de los lugares, los nombres y las fechas útiles para comprender el caso.

Una vez que lo hizo, tuvo que admitir que sintió una ligera decepción. Cuando el inspector Jennings le dijo que el forense no estaba satisfecho con el veredicto, esperaba algo con más sustancia.

Los hechos eran bastante sencillos, pero, por lo que ella podía ver, aunque trágicos, no parecían especialmente extraños. Peor aún, la conexión con su víctima de asesinato era fugaz en el mejor de los casos.

En el verano de 1955, Gisela Fleet-Wright, de veintiún años, hija de Beatrice y Reginald Fleet-Wright, fue encontrada muerta en su habitación. Su madre, al verla, había intentado reanimarla sin éxito. Entonces, llamó a su médico de cabecera, que llegó a la casa unos diez minutos más tarde. Realizó un breve examen y dijo que la joven estaba muerta.

Acto seguido, llamó a la policía.

Tal vez esa fuera la primera señal de que había algo extraño, pues Trudy dedujo por ese detalle que al médico le debieron de preocupar las circunstancias de la muerte y no se había mostrado muy dispuesto a redactar un certificado de defunción.

Pero dado que Gisela solo tenía veintiún años y se suponía que gozaba de buena salud, no era tan sorprendente.

No había signos de violencia en el cuerpo y se descubrió que, aunque Gisela tenía un historial de depresión y cambios de humor, no padecía de problemas cardiacos subyacentes ni ninguna otra afección médica que pudiera explicar su muerte repentina e inexplicable.

Como es natural, la policía había pedido una autopsia. A la familia, católica, no le había gustado la idea, pero, por supuesto, no había podido evitarlo. Una vez más, para los profanos en la materia, esto podría haber parecido sospechoso, pero Trudy sabía que la mayoría de las familias rehuían de manera instintiva la idea de que sus seres queridos fueran abiertos en canal para ser analizados y que esta objeción de los Fleet-Wright no indicaba necesariamente que tuvieran algo que ocultar.

Los resultados de la autopsia mostraron que Gisela tenía en el torrente sanguíneo niveles superiores a los normales de los diversos medicamentos antidepresivos que le habían recetado: los suficientes para causar la insuficiencia cardiaca que figuraba como causa de la muerte.

Y aquí es donde, supuso Trudy, había surgido el primer interés del doctor Clement Ryder por el caso.

Aunque todavía no era forense cuando se celebró la vista, le había dicho al inspector Jennings que había asistido a todo el proceso para aprender más sobre la profesión que acababa de elegir y para hacerse una idea de lo que implicaba el trabajo. Por lo tanto, había prestado mucha atención a todos los aspectos de las pruebas presentadas, también a las declaraciones de los testigos.

Y, obviamente, había convencido al inspector de que, como mínimo, existía la posibilidad de que hubiera algo raro en el veredicto del forense, ya que ahora lo estaban revisando.

Pero, por mucho que releyera las declaraciones de los testigos, no veía dónde podía estar el problema.

Como Trudy había aprendido en la Academia de Policía, una investigación forense no era un juicio. Un forense investigaba las muertes que parecían producidas por la violencia, que tenían una causa repentina o desconocida, que ocurrían mientras se estaba bajo custodia legal o que se consideraban antinaturales por cualquier otro motivo. Incluso en esos casos, la investigación forense solo servía para determinar quién era el fallecido y cómo y cuándo murió.

En el caso Fleet-Wright, no había confusión ni incertidumbre sobre la identidad de la víctima, ni sobre cuándo o dónde había muerto. Es más, los testigos médicos dijeron al jurado que la muerte se había debido a que la víctima había ingerido demasiadas pastillas de las que le habían recetado. Así que, al menos en ese asunto, no tuvieron ningún problema para determinar la causa de la muerte: solo tuvieron que estar de acuerdo con las conclusiones del patólogo. El problema y la confusión residían en decidir cómo se había producido la sobredosis.

Aquí, Trudy hizo una pausa para reclinarse en la silla y estirar los brazos sobre la cabeza, descansando la vista de tanta lectura. Su mente, sin embargo, no podía dejar de dar vueltas en torno al caso.

Estaba claro, pensó, que solo había unas pocas maneras de que Gisela Fleet-Wright pudiera haber tomado demasiadas pastillas. En primer lugar, podría haberlas ingerido a propósito, en cuyo caso cualquier jurado consideraría que la víctima se había quitado la vida como consecuencia de la depresión de la que se estaba tratando. Trudy sabía que esa era una forma amable de decir que una víctima de suicidio no era realmente responsable de sus actos, y que a menudo los jurados de buen corazón recurrían a ella para facilitar las cosas a los familiares. Más si estos eran católicos.

En segundo lugar, la sobredosis podría haber sido un accidente. Tal vez la pobre chica había tomado más pastillas de las que pretendía. En cuyo caso, el veredicto de muerte accidental habría sido el correcto.

La última opción era la más improbable con diferencia: que alguien la hubiera obligado a tomar las pastillas, provocándole la muerte.

En otras palabras, asesinato.

En los raros casos en los que no se podía llegar a un acuerdo sobre la causa de la muerte, el forense podía registrar un veredicto abierto. Sin embargo, esto nunca estaba bien visto, pues suponía admitir que el tribunal no sabía qué había ocurrido. Pero dejaba el caso abierto para futuras investigaciones. Una vez más, volvió al expediente y releyó las pruebas, decidida a no pasar nada por alto. A pesar de que todo el mundo se compadecía de ella por su nueva misión de trabajar con el quebrantahuesos, Trudy sabía que aquella podía ser su gran oportunidad de demostrar al sargento y al inspector Jennings que podía hacer algo más que las tareas serviles que nadie quería.

Era su oportunidad de demostrar que además de ambición tenía cerebro, y estaba decidida a no desaprovecharla. Así que, a pesar de tener ya consumidos los ojos de tanto leer, volvió a centrar su atención en los papeles que tenía delante.

El informe policial, así como las conclusiones del posterior informe forense, dejaban claro que no había indicios de que se hubiera forzado la entrada en la casa de los Fleet-Wright, una gran casa unifamiliar en el norte de Oxford, rodeada de amplios jardines. El día en cuestión, tanto la madre de la víctima como su hermano menor y dos jardineros habían estado en la casa y en sus alrededores en distintos momentos, y ninguno había visto a nadie extraño. Tampoco ninguno había oído gritar a la víctima. El informe del patólogo dejaba claro que no había señales de hematomas en el cuerpo de la chica, tampoco restos de piel bajo las uñas que indicaran que pudiera haber luchado y arañado a un agresor, ni posteriores manipulaciones del cuerpo.

El primer policía que acudió al lugar de los hechos, un agente que trabajaba en la zona, también declaró que había encontrado a la víctima tumbada y completamente vestida en su cama, y que las sábanas que había debajo apenas estaban revueltas. Su habitación tampoco mostraba signos de pelea alguna.

Era un día soleado y la ventana estaba abierta. Si hubiera gritado, lo más probable hubiera sido que algún jardinero que trabajaba en ese momento la hubiera oído.

Por lo tanto, el asesinato parecía bastante improbable.

Luego estaba el suicidio, pero tampoco había pruebas. La víctima no había dejado ninguna nota, aunque era común que las mujeres jóvenes lo hicieran para pedir perdón o explicar sus actos. Su familia y sus amigos afirmaban que Gisela no era de las que se daban por vencidas, a pesar de sus ataques de depresión. No había dado señales de querer quitarse la vida.

Trudy pensó que era natural que dijeran eso, ya que nadie quería sentirse culpable por no haberse percatado de la gravedad de la situación. Sin embargo, Gisela había sido tratada por depresión durante años y sus amigos la describían como una persona complicada, que cambiaba de humor con mucha frecuencia.

También se mencionó que había roto con su novio, un tal Jonathan McGillicuddy, lo que la había afectado sobremanera. Pero todos sus amigos estaban de acuerdo con que la propia Gisela había insistido en que acabarían volviendo a estar juntos. También estaban de acuerdo en que la ruptura con McGillicuddy, un joven viudo con un hijo pequeño, la había afectado, como era lógico, pero no hasta el punto de que quisiera quitarse la vida. Una amiga incluso había declarado que Gisela estaba tan decidida a reconquistarlo que estaba haciendo planes para una fiesta de compromiso.

¿Era eso suficiente para que alguien inestable se tragara un montón de pastillas?

No había nada sólido a lo que el jurado pudiera aferrarse y no era de extrañar que se mostraran reacios a emitir un veredicto de suicidio con pruebas tan escasas y, en su mayoría, basadas en simples especulaciones.

Sin embargo, todo cambió con el testimonio de la madre, quien contribuyó decisivamente al veredicto final: muerte accidental.

Gisela, como muchas personas que padecían depresión o cualquier otro trastorno de tipo mental, odiaba tomar los medicamentos que le recetaba el médico. A menudo se quejaba de que la hacían sentirse agotada y como si viera el mundo a través de una gasa blanca. No era de extrañar que procurara no tomarlos, jurando que se había tragado la dosis prescrita cuando, en realidad, no era así. El hecho de que su familia se diera cuenta de ello demostraba hasta qué punto necesitaba los medicamentos para controlar su depresión y sus cambios de humor.

Así que sus padres comenzaron a vigilarla y a asegurarse de que tomara las pastillas por la mañana, al mediodía y por la noche, tal y como tenía prescrito.

Lamentablemente, Beatrice Fleet-Wright —descrita a menudo en las transcripciones del juicio como «llorosa» o «muy angustiada»— había sorprendido a su hija una o dos veces vomitando en el baño, y sospechaba que lo hacía de manera deliberada poco después de tomar las pastillas para evitar que hicieran efecto.

En varias ocasiones, había tenido que asegurarse de que su hija las volviera a tomar y que esa vez no las vomitara. Además, testificó que su hija solía dormir una breve siesta después de tomar las pastillas, debido a la somnolencia que le producían.

Durante esos episodios, Gisela podía volverse olvidadiza, juguetona, malhumorada o enfadada, dependiendo de su estado de ánimo en ese momento, por lo que podía olvidar que ya había tomado la dosis prescrita, lo que la llevaba a tomarlas de nuevo.

Esto reforzaba la suposición de su madre de que la sobredosis se había producido por accidente.

Había declarado que, la mañana en cuestión, su hija, estudiante del tercer año de Literatura Inglesa, le había prometido que se había tomado las pastillas, pero, al ver que dirigía una mirada culpable al cuarto de baño, hizo sospechar a Beatrice que las había vuelto a vomitar.

De modo que le había dado a su hija otra dosis, para estar segura. Por supuesto, eso no habría sido suficiente para matarla, aunque se hubiera equivocado y Gisela hubiera ingerido la dosis que había dicho.

Cuando dejó a Gisela sola en su dormitorio, su hija dormía plácidamente la siesta, como de costumbre.

Beatrice también especuló con la idea de que Gisela se hubiera despertado confusa y que, sin darse cuenta de que ya se había tomado las pastillas, hubiera decidido tomarse más. A veces, al despertarse, podía estar un poco llorosa y arrepentida, y pedía disculpas a su madre, o a su padre, o a cualquier otra persona presente, prometiendo que intentaría ser buena y que tomaría sus pastillas.

¿Y si las cosas hubieran sucedido de ese modo?

Los razonamientos de la madre seguían con la idea de que, si Gisela no hubiera vomitado la primera tanda de pastillas, se habría tomado dos dosis, lo que la confundiría aún más. Si se hubiera despertado arrepentida, habría tomado una tercera dosis. Y puesto que cuando despertó debía de ser en torno a la hora del almuerzo, podría haberse tomado su segunda dosis del día, que en realidad habría sido la cuarta o la quinta.

En este punto de su testimonio, la señora Fleet-Wright, completamente desconsolada, admitió que era responsable de la muerte de su hija, y dijo al tribunal que se culpaba por no haber estado allí, en el dormitorio de su hija, en el momento fatal. Aquel día tenía previsto asistir a una reunión con sus compañeras de la asociación benéfica en la que colaboraba, pero la había cancelado en el último momento y se había quedado en casa haciendo pequeñas tareas domésticas.

El forense le había dicho que no debía especular sobre lo ocurrido y atenerse solo a los hechos, pero nada de lo que dijera podría convencer a la testigo de que ella no era responsable de la sobredosis de su hija.

Angustiada, y aún culpándose a sí misma, la señora Fleet-Wright tuvo que ser conducida fuera del estrado.

Después de eso, las cosas habían avanzado con bastante rapidez, con el jurado y el juez de instrucción de acuerdo. Se determinó que Gisela Fleet-Wright había muerto tras tomar de forma accidental una dosis excesiva de su medicación, y el veredicto de esa muerte fue consignado en las actas como era debido.

Habían pasado casi cinco años de aquellos luctuosos sucesos, y Trudy, al ordenar su escritorio y dar por concluida su jornada laboral, experimentó una punzada de compasión por la desdichada madre de aquella niña. Sufrir la pérdida de una hija era ya una desgracia inmensa, pero arrastrar el resto de tus días el sentimiento y la sospecha de ser culpable —algo que no quedaba descartado por completo— debía de ser horrible.

Mientras caminaba por St. Ebbes, se detuvo a mirar el escaparate luminoso de Coopers, una de las tiendas favoritas de su madre, pero no encontró nada en él que atrajera su atención.

¿Qué había de extraño en el caso Fleet-Wright que había alterado tanto al doctor Clement Ryder? A simple vista, el hecho de que Jonathan McGillicuddy conociera a la chica muerta no parecía tener ninguna relación con su asesinato tantos años después. Sin duda alguna, ¡el forense estaba aprovechando esa coincidencia para lograr su propósito de reabrir el caso de la chica muerta!

14

A la mañana siguiente, *sir* Marcus Deering se encontraba sentado en su despacho, mirando con atónita perplejidad el sobre que sostenía en la mano. Su secretaria, después de entregárselo, se había retirado con diligencia cuando él le ordenó que telefoneara a la policía de inmediato.

Permaneció varios segundos inmóvil, examinando las familiares letras mayúsculas de color verde, hasta que se dio cuenta de que le temblaba tanto la mano que no podía abrirla. Tenía los dedos completamente agarrotados. Al final, desistió y se limitó a dejarlo caer sobre el escritorio.

Se dijo a sí mismo que en cualquier caso era mejor dejarlo como estaba. La policía debería ser la que lo abriera, como era lógico, por si había huellas dactilares o indicios de algún tipo.

Conteniendo una repentina oleada de náuseas, se movió en su silla giratoria y contempló el jardín a través de la ventana. Pero en enero había pocas cosas que distrajeran su vista y, sin poder evitarlo, como sucedía tan a menudo últimamente, sus pensamientos se dirigieron hacia Jonathan. El hijo del que no se había hecho cargo y que ni siquiera se había tomado la molestia de conocer. Y su cadáver yacía ahora en la morgue de la ciudad.

Cuando Mavis le había dicho que estaba embarazada, se había sentido aliviado cuando su padre le dijo que él se ocuparía de todo, acallando cualquier escándalo y pagándole una asignación que le permitiera criar a su nieto de un modo razonable.

A Mavis no le gustó cómo se desarrollaron los acontecimientos, por supuesto, al igual que a su familia, pero al final comprendieron que quizá era mejor así. Marcus ni siquiera había empezado la universidad, y estaba claro que era demasiado inmaduro para asumir las responsabilidades de la paternidad.

Con el paso de los años, aunque Mavis le había ofrecido muchas oportunidades de conocer a su hijo, nunca había sentido la necesidad de hacerlo. Y una vez que se había casado, y Martha le había dado, primero a Anthony, y luego, un par de años más tarde, a Hermione, se había vuelto aún más impensable que desempeñara algún papel en la vida del muchacho. Al fin y al cabo, Martha no sabía nada de ese hijo no reconocido, y tampoco era buena idea que Anthony y Hermione tuvieran que pasar por el trance de tener que aceptar a un hermanastro.

Además, el chico se sentía querido y cuidado. Mavis le había mantenido informado de sus progresos: su matrimonio, el nacimiento de su hija, la muerte de su esposa y la apertura de su propio negocio de jardinería.

Y si en un pasado tuvo la fantasía remota de conocerlo, o verlo simplemente caminando por la calle..., bueno, eso, por desgracia, ya no sería posible.

En silencio, *sir* Marcus Deering se echó a llorar; unas lágrimas gruesas que habían sido contenidas durante mucho tiempo comenzaron a resbalarle por las mejillas sin que nadie se diera cuenta.

Sin embargo, tenía los ojos secos y el dominio sobre sí mismo cuando el sargento O'Grady llegó poco después y, con las manos enguantadas, abrió cuidadosamente la carta, conservando las pruebas en una bolsa de plástico.

El mensaje era breve, claro e inequívoco.

Si Marcus Deering no hacía «lo correcto», su otro hijo también moriría.

Y fue entonces cuando el empresario tuvo que reconocer que la pesadilla aún no había terminado, ni mucho menos.

—Bueno, entra y siéntate —dijo Clement Ryder con rotundidad—. No muerdo.

—Me alegro de que no lo haga, señor —respondió Trudy sin acobardarse—. Eso constituiría agresión a un agente de policía y me vería obligada a arrestarle.

Durante un segundo, el forense la miró con atención. Luego le mostró los dientes, lo que ella interpretó como una sonrisa.

—Bien. Al menos tienes agallas —la felicitó—. Me preocupaba que Jennings me hubiera engañado mandándome al más tonto de la oficina. —Hizo una pausa y la miró de cerca—. Dime la edad y qué estudios tienes.

Trudy se sonrojó.

—Tengo diecinueve años, señor —dijo decidida—. Y tengo el bachillerato.

—¿Ciencias?

—Letras.

—Oh, bueno... Supongo que eso es mejor que nada —murmuró él.

Trudy le mostró los dientes. Él podía tomárselo como una sonrisa o no, como quisiera.

El anciano emitió algo parecido a un gruñido, pero, por el brillo de sus ojos y la leve mueca de sus labios, Trudy adivinó, con cierto alivio, que le habían complacido bastante sus respuestas.

Y menos mal, porque, al pensar en todo lo que tenía por delante, se le había ocurrido que el sosiego tal vez no era la mejor estrategia frente a un carácter indómito como el doctor Ryder. Y aunque sin duda era un hombre ilustre que exigía obediencia y respeto, cuanto antes le demostrara que no se iba a dejar intimidar, muchísimo mejor.

—Así que has tenido la oportunidad de revisar el expediente de Fleet-Wright... —dijo con firmeza—. ¿Qué opinas? Y, por favor, siéntate, que me está empezando a doler el cuello.

Trudy, que había estado en posición de firmes sin darse cuenta, agarró una suntuosa silla de cuero negro y aspecto confortable y se sentó.

Iba vestida con su impecable uniforme y su gorra de visera rígida, y en la cartera de cuero que llevaba al hombro llevaba todo su material. De la cartera sacó su cuaderno, donde había anotado los puntos más importantes, además de la copia del expediente.

Mientras le entregaba el último documento, echó un rápido vistazo a su despacho, que sin duda era mejor que los de la comisaría. Grandes lienzos de paisajes adornaban las paredes, pintadas de un beis suave, y en la chimenea crepitaba el fuego. Sobre la amplia repisa de la chimenea había una colección de adornos de latón de estilo *art déco*. El imponente escritorio de cuero del forense presidía la estancia, y varias estanterías repletas de libros de derecho, medicina e historia daban a la estancia la sensación de estar en la biblioteca de un selecto club de caballeros.

—Me harán muy feliz cuando pongan una maldita calefacción central en este lugar —refunfuñó Clement, mirando por encima del hombro hacia los grandes ventanales que daban a lo que parecía ser un antiguo patio adoquinado.

Incluso Trudy, que estaba sentada más alejada de los ventanales, podía sentir el frío que atravesaba el cristal. No ayudaba el hecho de que, una vez más, el tiempo fuera gélido, húmedo y ventoso.

Trudy respiró hondo.

—Bien, señor —comenzó con firmeza, tratando de no sonar tan nerviosa como se sentía—, me parece que, dadas las pruebas, tanto el jurado como el forense llegaron al único veredicto posible. Muerte accidental.

Levantó la vista de su cuaderno, esperando a que la reprendiera. Recordando su promesa de no dejarse intimidar, lo observó con firmeza.

Cuando Walter Swinburne se enteró de que la habían destinado a trabajar con Ryder, le contó risueño más historias sobre cómo el quebrantahuesos había puesto en evidencia a muchos policías en el estrado, y cómo, en otra ocasión, había sido tan cruel con el jefe de policía que este había llegado a plantearse la jubilación anticipada.

El sargento también le había advertido de que el anciano podía ser algo arisco y que no debía aguantar sus desplantes. De modo que, teniendo en cuenta la fama del forense, se puso en guardia para recibir el primer ataque.

Sin embargo, en lugar de reprenderla por no estar de acuerdo con su afirmación de que había algo extraño en el caso, se encontró con que él la observaba pensativo e incluso que asentía levemente con la cabeza.

—Entiendo. A partir de las pruebas presentadas, el jurado no podía, de hecho, dictaminar otra cosa —dijo él con suavidad, haciéndola dudar al instante de que le hubiera oído bien.

—¿Está de acuerdo conmigo? —se oyó decir de un modo estúpido. Luego sintió que se ruborizaba—. Lo siento, doctor Clement, pero estoy algo confusa. Tenía entendido...; es decir, el inspector Jennings me dijo que no estaba contento con el veredicto, que, de hecho, debía ayudarle a revisar el caso.

—Y así es.

Trudy parpadeó.

El forense lucía su habitual traje oscuro, con una corbata que ella sospechaba que representaba a su universidad de Oxford o quizá a alguna entidad médica de igual prestigio. Tenía el abundante pelo cano bien peinado y sus ojos grises, de aspecto acuoso, eran tan perspicaces como siempre. No parecía alguien que estuviera perdiendo la cabeza o que le gustaran los juegos de palabras. Sin embargo, sintió que se estaba burlando de ella y la mirada se le endureció.

—Quizá ahorraríamos tiempo y esfuerzo, señor, si me dijera de qué se trata. ¿Qué le gustaría que hiciéramos?

Clement Ryder sonrió ligeramente.

—Una joven decidida... Muy bien, agente Loveday —respondió él con determinación—. Quiero que interroguemos a todos los testigos que declararon en la investigación de Gisela Fleet-Wright y que volvamos a examinar las pruebas desde el principio, aunque hayan pasado casi cinco años. Y empezaremos con lo que testificó Jonathan McGillicuddy.

—¿Y eso para qué, señor? McGillicuddy, según las transcripciones, hizo una declaración muy sucinta. Se limitó a decir que él y Gisela habían sido novios durante un tiempo, pero que habían roto su relación. Y que hacía semanas que no se veían.

—Eso es lo que dijo, sí —asintió Clement Ryder.

—¿Cree que estaba mintiendo? —preguntó Trudy.

—No creo que estuviera diciendo toda la verdad.

Trudy se reclinó lentamente en su silla.

—¿Y tendría alguna prueba de que estuviera mintiendo, señor?

—De ningún modo —replicó Clement con voz airada—. Si la tuviera, no necesitaría que la buscaras, ¿verdad?

Pero, al ver que Trudy se ruborizaba, ya fuera de rabia o de vergüenza, prosiguió antes de que ella pudiera decir nada:

—Pero no es el único que mintió. Y como el hombre está muerto, no podemos preguntarle por qué lo hizo, ¿no? Así que tendremos que empezar con un testigo vivo que pueda saberlo, y su madre es el punto de partida lógico.

Trudy inspiró hondo otra vez. El instinto le decía que tenía que mantener la compostura con aquel hombre, y que, si se dejaba embaucar por él, sentaría un precedente para siempre. Así que más le valía asegurarse de que eso no ocurriera.

—Por favor, va muy rápido, señor —dijo con elegancia, pero con una breve sonrisa—. ¿Quién más cree que mintió en el estrado?

Clement Ryder lanzó un gruñido que sonaba a sarcasmo.

—¿Que quién mintió? La pregunta que debes hacerte es: ¿quién no mintió? —Se reclinó en su silla y suspiró—. Supongo que no mintieron ni los peritos ni los dos jardineros que fueron llamados a declarar y que dijeron que no habían visto a ningún extraño merodeando. Aparte de ellos, todos tenían cosas que ocultar. Unos falsearon los hechos, y otros mintieron de forma descarada pervirtiendo por completo el curso correcto de la investigación.

Trudy sintió que se le desencajaba la mandíbula ante aquella afirmación altiva e implacable, y apretó fuertemente los dientes. Notó que el forense la observaba ahora con cierta diversión, tal vez muy consciente de que ella se estaba esforzando por contener su temperamento, y de nuevo sintió que el rubor acudía a sus mejillas. La verdad es que detestaba esa manía que tenía de ruborizarse cada vez que se enfadaba o disgustaba.

—¿Todos, señor? —dijo con precaución, pero dejando que su tono sonara francamente escéptico—. ¿También el padre de la chica?

—Por supuesto.

—¿Y su madre?

—En especial ella.

—¿Y qué hay de los amigos de la joven? —preguntó Trudy con sorna—. ¿La conspiración de mentiras también se extendería a ellos?

Ignorando por completo su sarcasmo, el doctor Ryder negó con la cabeza.

—No, a ellos no tanto —concedió con ligereza—. Creo que intentaron ser lo más honestos que pudieron, dadas las circunstancias. Por supuesto, todos eran bastante reacios a hablar mal de la difunta, pero eso es un fenómeno bastante común. La cuestión es que no creo que ninguno de ellos tuviera la intención de ser obstruccionista. Y lo cierto fue que pintaron una imagen nítida y sincera de la víctima, que, por supuesto, tenía un carácter quebradizo y autodestructivo.

Trudy, por el momento, estaba dispuesta a dejar pasar las afirmaciones un tanto extravagantes del forense, porque acababa de mencionar un aspecto que a ella también le había llamado la atención. Al leer el expediente por cuarta y última vez la noche anterior, lo que más le había impresionado de todo había sido el carácter de la chica muerta.

Aunque los testigos médicos habían hablado de su depresión y sus cambios de humor en jerga médica, y sus padres, como es lógico, habían hablado de ella como de una hija cariñosa con problemas mentales angustiosos, lo que le había impresionado a Trudy era la inestabilidad de la chica.

Unas veces Gisela parecía estar bien y después volvía a hundirse. O bien unas veces se arrepentía y prometía cambiar y otras era manipuladora y se reafirmaba en su comportamiento. En ocasiones, estaba segura de que iba a volver con su antiguo novio y más tarde despotricaba de él y lo culpaba de todos sus males. En el fondo, percibía que Gisela Fleet-Wright había sido una chica volátil, tal vez mimada, acostumbrada a salirse con la suya y a la que no le gustaba que no fuera así. Era una chica brillante (su plaza en la universidad lo demostraba) y, por las fotografías que había de ella, también era muy guapa. A las chicas guapas, como Trudy había observado a menudo, se les daba muy bien conseguir lo que querían.

Y Gisela, como una niña que probablemente no había madurado, habría agarrado berrinches al sentirse frustrada.

Había otra cosa que había llamado la atención de Trudy: la evidente obsesión de Gisela por Jonathan McGillicuddy. Tanto si había sido este quien había puesto fin a la relación —como creía la mayoría de la gente—, como si había sido Gisela quien la había terminado —como había dicho ella a todos sus amigos que había sucedido—, todo el mundo estaba de acuerdo en que Gisela había estado totalmente obsesionada con el joven. O bien por recuperarlo, o bien por vengarse de él, según su estado de ánimo del momento.

Trudy ojeó el expediente y escogió una foto de Gisela, tomada apenas un mes antes de su fallecimiento. Medía un metro setenta y cinco más o menos, tenía una preciosa melena oscura y unos ojos verdes muy vivos en un rostro en forma de corazón. Casi demasiado delgada, tenía una belleza más etérea que voluptuosa, y aunque no hubiera conocido de antemano a la joven, Trudy habría dicho que tenía un aspecto frágil. El tipo de chica que podría posar para un cuadro prerrafaelita de alguna doncella trágica, condenada a morir de amor.

—¿Cree que era una chica presumida? —Fue lo que Trudy se encontró diciendo. Y de nuevo vio que el forense le dirigía una rápida mirada de aprobación.

—Estoy seguro de ello. Debía de sentirse orgullosa de sí misma. Creo que es una buena descripción, sí —aceptó con ironía.

Reprimiendo al instante la sensación de seguridad que su aprobación había provocado en ella, lo miró con interés.

—¿Y cree que su personalidad tuvo algo que ver con lo que le pasó?

—Nuestra personalidad siempre afecta a nuestra vida —dijo Clement, y en su voz había un eco de tristeza que la desconcertó—. No podría ser de otra manera.

Estaba claro que aquel hombre había conocido el dolor y el remordimiento, reflexionó.

Entonces sus ojos volvieron a clavarse en ella, y cualquier deseo de sentir lástima por aquel hombre se esfumó al instante. En aquel momento, Trudy pensó que solo un pobre tonto podría ofrecer su apoyo al doctor Clement Ryder cuando este no lo había solicitado.

—Lo que quiero averiguar es cómo y por qué murió esa joven —dijo secamente—. Porque estoy seguro de que, en el mejor de los casos, lo que nos contaron los testigos fue una versión adulterada de los hechos, y en el peor, una maldita parodia de la verdad.

Era evidente que el anciano estaba enfadado, pero no solo eso. Se sentía indignado, como si de algún modo, aunque nunca hubiera conocido a Gisela ni hubiera sido él quien presidiera su caso, fuera un insulto personal que no se hubiera dictado el veredicto correcto.

Y con un destello de lucidez, Trudy comprendió que, para

ese hombre, la verdad y la justicia no eran solo nobles ideales a los que aspirar, sino necesidades vitales.

Sintiéndose un poco humillada, y bastante joven e inexperta, Trudy tragó saliva.

—Por supuesto, señor —dijo—. Pero sigo sin entender por qué cree que no ocurrió como su madre dijo.

Una cosa era sentirse motivada por la pasión de aquel hombre, pensó Trudy, y otra muy distinta dar por sentado que tenía razón.

—¿Que Gisela tomó demasiadas pastillas por accidente? ¿Que todo se debió a una serie de desafortunadas decisiones que llevó a Gisela a tomar más pastillas de las que debiera?

—Sí.

—¿Y entonces por qué mintieron tantos testigos?

Trudy tosió con nerviosismo. No estaba segura de cómo decir lo que quería decir con tacto, así que se ciñó el cinturón y lo soltó a bocajarro:

—Bueno, señor, no sabemos a ciencia cierta si mintieron, ¿no? Después de todo, aunque usted haya estado seguro de que mentían...

—¿... podría haberme equivocado? —terminó Clement la frase por ella con rotundidad.

Trudy sintió de nuevo que se ruborizaba y respiró rápida y airadamente.

—¿Acaso eso es tan impensable, señor? —consiguió decir.

Esperó a que la tormenta se desatara sobre su cabeza. Pero, de nuevo, todo fueron figuraciones.

En cambio, mientras un reloj de pie tintineaba con un ruido ahogado en una esquina detrás de ella y, fuera, el viento y la lluvia azotaban contra los cristales mal ajustados de las ventanas, el silencio parecía más amable que hostil.

—Por supuesto que es posible —reconoció Clement Ryder con un poco de impaciencia—. Pero sostengo que es muy poco probable. He viajado mucho por este mundo, agente Loveday —continuó, y su voz precisa y educada se volvió casi hipnótica—. He trabajado toda mi vida en entornos estresantes, en los que hay que mantener la cordura. Y más que eso: conocer y comprender la naturaleza humana en toda su gloria e ignominia. —Por un momento hizo una pausa. Luego se encogió de hombros—. He tenido pacientes que han ignorado sus síntomas durante años y se han convencido a sí mismos de que estaban perfectamente cuando cualquier idiota podría haberles dicho que estaban enfermos. Y durante mis años en el juzgado de instrucción he visto a gente decir verdades que te romperían el corazón. He visto el valor y la cobardía, el egoísmo y el altruismo, la humildad y la vanidad como no te lo creerías. He escuchado historias de devoción y locura y toda la gama de emociones intermedias.

Solo cuando Trudy soltó por fin un largo suspiro, se dio cuenta de que lo había estado conteniendo.

—Así que cuando te digo que sé cuándo la gente miente, ya sea a sí misma o a los demás, supongo que te estoy pidiendo que confíes en mí. No creo que necesites hacerlo durante mucho tiempo —añadió con crudeza, clavando de nuevo en ella sus ojos grises como el acero—. Me pareces una persona bastante inteligente. Y creo que, una vez que empecemos a desmenuzar este caso como debería haberse hecho hace cuatro años y medio, no tardarás mucho en estar tan convencida como yo de que hay algo podrido en Dinamarca. O, en este caso, en el seno de la familia Fleet-Wright.

Y Trudy tuvo claro que aquel hombre pocas veces se equivocaba.

15

Cuando Mavis McGillicuddy abrió la puerta y se encontró con dos extraños, no pareció muy sorprendida. Tal vez porque uno de ellos, una chica joven y guapa vestida con un incongruente uniforme de policía —según le pareció a Mavis—, no era algo inesperado.

Había visto a muchos policías, de todas las formas y tamaños, desde la muerte de Jonathan. Incluso el hombre mayor le resultaba familiar.

—Por favor, pasen —dijo con resignación, conduciéndolos al frío salón delantero en el que casi nunca entraba, salvo para quitar el polvo y enderezar los tapetes de los respaldos de los sillones.

Al cabo de unos minutos volvió con una bandeja de té y la depositó sobre la mesita de roble, uno de los pocos muebles que había heredado de sus padres.

Solo cuando se sentó y empezó a preguntarse si debería haber traído algo de tarta, recordó dónde había visto al hombre antes.

—Estaba usted en el juzgado. El tribunal de mi Jonathan. Quiero decir, cuando su caso... ¿Quiere una galleta?

Clement, que ya se había presentado al entrar diciéndole su nombre y su profesión, sonrió ahora con amabilidad.

—No, gracias, señora McGillicuddy. ¿Hago los honores y sirvo el té? —Sin esperar respuesta, alargó la mano y sirvió de la tetera grande y pesada.

Trudy sintió que el corazón se le comprimía con fuerza en el pecho. La pobre anciana tenía un aspecto tan débil y derrotado que dudaba que hubiera tenido fuerzas para levantar la tetera. Aunque estaba de acuerdo con el doctor Ryder en que tal vez debían empezar la investigación con la señora McGillicuddy, ahora deseaba que hubieran elegido a otra persona. Alguien que pareciera capaz de soportar un interrogatorio mucho mejor que aquella anciana aturdida y afligida.

Lanzó una mirada rápida y preocupada al forense, pero no tenía por qué angustiarse. Aunque no soportaba a los necios, y a primera vista podía parecer un hombre frío y calculador (e incluso arrogante), su primera valoración de él había sido acertada. Estaba claro que no era de los que abusaban de los débiles.

En cambio, cuando empezó a hablarle con tanta delicadeza a la anciana, Trudy se dio cuenta de que la tensión iba desapareciendo poco a poco. Cuanto más escuchaba y aprendía, más se daba cuenta de la habilidad con la que el doctor Ryder estaba consiguiendo que la señora McGillicuddy hablara de su hijo de un modo que le resultaba muy beneficioso. En lugar de intentar pasar por alto o ignorar las circunstancias de la pérdida de Jonathan, como solía hacer otra gente, Clement la dejó hablar a su aire. Después de todo, ¿por qué no iba a querer hablar de él y del horror y la rabia que sentía por todo aquello?

De vez en cuando, Trudy se maravillaba de la facilidad con que introducía preguntas que ayudarían a su investigación, y se percataba de que la propia Mavis no tenía ni idea de que estaban interrogándola. Por el contrario, la alentaban a hablar de su hijo, de su precoz matrimonio, del *shock* de perder a su mujer a una edad tan temprana, del orgullo que sintió por él cuando creó su propia empresa y, por último, de la conmoción de su muerte.

Pero Clement no se detuvo en eso, y de forma imperceptible la llevó de vuelta a tiempos más felices. Mavis recobró el ánimo al ver el interés que aquel distinguido caballero mostraba por su hijo, y las mejillas se le tiñeron de un leve rubor. Con una voz más vivaz, se deshizo en elogios hacia él, relatando sus virtudes y logros.

Sin embargo, y a medida que pasaba el tiempo, a Trudy le resultaba cada vez más frustrante ver que no parecía saber demasiado sobre su hijo. O, para ser más exactos, no sabía mucho sobre sus relaciones con las mujeres. Lo cual no era tan sorprendente. Trudy sabía que la mayoría de los hombres jóvenes trataban de mantener esos asuntos en secreto ante sus madres. Ella misma lo sabía por su hermano, que era completamente hermético.

—Pero después de pasar el duelo por Jenny, supongo que las cosas debieron de complicarse para él —decía Clement en ese momento—. Un muchacho tan apuesto... —Sonrió ante la fotografía de su hijo que Mavis les había mostrado—. Debió de empezar a sentirse solo.

—Oh, sí. Pero estaba muy pendiente de Marie y ocupado con su negocio. Él quería prosperar. Era ambicioso —respondió la anciana con orgullo.

—Pero seguro que conoció a alguien, señora McGillicuddy —dijo Trudy, decidiendo que ya era hora de ganarse el pan y esperando que Mavis se sintiera más cómoda hablando de la vida privada de su hijo con otra mujer en vez de con un hombre—. No querría que estuviera solo el resto de su vida, ¿verdad? Después de todo, era lo bastante joven como para casarse de nuevo.

—Bueno, no, por supuesto que no quería que estuviera solo —dijo Mavis de inmediato—. Y supongo que de vez en cuando quedaba con alguna chica. Pero nunca trajo a ninguna a casa —añadió con un suspiro—. Trabajaba a todas horas... —Se interrumpió con un encogimiento de hombros cansado y apático.

Pero antes de que volviera a sumirse en la tristeza, Clement quiso ir al grano.

—¿Recuerda algo de la investigación judicial a la que tuvo que asistir hace casi cinco años, más o menos? —preguntó él con amabilidad.

—¿La investigación? —Mavis parecía desconcertada.

—Una joven que murió de manera accidental. Gisela Fleet-Wright —dijo despacio.

—¡Oh! Oh, sí. Creo que..., sí, era la hija de uno de sus clientes, ¿no?

Trudy miró con curiosidad al doctor Ryder.

—Trabajaba para una señora en una casa grande cerca de Five Mile Drive —continuó Mavis—. ¿Se refiere a eso?

—Sí.

Mavis asintió.

—Sí, tuvo que testificar... Oh, ¿qué había pasado? ¿Algo sobre el estado de salud de la chica? Recuerdo que se habló de que podría haberse suicidado. Pero no lo hizo. Creo que todo se trató de un accidente con el medicamento que tomaba. —Mavis suspiró—. Qué lástima para su madre... Ella tuvo que sentirse destrozada.

De nuevo, Trudy y Clement se miraron con recelo.

—¿No estuvieron ella y Jonathan... bastante unidos en una época? —preguntó Clement con delicadeza.

Pero Mavis solo frunció el ceño mientras parecía pensarse la respuesta.

—No, no lo creo.

—Comprendo —dijo Clement.

Estaba claro que Jonathan había guardado silencio sobre su relación con Gisela. Y dados los evidentes problemas de salud mental de la chica, quizá no fuera tan extraño.

Aunque se quedaron un poco más, estaba claro que, como fuente de información sobre lo que podría haber ocurrido entre Gisela y su hijo, Mavis McGillicuddy era un completo fiasco. Tras un tiempo prudencial, se despidieron con delicadeza de la afligida madre y salieron, caminando a paso ligero bajo el viento y la lluvia hacia el coche del forense, un Rover P4.

Ella suspiró cuando el forense giró la llave en el contacto del vehículo.

—Su madre no tenía ni idea de que había estado saliendo con Gisela.

—Es algo sorprendente, ¿verdad? El caso Fleet-Wright debió de aparecer en los periódicos locales y, si no fue así, seguro que todos los cotillas del barrio la habrían puesto al corriente.

—Sí. Sus vecinos se habrían enterado —asintió Trudy con calma siguiendo su razonamiento—. Aunque sus amigos más íntimos guardaran silencio por cortesía, alguien se lo habría dicho. Aunque solo fuera porque pensaban que ella debía saberlo —añadió con ironía, torciendo los labios en una sonrisa sombría.

Clement también sonrió con tristeza.

—Las noticias vuelan, las malas noticias vuelan mucho más rápido y los cotilleos escandalosos alcanzan la velocidad de la luz.

—Entonces, ¿cree que... la señora McGillicuddy nos ha mentido? —quiso saber Trudy, empezando a preguntarse si el forense veía mentiras y conspiraciones por todas partes.

Pero de nuevo la sorprendió.

—No, no necesariamente. Creo que la señora McGillicuddy es muy buena esquivando la realidad y viendo y oyendo solo lo que quiere ver y oír.

—Ummm. Entiendo. Vive en su pequeño mundo y no quiere saber más de la cuenta —reflexionó Trudy.

Sí, ella podía entender cómo podía suceder eso. En su barrio también había mujeres así. Sus familias y sus hogares eran todo su mundo, y mientras el umbral de la puerta estuviera limpio y el té estuviera en la mesa a las seis, todo era como debía ser.

Pero Trudy estaba decidida a no dejar que su mundo se redujera tanto. Aunque algún día quería tener su propio hogar y una familia, ahora estaba mucho más interesada en forjarse una carrera satisfactoria. Al fin y al cabo, los hombres lo hacían siempre. ¿Quién iba a decir que una mujer no podía hacer lo mismo?

—No olvidemos que ha vivido toda su vida aferrándose desesperadamente a la respetabilidad y ocultando el secreto familiar —añadió Clement Ryder.

Sabía que el inspector Jennings ya le había puesto al corriente de que Jonathan era un hijo ilegítimo, y que la razón de su asesinato residía en la casa de *sir* Marcus Deering, y no en la de los McGillicuddy.

—Cierto —convino Trudy—. Ella habría estado condicionada a guardar silencio sobre su hijo por miedo a que se supiera que nunca se había casado. Sin duda, esa discreción también la habría heredado Jonathan. Al parecer, la señora McGillicuddy le había contado que su padre había muerto en un accidente antes de que él naciera. Y me atrevería a decir que, cada vez que le preguntaba por él, ella le daba largas o le dejaba claro que no se podía hablar de ello.

—Así que aprendió a una edad temprana a mantener en privado cualquier cosa desagradable o comprometedora. Sí, estoy de acuerdo —reflexionó Clement con tristeza—. La madre, preocupada por mantener a toda costa la fachada de viuda respetable e ignorando el mundo que la rodeaba. Y Jonathan, el hombre célibe y trabajador, fingiendo que solo le importaban su hija y su negocio. Lo más seguro es que nunca hablaran entre ellos de nada importante.

—Eso es muy triste —dijo Trudy con la voz entrecortada.

Clement se limitó a gruñir y Trudy se sintió más relajada a medida que fueron alejándose de la pulcra y triste casita adosada de Cowley.

16

Anthony Deering saltó una valla baja de espinos a lomos de su cazador favorito, un hermoso corcel negro llamado Darjeeling, y oyó al animal resoplar por el esfuerzo al aterrizar en el campo arado. Caballo y jinete bordearon el perímetro del terreno y se sintieron bastante satisfechos de su destreza. Aunque tenía que volver al trabajo en Londres, Anthony se había tomado una semana de permiso. Al igual que su padre, deseaba que aquel asunto sangriento y desagradable se resolviera cuanto antes. Y mientras no lo hiciera, se sentía incapaz de seguir adelante con su vida.

¿Cómo iba a regresar a Londres con semejante peso sobre sus hombros?

Era evidente que el maniaco que perseguía a su padre no bromeaba. Le había impactado descubrir que había tenido un hermanastro vagando por el mundo durante años, y él no había sabido de su existencia hasta hacía poco. Pero lo más duro había sido saber que lo habían asesinado.

Aunque su madre le había suplicado que volviera a Londres, Anthony había logrado convencerla de lo contrario. Al fin y al cabo, nada impedía que el asesino le siguiera hasta allí y le atacara. Además, en el ajetreo de la ciudad, el criminal podría escapar fácilmente entre la multitud, mientras que en Hampton Poyle un extraño llamaría más la atención. Por otro lado, siempre era preferible estar en un lugar que conocía bien, puesto que le otorgaba cierta ventaja frente a posibles ataques. De repente, Darjeeling resopló y viró con brusquedad, lo que hizo que Anthony casi perdiera el equilibrio. Con el corazón en un puño, controló rápido al caballo y miró con recelo alrededor.

Seguían en el campo arado, cerca de un pequeño bosquecillo de avellanos y fresnos. ¿Habría alguien en el bosque vigilándolo?

Entonces, un faisán salió disparado de una mata de hierba seca, lanzando su habitual grito estridente, y Darjeeling volvió a sacudir la cabeza. Anthony soltó una carcajada e, inclinándose hacia delante, dio unas palmaditas al caballo en su lustroso cuello.

—Cálmate, muchacho. Ya tengo bastante con mis propios nervios. No necesito que tú también te alteres.

Pero mientras alejaba su montura del bosquecillo y se dirigía a los pastos abiertos de las ovejas al otro lado del seto, no pudo evitar preguntarse si no habría alguien que hubiera provocado la huida del faisán.

—¿Adónde vamos ahora? —preguntó Trudy mientras se alejaban de la casa de la señora McGillicuddy y se dirigían hacia North Hinksey.

—Tenía pensado hablar con Julie Wye. Bueno, ahora es la señora Ferris —respondió Clement.

Trudy reconoció al instante el nombre. Julie Wye había sido una de las mejores amigas de Gisela. Se encontraba con ella el día antes de su muerte y había testificado en la investigación. Habían crecido juntas en el norte de Oxford, y fueron compañeras en primaria y en secundaria. Ahora Julie vivía con su marido y su hijo pequeño en un piso amplio y luminoso en la planta baja de una casa victoriana, y pareció sorprenderse cuando la fueron a visitar.

Sin embargo, cuando Trudy le explicó que quería hablar con ella de Gisela, inmediatamente hizo la conexión.

—Oh, es por Jonathan McGillicuddy, ¿verdad? —dijo con su hijo en brazos mientras los conducía a una sala de estar bastante desordenada, llena de juguetes infantiles, pero bien iluminada por la luz natural que entraba a través de las grandes ventanas de guillotina de doble altura.

Ni Clement ni Trudy se molestaron en corregirla. Siempre

podían desviar la conversación hacia Gisela cuando estuvieran preparados para ello.

—Voy a dejar a Charlie en la cuna y después les pondré un té —dijo Julie. Era una mujer más bien corpulenta, con una mata de pelo castaño rojizo y un puñado de pecas en la nariz.

Al cabo de unos minutos estaban acomodados en confortables sillones ante una gran chimenea, rodeada de una malla metálica para evitar que saltaran chispas y prendieran fuego al perro de raza King Charles, blanco y marrón, que dormitaba plácidamente frente a la rejilla.

—Cuando leí lo de su asesinato en los periódicos, no me lo podía creer —dijo Julie, sirviendo el té. Trudy observó con una sonrisa que el forense no se había ofrecido a hacer los honores, como sí hizo con la señora McGillicuddy—. Pobre Jonathan. Primero Gisela, y ahora él. Parece que ninguno de los dos tuvo mucha suerte, ¿no? —razonó Julie. Tenía unos ojos bastante hundidos, casi negros, que a Trudy le recordaron a los de un osito de peluche—. Quizá fuera eso lo que más llamó la atención de Gisela.

—¿Cómo? —inquirió Trudy, sin entender.

Julie sacudió la cabeza y se rio a modo de disculpa.

—Nada, lo siento. A menudo pienso tonterías, y luego las suelto en voz alta. Es lógico que nadie sepa de lo que estoy hablando. Cuando era niña volvía loca a mi madre, ¡y ahora a mi marido! Estaba pensando en el verano en que se conocieron...

—Por supuesto, cuéntenoslo —pidió Trudy animándola.

—Bueno, era típico de Gisela. En primer lugar, Jonathan trabajaba de jardinero. No era más que un jornalero. Por supuesto, ninguno de sus padres aprobaba que estuvieran juntos, lo cual era algo que atraía a Gisela. Desafiando las ideas anticuadas de sus padres y todo eso. Y no estaba de más que Jonathan fuera tan apuesto y que además fuera mayor que ella. —Julie suspiró—. También tenía una historia trágica, y eso era una verdadera golosina para una chica como ella.

—¿Se refiere a que su mujer había muerto joven? —preguntó Trudy.

—Sí, y que tenía una hija pequeña a la que cuidar —asintió Julie, sonriéndole en señal de aprobación por haber comprendido tan rápidamente—. Estoy segura de que Gisela lo veía como si fuera un personaje de una de esas novelas góticas que tanto le gustaban.

—Era el héroe trágico —añadió Clement.

—¡Exacto! —Julie sonrió—. Era muy del gusto de Gisela. A veces pienso que también se veía a sí misma como una heroína trágica. Como Jane Eyre o como Tess d'Urberville. Toda su vida giraba en torno al drama.

—¿Nunca fue a la universidad, señora Ferris? —preguntó Trudy.

—¿Yo? Por Dios, no. No era tan lista —dijo infravalorándose.

—¿Pero Gisela sí?

—Ah, sí. Gisela sí valía para eso. Siempre fue muy espabilada, incluso cuando éramos pequeñas —recordó Julie sonriendo.

—Pero también una chica problemática... —continuó Trudy, percibiendo que Clement se alegraba de dejarle a ella la mayor parte del interrogatorio.

Julie suspiró.

—Sí. Lo era.

—Por lo que he sabido de ella, parecía, en lo que a Jonathan se refería, bastante..., bueno, supongo que «obsesionada» es la palabra —la sondeó Trudy con delicadeza.

Julie suspiró y se encogió de hombros.

—Supongo que ya da igual lo que pueda decir... Ha pasado mucho tiempo. Lo cierto es que sí que estaba obsesionada con él. El problema era —dijo clavando en Trudy una mirada seria y firme— que Jonathan era el primer amor verdadero de su vida. Eso siempre es especial, ¿no?

Trudy asintió, pero en realidad no lo sabía, pues nunca había tenido un novio en el sentido estricto de la palabra, algo que su madre no dejaba de recordarle.

—En la mayoría de los casos —continuó Julie, devolviendo a Trudy al tema en cuestión—, nos enamoramos de alguien, rompemos y nos rompen el corazón, lloramos, pero luego lo superamos y encontramos a otra persona. Es lo normal y corriente, me atrevería a decir. —Soltó una leve risa y siguió—: Pero con Gisela fue diferente.

—¿Tal vez sentía las cosas con demasiada intensidad? —preguntó Trudy.

—¡Y tanto! —Julie suspiró, sacudiendo la cabeza—. Para ella, Jonathan era el principio y el fin de su existencia, y no podía vivir sin él. —Hizo un gesto con la boca que denotaba su disgusto—. Mirándolo con perspectiva, todo parece ahora tan inmaduro y... ¡tan estúpido! Desde el momento en que rompió con él fue como si el mundo de Gisela se viniera abajo. No podía aceptar el hecho de que alguien, y mucho menos Jonathan, la dejara tirada. Supongo que eso la descolocó. ¡Tenía demasiado ego, me temo! Y luego, cuando se le pasó el *shock*, se enfadó mucho. —Julie hizo una pausa y, mirando la taza de té que tenía en la mano antes de dejarla a un lado, se estremeció levemente—. No me importa decirlo. A veces me asustaba su pasión y su rabia. Era como si no tuviera filtro para sus emociones. Si ella era inestable de por sí..., la ruptura con Jonathan no ayudó nada. Eso la destrozó. —Por un momento, Julie se quedó con la mirada perdida en la ventana—. No sabía cómo ayudarla. Ninguno de nosotros lo sabía —añadió con tristeza.

—¿Ya se medicaba entonces, por sus problemas de depresión y ansiedad? —deslizó Trudy de manera hábil.

—Ah, sí. Gisela siempre fue muy nerviosa, incluso cuando éramos pequeñas. Podía montar unas rabietas tremendas, se lo aseguro.

—¿Cree que fue por eso por lo que Jonathan decidió dejar de verla?

Julie asintió.

—Al principio estaba impresionado por ella, como le pasaba a la mayoría cuando la conocía. Era tan bonita, delicada, rápida e ingeniosa. Sofisticada, pero frágil como una mariposa. Sin embargo, con el tiempo empezó a ser demasiado exigente. Siempre quería saber dónde estaba y qué hacía. Y si lo veía hablando con otra chica, aunque no fuera tan guapa como ella... ¡Ufff! Había tempestad, os lo aseguro. Entonces, ella se quedaba arrepentida y apenada. Y necesitada. —Puso los ojos en blanco—. Si Jonathan no le decía una y otra vez cuánto la quería y adoraba, se angustiaba. Y al mismo tiempo era como si lo considerara de su propiedad, como si fuera una joya preciosa de la que alardear.

—A ningún hombre le gusta que lo hagan sentir incómodo —dijo Clement pensativo.

Julie Wye le lanzó una rápida mirada escrutadora.

—No se equivoca. Todos nos dimos cuenta de lo nervioso que se ponía Jonathan cuando Gisela montaba una escenita.

—¿Así que a usted no le sorprendió cuando rompió con ella? —quiso saber Trudy.

—No. Todos lo veíamos venir.

—Excepto Gisela.

—Ella no, claro. Y nunca lo asumió. Semanas después de que rompieran, hacía creer a todos que iban a volver. Organizaba meriendas y nos decía que él acudiría. Por supuesto, nunca aparecía. Y luego quiso hacernos creer que había sido ella quien había dejado a Jonathan.

—¿Podríamos decir que se obsesionó con él más aún?

—Sí. A veces aparecía en los jardines donde él trabajaba. Más de una vez, hizo que lo despidieran de un trabajo por molestar. —Julie suspiró—. Quería saberlo todo sobre él. Odiaba, por ejemplo, no saber quién era su padre. Su madre le dijo que había muerto en un accidente agrícola antes de que él naciera, pero eso era todo.

Julie no se percató de la mirada rápida y cómplice que sus dos visitantes se lanzaron al oír aquello.

—Dijo que su madre nunca quiso hablar de ello. Pero así era Jonathan: nunca parecía tener mucha curiosidad por las cosas. Por el contrario, Gisela tenía que saberlo todo.

—Eso alimentaba su obsesión —dijo Clement en voz baja—. Cuanto más sabía, más suyo era el objeto de su deseo.

—Supongo que era así —reconoció Julie, pero por su ceño ligeramente fruncido estaba claro que no le interesaban esas reflexiones filosóficas.

—Debió de ser un golpe terrible para usted cuando murió —dijo Trudy con compasión.

—Lo fue. Gisela fue alguien muy especial en mi vida..., bueno, desde siempre. Era una persona que te hacía sentir tan vivo...

Clement asintió con la cabeza.

—Usted testificó sobre su estado de ánimo en la investigación —dijo con delicadeza—. Si no recuerdo mal, declaró que el día anterior no parecía estar deprimida.

—No. Pensé que se mostraba optimista, en todo caso. Un poco eufórica tal vez. Como si tuviera algo agradable en la cabeza, o al menos algo que la satisficiera.

—¿Acaso un plan para recuperar a Jonathan? —preguntó Clement.

—No lo sé —dijo Julie, un poco dudosa—. Era más bien como si al final hubiera decidido renunciar a él. Me sentí aliviada, os lo aseguro. Pero luego..., bueno, hubo un desbarajuste con las pastillas. Su pobre madre... Siempre me gustó la señora Fleet-Wright.

—Su madre dijo en la investigación que a Gisela no le gustaba tomarse las pastillas y que a menudo mentía diciendo que se las había tomado cuando, en realidad, no lo había hecho —señaló Clement.

—Ah, sí, eso era cierto —confirmó Julie al instante—. Todos la vimos alguna vez hacerlo. Las pastillas la anulaban por completo, y a Gisela le encantaba sentirlo todo. Decía que la gente que no sentía nada no disfrutaba la vida en su totalidad.

Al menos su madre no había mentido en eso, pensó Trudy, mirando pensativa al forense.

—La señora Fleet-Wright también dijo que a veces su hija se provocaba el vómito tras tomar las pastillas —apuntó Clement con cautela.

—No me sorprendería —dijo Julie suspirando—. Era el tipo de cosas que Gisela haría. Podía ser muy astuta. Siempre buscaba la forma de salirse con la suya.

Era tal y como sospechaba Trudy. Gisela era el tipo de chica que solo traía desorden para sí misma y para los demás. La cuestión era: ¿habría alcanzado su legado destructivo a Jonathan McGillicuddy casi cinco años después de su muerte?

Pero, por mucho que respetara al doctor Clement Ryder, no sabía cómo podía ser eso posible.

Había anochecido cuando terminaron de hablar con otra amiga de Gisela de aquella época, Mandy Gibson, una mujer que trabajaba para la BBC de Londres. Y no había hecho más que corroborar la propia valoración de Julie Wye sobre la chica muerta. Clement había sorprendido a Trudy preguntándole a Mandy si conservaba algún recuerdo de su amistad, como una carta de su amiga o una tarjeta de cumpleaños. Mandy se había quedado desconcertada por un momento, pero luego recordó que había guardado una postal que Gisela le había enviado de unas vacaciones que había pasado con su familia en Italia.

Prometiéndole que se la devolvería más adelante, Clement se la había guardado en el bolsillo. Trudy se había dicho que en el camino de regreso a Oxford le preguntaría por qué la quería, pero se le había olvidado.

Mientras el forense detenía su Rover frente a la comisaría de St. Aldates, Trudy recogió su gorra del asiento trasero y se la colocó con firmeza en la cabeza. Pero antes de abrir la puerta y entrar para redactar el informe para el inspector Jennings, dudó y se volvió hacia el forense.

—Cree que Gisela se suicidó, ¿verdad? —le preguntó—. Y que su madre buscó la forma de encubrirlo.

—Es una posibilidad —respondió Clement sin tenerlo del todo claro.

—Desde luego tiene sentido. —Trudy quería presionarle—. Eso es lo que ha estado buscando todo el tiempo, ¿no? Dado que la familia es católica, el suicidio es algo difícil de encajar. Tendrían motivos para intentar ocultarlo. No solo habrían tenido que pasar por el escándalo de que una hija se quitara la vida, sino que también habrían tenido que enfrentarse al trauma de que no les dejaran enterrarla en tierra consagrada.

—Entonces, ¿ya no piensas que fuera una muerte accidental? —replicó Clement con voz divertida—. Solo ha pasado un día. —Sonrió a la pálida luz de una de las farolas—. Y yo que pensaba que tardarías una semana o así en aceptar mi punto de vista.

Trudy emitió un pequeño gruñido irritado y salió del coche.

—Lo veré mañana, doctor Ryder —dijo seca.

—Lo estoy deseando, agente Loveday. —Su voz lacónica permaneció suspendida en el aire cuando ella cerró la puerta del coche con más fuerza de la necesaria.

Con un ligero y molesto rubor subiéndole a las mejillas, Trudy entró con paso firme en la comisaría.

17

Anthony Deering no se percató de que algo iba mal durante bastante tiempo.

Aquella mañana se había levantado tarde, a las nueve y media, cuando lo normal era que ya llevara dos horas despierto. Pero últimamente tenía problemas para dormir, lo que no le sorprendía demasiado.

Cuando su padre le habló por primera vez de las cartas que le amenazaban de muerte, se rio de ellas. Estaba claro que eran obra de un tarado que no tenía otra cosa mejor que hacer. Y jamás había que dar pábulo a ese tipo de gente: se crecerían y sería aún peor. Además, era un joven que tenía una complexión física admirable, que incluso había practicado un poco de boxeo en sus tiempos de estudiante. Así que, si alguien intentaba hacerle algo, estaba seguro de que sería capaz de defenderse.

Pero entonces había muerto Jonathan McGillicuddy, el hermanastro que nunca supo que tenía, y de repente aquello no era ninguna broma. Ya no se sentía tan seguro. Era una sensación espeluznante saber que alguien, que ya había matado una vez, te tenía en el punto de mira como su próxima víctima.

Al pensar en su medio hermano, otro joven sano y en forma como él, la vida le parecía completamente volátil. Pensar que alguien le estaba observando todo el tiempo le estaba agotando. Se sobresaltaba ante cualquier ruido repentino y comprobaba con demasiada frecuencia que las puertas y ventanas estuvieran cerradas.

Aunque se resistía a admitirlo, empezaba a sufrir de los nervios, y lo mismo les estaba pasando a sus padres. Tanto que el ambiente en la casa se estaba volviendo insoportable.

Así que aquella mañana, después de desayunar, decidió que tenía que salir, aunque solo fuera una hora. Con la excusa de que necesitaba ir a Oxford en busca de un nuevo par de botas de agua para sustituir a las viejas, que empezaban a calarle los pies, salió de casa con paso decidido.

La policía no podía vigilar la casa las veinticuatro horas del día, pero el sargento O'Grady, un hombre sensato y práctico, les había dado unas pautas para proteger la vivienda y cuidar de su propia seguridad. Anthony salió de la casa con precaución, asegurándose de que no hubiera nadie sospechoso cerca.

Su coche, un Vauxhall PA Velox, estaba aparcado en la parte trasera, cerca del establo. Le había gustado su aspecto desde el primer momento en que lo vio. Con su abundancia de cromados, el alerón trasero y el parabrisas delantero pintado de rojo cereza con ribetes blancos, le daba un toque extravagante a su personalidad que normalmente tendía a ser discreta.

Sus amigos se mofaban de él en público, pero sospechaba que, en el fondo, envidiaban el valor que había tenido de comprarse algo así.

Siguiendo el consejo de O'Grady —y sintiéndose un poco ridículo—, Anthony se agachó y examinó los bajos del vehículo, pero no pudo ver nada sospechoso pegado al chasis, tras lo cual echó un rápido vistazo bajo el capó. En realidad, no creía que nadie fuera capaz de ponerle una bomba, pero más valía prevenir que curar.

Al deslizarse en el interior, el amplio y cómodo asiento corrido lo envolvió en un confort familiar y dio un pequeño suspiro de satisfacción. El salpicadero del coche era tan llamativo como una gramola y, cuando giró la llave en el contacto, sonrió satisfecho al escuchar el rugido del motor de seis cilindros.

Le daba igual que sus amigos dijeran que parecía uno de esos vendedores a los que les gustaba ir embalados por la carretera. Ese día necesitaba algo llamativo, frívolo y divertido que levantara el ánimo y le recordara que la vida era para los vivos.

Sintonizó la radio en la emisora más cercana y escuchó a Connie Francis, una de sus favoritas, cantando su gran éxito del año anterior, *Where The Boys Are*, y empezó a cantar mientras conducía por el sendero de grava. Al final, se desvió por el estrecho camino rural y se dirigió a la carretera que le llevaría hacia Kidlington.

Durante la primera parte del corto trayecto hacia Oxford, todo parecía ir bien. Connie Francis había dado paso a Emile Ford & The Checkmates, e incluso el cielo parecía estar despejándose. Y entonces, al acercarse a una curva de la carretera y pisar el freno, todo dejó de ir bien.

Hundió el pedal, pero no respondió. Al instante levantó el pie y volvió a pisarlo. Y de nuevo nada. El coche no redujo ni un ápice la velocidad. De repente, le entró un sudor frío y notó que el corazón le latía de un modo frenético.

Iba a más de ochenta kilómetros por hora y, en un instante de total lucidez, supo que no iba a poder tomar la curva cerrada que se avecinaba.

Rezando para que no se cruzara nada en la carretera, empezó a repasar con desesperación los movimientos que recordaba de los días en que había tomado clases de conducción, sobre cómo frenar un coche en caso de fallar los frenos.

Debía bajar las marchas. Cortar el contacto del motor. Accionar el freno de mano. Pero ahora debía afrontar la curva y, casi de inmediato, sintió que el coche, voluminoso y pesado, empezaba a derrapar sobre el asfalto húmedo y resbaladizo. Entonces todo se transformó en un caleidoscopio con colores verdes y marrones, justo en el momento en el que un seto de espinos se interpuso ante el parabrisas, ocultándole el cielo. Su mundo se oscureció en una explosión de cristales y estruendos.

El inspector Jennings entró en la sala de interrogatorios de la comisaría de St. Aldates y saludó con la cabeza al hombre sentado a la mesa.

Clive Greaves se había negado a traer a un abogado cuando se le había pedido que fuera para tener «una charla informal», y Jennings tenía la intención de sacar el máximo provecho mientras pudiera.

Con una sonrisa fugaz, se sentó y preguntó al guardabosques de cincuenta y dos años si quería una taza de té. El hombre, calvo y con el porte de un exjugador de *rugby*, miraba a Jennings con recelo. Sus ojos eran abisales como los de un oso, y se asomaban al mundo desde el sorprendente desastre que era su rostro lleno de cicatrices.

—Con leche y dos de azúcar, por favor —musitó al fin.

Jennings hizo un gesto con la cabeza al joven policía que había estado de pie en una esquina y este se fue sin hacer ruido.

—Verá, señor Greaves, me gustaría hacerle unas preguntas, si no le importa... —empezó el inspector con indiferencia, metiendo la mano en el bolsillo de la chaqueta y sacando un paquete de cigarrillos Player—. ¿Fuma?

—Solo Piccadilly.

Jennings se encogió de hombros, sacó un encendedor y se dispuso a disfrutar de su cuarto cigarrillo del día.

—Como quiera —dijo a través de la ligera cortina de humo.

—Entonces, ¿de qué va todo esto? —preguntó Clive Greaves con rotundidad, echando un vistazo a su reloj—. Tengo que volver. Tengo trabajo pendiente.

Jennings asintió. Sabía, por los papeles que había reunido su equipo, que Greaves trabajaba como guarda de caza en una finca cercana al pueblo de Aynho desde hacía casi ocho años. Estaba soltero, vivía en una casa aneja a la finca y era conocido por ser algo borrachín. La comisaría de Deddington tenía antecedentes suyos y había enviado alguna información. Le habían tenido que echar de *pubs* hasta en cinco ocasiones por armar bronca. También le habían estado a punto de acusar de haberle roto la nariz a alguien, pero el denunciante decidió no seguir con el juicio.

Sin embargo, no era el carácter de Clive Greaves bajo los efectos del alcohol lo que interesaba a Jennings.

—No quiero entretenerle mucho, señor Greaves —añadió—. Como he dicho, solo necesitamos aclarar algunas cosas. ¿Es usted el señor Clive Randolf Greaves, de cincuenta y dos años, antiguo residente de Perry Common en Birmingham?

Los ojos de Clive se entrecerraron, lo que acentuó aún más su aspecto desfigurado y grotesco. Jennings tenía dificultad para mirar a su sospechoso, pues no sabía a dónde mirar. La cara del guardabosques estaba marcada por las cicatrices rojas y blancas, tensas y brillantes, de un hombre que había sufrido quemaduras severas. Sus ojos pequeños y oscuros lo incomodaban, pero era peor si se fijaba en otras partes de su rostro destrozado.

—Sí, pero eso fue hace mucho —respondió Greaves, encogiéndose de hombros—. Hace años que no vivo en Brum.

—¿Y no está casado, señor Greaves?

Clive Greaves resopló con amargura.

—No soy precisamente el jodido Errol Flynn, ¿verdad? ¿Qué mujer en su sano juicio querría despertarse conmigo cada mañana?

Aquello le brindó a Jennings la oportunidad perfecta que estaba buscando.

—Fuego —dijo, tratando de mantener su voz informal. Hizo ademán de revisar sus notas—. Hace casi treinta años. Estaba trabajando en un almacén cuando se incendió la mercancía.

—Efectivamente.

—Aquí dice que estuvo hospitalizado casi diez semanas.

—¿Ehhh? ¿Y eso a qué viene? —preguntó Clive de repente con agresividad—. Creía que me había llamado para hablar de lo del sábado por la noche.

Jennings sonrió con expresión sombría.

—No, señor. No me interesa la trifulca que tuvo en el Wheel and Wagon.

—¿Así que la tipa esa no dijo nada?

—No, señor.

—¿Por qué estoy aquí?

—Quiero hablarle de *sir* Marcus Deering —dijo Jennings en voz baja.

Y se complació al ver cómo su hombre se tensaba.

18

—Trudy, cariño, no te olvides de llamar a Brian —dijo Barbara Loveday mientras se anudaba un gran pañuelo marrón alrededor del cuello. Era uno de sus favoritos, con un estampado de hojas otoñales doradas, rojas y granates sobre un fondo de color crema.

Se miró en el espejo del vestíbulo y miró el reloj. Con un poco de suerte, tal vez consiguiera suficientes sellos de Green Shield para comprar la tostadora a la que le había echado el ojo.

Trudy, que no tenía que reunirse con Clement Ryder hasta la una y media y había vuelto a casa para comer, puesto que tenía el trabajo cerca, se tragó lo que quedaba de su tostada de Marmite y frunció el ceño. ¿De qué demonios hablaba su madre ahora?

Salió al pequeño vestíbulo justo cuando Barbara se acercaba a la puerta principal.

—¿Brian? —repitió sin comprender.

—¿Ves? ¡Sabía que no me estabas escuchando! Te lo dije esta mañana. Brian Bayliss llamó ayer a la hora del té. Lamentó mucho no encontrarte, pero le dije que trabajabas hasta tarde. No son normales esos turnos tan distintos que tienes que hacer, cariño. ¡Ojalá no fuera así! De todos modos, dijo que quería invitarte al cine, y que te dijera que habían puesto esa película que querías ver.

Trudy suspiró. Conocía a Brian Bayliss de toda la vida, ya que vivía solo tres casas más abajo, tenía su misma edad y habían ido a los mismos colegios de la zona. Era un muchacho rudo y fornido, trabajaba como mecánico en la misma estación de autobuses donde su padre cogía cada mañana su adorado autobús. Tal vez, debido a esa estrecha y constante interacción entre sus familias, a los padres de ella (y probablemente también a los de Brian) se les había metido en la cabeza que los dos eran pareja. O que estaban destinados a estar juntos o alguna tontería por el estilo.

Lo peor era que empezaba a pensar que Brian tenía el mismo pensamiento.

No ayudaba el hecho de que la mayoría de sus amigas creyeran que era un buen partido, ya que medía metro ochenta, tenía un bonito cabello rojizo y unos inusuales ojos castaños dorados que una de ellas había descrito como «de ensueño». Y, por si fuera poco, jugaba al *rugby* en el equipo local, lo que, al parecer, lo convertía en algo parecido a un héroe.

Era un muchacho bastante agradable, pero Trudy no tenía intención de casarse con él, ni con nadie, por el momento.

Y aunque había dicho, una y otra vez, que ganarse los galones de sargento era el único objetivo que tenía en mente, nadie parecía entenderlo nunca. Ni se tomaban en serio sus aspiraciones. Ni sus padres, ni su hermano, ni sus amigos, ni siquiera el propio Brian. Era como si fuera una de esas muñequitas que, cuando les tiras de la cuerda, dicen algo tierno, bonito e insustancial. Casi esperaba que todo el mundo le diera una palmadita en la cabeza cada vez que expresaba su determinación de triunfar en la carrera que había elegido, y que dijeran lo graciosa que era, antes de pasar a hablar de la chica del pueblo que acababa de comprometerse. Ah, y ¿había pensado ya en nombres para cuando tuviera sus propios hijos?

Con un suspiro de resignación, Trudy se puso la gorra y siguió a su madre a la calle. Era inútil discutir con ella.

—Quizá lo llame más tarde. Si encuentro una cabina telefónica —murmuró en su lugar.

—Te lo pasarás bien, querida. Es de Peter Sellers —dijo Barbara Loveday.

—¿Cómo? —A Trudy la había pillado desprevenida.

—La película que querías ver. Brian dijo algo de que el protagonista estaba en la cárcel y planeaba robar un diamante o algo así —dijo su madre dudando.

—Oh, claro..., creo que se llama *La extraña prisión de Huntleigh* —dijo Trudy, recordando haber comentado una vez, mientras salía con un grupo de amigos, que le encantaría ver la película cuando llegara a Oxford. ¿Había salido Brian con ellos aquella noche?

—Seguro que es muy divertida. Y después podríais comer algo. Papá dice que Brian gana un buen sueldo en el taller, así que puede permitirse invitarte.

—Sí, mamá —dijo Trudy con hastío.

Pero al entrar en la comisaría, todos los pensamientos sobre su vida social desaparecieron, ya que al instante se hizo evidente que algo pasaba. Había un ambiente de nerviosa expectación que podía cortarse con un cuchillo.

Fue Rodney Broadstairs, como no podía ser menos, el primero en decirle lo que pasaba. A Rodney siempre le gustaba restregarle que él era «uno de los favoritos» y ella no.

—¡Nuestro loco ha atacado a Anthony Deering! Está en el hospital. Alguien le ha saboteado los frenos —le dijo mientras se ponía la chaqueta del uniforme y se ajustaba el casco en la cabeza—. El jefe quiere que salgamos y tomemos declaración a los testigos.

Trudy, que intentaba no apretar los dientes por quedarse al margen de todo aquel alboroto, observó cómo Rodney se ponía en marcha, silbando con alegría.

Después de echar un rápido vistazo a su reloj, se dio cuenta de que tenía que ir a Floyds Row enseguida. No creía que el quebrantahuesos pudiera perdonar su retraso.

Suspiró hondo. Aunque el caso Fleet-Wright tenía sus puntos interesantes —y sin duda era mejor que ponerse a patrullar por las calles—, carecía de la emoción y del suspense inmediato del caso Deering/McGillicuddy.

—No me extrañaría nada que ese hermanito suyo haya salido tan trastornado como Gisela, pobre.

Estaban sentados en una pequeña habitación, en una casita de campo bastante angosta, justo al otro lado de Middleton

Cheney, donde vivía Mary Allcroft. Junto con Mandy Gibson, Mary había sido considerada una de las candidatas para el papel de «mejor amiga» de Gisela. Aunque una de las primeras cosas que Mary les había dicho, cuando la habían localizado y le habían preguntado si les parecía bien que charlaran, era que ser amiga de Gisela a menudo era algo que podía prestarse a confusiones.

Mary trabajaba en la ciudad de Banbury como secretaria en las oficinas de un astillero de embarcaciones de recreo, así que habían tenido suerte de encontrarla en su tarde libre.

Habían estado bebiendo té fuerte y caliente en tazas un poco mugrientas mientras Mary, después de colocarse el pelo detrás de una oreja y acomodarse en un sillón mullido, respondía con seguridad a todas las preguntas que le hacían.

Había comenzado hablando sobre lo que significaba ser amigo de Gisela. Al parecer, implicaba adorarla en su altar y soportar sus cambios de humor.

—Gisela era un caso curioso —explicó ella—. En un momento eras su mejor amiga y, al siguiente, sin ninguna razón aparente, no pintabas nada en su vida.

Tanto Trudy como Clement habían estado de acuerdo en que parecía una tarea ardua, pero su amiga se había mantenido de una forma conmovedora leal a Gisela. Mary, una chica bajita y redonda, con pelo rubio y rizado y grandes ojos azules, se encogió de hombros y les dijo que siempre había sentido lástima por ella y que por eso soportaba todas sus excentricidades.

Esto había dado lugar a una discusión general sobre la lucha constante de Gisela contra la depresión y sus cambios de humor, que, a su vez, había dado lugar al último comentario de Mary sobre su hermano pequeño, Rex, que era bastante parecido. Era casi como si viera la infelicidad como un rasgo físico heredado en los genes, junto con el color de los ojos o del pelo.

—El hermano pequeño... —dijo Clement con el ceño algo fruncido—. No recuerdo que lo llamaran a declarar.

—Oh, no lo habría llamado —dijo Mary con rapidez—. Era solo un niño cuando Gisela murió.

—¿Qué, cinco o seis? —preguntó Trudy. Tampoco ella había visto mención alguna del hermano menor de los Fleet-Wright en los registros.

—No. Un poco más mayor —dijo Mary—. ¿Trece o catorce quizá?

Clement asintió. Por regla general, el tribunal prefería no llamar a declarar a los menores, a menos que fuera necesario.

—¿Qué relación tenían? —preguntó Trudy con curiosidad—. Tengo la impresión, por todo lo que he aprendido sobre ella, de que a Gisela le gustaba ser el centro de atención.

—Oh, a Gisela eso no le importaba. En ese aspecto no sentía celos de él —dijo Mary con ligereza—. Siempre fue la princesita de papá, y el señor Fleet-Wright la adoraba. Gisela lo tenía bailando en la palma de su mano. —Rio Mary—. Por otro lado, Rex adoraba a su hermana mayor.

Trudy sonrió con ironía. Ahora lo entendía todo. Rex la seguía a todas partes como un perrito faldero... a veces, para regocijo y vanidad de ella.

Mary hizo una pausa y pensó la respuesta.

—A decir verdad, a veces me resultaba un poco inquietante.

—¿Por qué? —quiso saber Clement con sequedad.

—Bueno, los chicos suelen estar muy apegados, ¿verdad? —dijo Mary con naturalidad—. Pero Rex parecía que solo tenía ojos para Gisela, como si ella fuera el sol y la luna, y su madre una figura insignificante. Quizá Rex se dio cuenta muy pronto de que Gisela era el verdadero eje de la familia, y su madre solo un adorno.

—¿Y qué hay de los problemas de salud de Gisela? —preguntó Trudy con cautela—. Supongo que eso habría preocupado mucho a sus padres, y les habría quitado tiempo y energía.

—Sí, bastante —dijo Mary—. Todo el mundo se preocupaba por ella, lo que no hacía más que alimentar su tendencia al dramatismo.

Mary hizo una pausa y se encogió de hombros.

—Incluso Rex se preocupaba por ella constantemente, cuidando de que no pasara frío o de que comiera bien. Claro que tampoco ayudaba que Gisela le hiciera la pelota. Recuerdo una vez en que Mandy y yo estábamos en su casa un verano, y la señora Fleet-Wright le había dicho a Rex que no podía tomar sorbete porque le quitaría el apetito para la hora de la merienda. Gisela enseguida se escapó a una tienda y le compró uno y se lo dio. No le habría dado importancia si hubiera pensado que solo quería ser amable. Pero Gisela lo hizo a propósito para que su madre pillara a Rex comiéndoselo. Como es lógico, eso puso a su madre en un aprieto. Si se lo quitaba, la señora Fleet-Wright quedaría como la mala de la película. Y si no lo hacía, minaría aún más su autoridad.

En ese momento, Trudy miró al forense con curiosidad. Estaba claro que la familia Fleet-Wright tenía sus conflictos internos.

—¿Y qué pasó? —preguntó Clement, procurando mantener la voz calmada y neutral.

—Oh, la señora Fleet-Wright tan solo movió la cabeza y dijo que si no se comía toda la merienda habría consecuencias. Al final, Rex se tomó el sorbete y pareció adorar aún más a Gisela. —Mary sacudió la cabeza al recordar—. El problema era que Gisela era tan voluble con Rex como con todos los demás. Un momento lo trataba como a un juguete y al siguiente le decía con desdén que se largara, que era un pesado y que nadie en su sano juicio lo querría cerca. A Rex se le partía el corazón y se iba como un cachorro apaleado mientras Gisela se reía.

—Eso suena bastante cruel —comentó Trudy.

—Lo fue. Pero, en cierto modo, no lo fue —dijo Mary, algo misteriosa—; es decir, no creo que Gisela lo hiciera para mostrar su crueldad. En todo caso, no comprendía que actuaba de forma cruel. ¿Entiende la diferencia?

Trudy asintió.

—Ella no tenía intención de hacerle daño a su hermano, era solo que no le importaba si lo hacía.

Pero Mary volvió a defender a su amiga muerta:

—No del todo. Con Gisela, lo único que importaba era cómo se sentía ella. Cómo le iba la vida. Cómo podía divertirse. ¡Oh, qué mal me estoy explicando! —exclamó Mary, frustrada consigo misma—. Gisela era de esas chicas que necesitan sentir emociones fuertes. Para ella, la vida no tenía sentido si no pasaba algo extraordinario. Le gustaba meterse en líos y discusiones porque así podía soltar su ingenio y encender las pasiones. Le gustaba sumirse en la melancolía y la tristeza porque al menos así se sentía viva. Por eso llevaba un diario. Siempre estaba escribiendo en él, exagerando sus vivencias y sus sentimientos. Se pasaba horas plasmando sus dramas, ¡como si esperara que alguien los publicara algún día! Nunca nos dejó leerlo, claro está, pero sospecho que era bastante escandaloso.

Trudy asintió.

—¿Se imaginaba Gisela como la protagonista de una novela? —Pero, mientras lo decía, se preguntaba: ¿qué habría sido de ese diario? Estaba segura de no haber visto ninguna mención de él en los archivos del caso.

—Sí, eso es. —Mary sonrió—. Y tiene sentido, porque a Gisela le encantaba enamorarse. Por eso lo de Jonathan McGillicuddy la desconcertó tanto, porque, por primera vez, creo que era amor verdadero. Y no solo una de sus fantasías o caprichos.

—Ya veo —dijo Clement, asintiendo con la cabeza—. Gisela se enamoró de verdad, en lugar de jugar al amor.

—Sí. Con Jonathan fue diferente. Por eso le dolió tanto cuando la dejó —dijo Mary con tristeza—. Creo que nunca se le pasó por la cabeza que un hombre pudiera dejarla.

Trudy hizo una breve anotación en su cuaderno. Aquí tenía otra confirmación independiente de que Jonathan había sido el que había puesto fin a la relación, y no Gisela, como la chica muerta había intentado hacer creer.

—¿Conocía bien a Jonathan? —preguntó Trudy.

Era consciente de que el interés del forense residía en esclarecer la verdad sobre el caso Fleet-Wright, pero también sabía que el inspector Jennings esperaba que mantuviera el asesinato de McGillicuddy y el caso Deering en el primer plano de su investigación. Y estaba decidida a demostrar a su jefe que era de total confianza.

—La verdad es que no mucho. Lo conocía porque era el novio de Gisela, pero no solíamos verlo a menudo. Me refiero a sus amigas. Gisela era bastante celosa y lo tenía como si fuera un tesoro. Quería asegurarse de que ninguna de nosotras se lo quitara.

—¿Era posesiva entonces?

—¡Muy posesiva! —afirmó Mary convencida.

—¿Qué impresión le causó Jonathan? —preguntó Trudy a continuación.

—Era un buen partido, supongo. Aunque solo era el jardinero de sus padres, era muy guapo y un poco mayor que nosotras, ¡lo que lo hacía intrigante! Y el hecho de que fuera viudo y tuviera una hija pequeña le añadía aún más atractivo.

—¿Parecía tener enemigos?

—No —contestó Mary, cuyo rostro normalmente alegre y abierto se tornó ahora apenado—. Leí sobre su asesinato en el periódico. Es terrible. Espero que atrapen a quien lo hizo.

—Lo haremos —dijo Trudy con gravedad, algo que pareció no gustar al forense, que la miró con censura. Aunque sabía que la policía no siempre resolvía sus casos y que no debería hacer promesas tan precipitadas, no le importaba. Estaba decidida a no dejarse influenciar por el escepticismo del quebrantahuesos: ella intuía en lo más profundo que iban a capturar al asesino de Jonathan McGillicuddy—. Así que, cuando lo conoció, ¿no sabías de ningún lío en el que pudiera estar metido?

—¿Líos?

—Alcohol, juego, malas compañías...

—Oh, no. Nada de eso —respondió Mary.

Trudy suspiró y asintió con la cabeza. Era lo que se imaginaba. Jonathan había perdido la vida por ser el hijo de Marcus Deering, y había sido el blanco de la venganza de un loco. Y como Jonathan era el hijo secreto, el bastardo, que vivía al margen y sin protección, había sido más fácil de eliminar que el consentido y amado Anthony.

Sin embargo, había sido preciso preguntar para despejar las dudas.

Diez minutos más tarde salieron de la pequeña casa y volvieron a Oxford.

—¿No cree que cada vez se parece más a un suicidio? —quiso saber Trudy, mientras Clement se esforzaba en vano por adelantar a un tractor que ocupaba gran parte de la angosta carretera.

Pero el hombre mayor parecía no haberla escuchado.

—Quiero que vayas a hablar con el exagente Richard Gordon —dijo él de repente, y luego hizo sonar el claxon con impaciencia.

Delante de ellos, el tractor seguía su marcha tranquila por el medio de la vía.

Trudy reconoció el nombre al instante.

—¿El agente que llegó primero cuando el médico llamó a la policía? ¿Para qué? —preguntó.

Como oficial local de turno, se le habría encargado hacer una evaluación inicial, pero el caso habría pasado luego al oficial a cargo, el inspector Harnsworth. Por desgracia, no podrían hablar con él, pues había fallecido poco después de retirarse del servicio el año anterior.

—¡Mierda! —Clement gruñó y volvió a tocar el claxon. Delante, el tractor no mostraba ninguna intención de cederles el paso—. Intenté hablar con Gordon después de la investigación —admitió de mal humor—. No me ayudó. Parecía pensar que yo ponía en duda su competencia. Está claro que los miembros de tu profesión tienen un ego frágil —afirmó tajante.

Lo cual, pensó Trudy, era bastante irónico viniendo del quebrantahuesos, que tenía un ego del tamaño de una casa.

—Por eso quiero que hables con el exagente Gordon tú sola y sin mí. Quizá sea menos susceptible contigo, que eres de los suyos.

Pero Trudy —aparte de divertirse pensando en cómo una humilde agente había desafiado a un juez de instrucción lleno de soberbia— no era tan optimista al respecto. Como joven agente de policía en prácticas, dudaba mucho que el jubilado Richard Gordon la viera como una igual, más bien como una intrusa que no merecía llevar el uniforme.

Eso era lo que pensaban también todos los demás en la comisaría, excepto quizá el sargento O'Grady y tal vez el viejo sargento de guardia, quien parecía tenerle simpatía.

Pero eso no iba a detenerla.

Alzó la barbilla y dijo con firmeza:

—Estaré encantada de hablar con el señor Gordon.

Clement Ryder apartó los ojos furiosos del obstinado tractorista que tenía delante para mirarla pensativo. Y al ver la determinación en el rostro de ella, sus labios se curvaron ligeramente.

—Gracias, agente Loveday —dijo con suavidad.

19

El director del *Oxford Mail* estaba intrigado y un poco desconcertado por el artículo presentado por *sir* Marcus Deering para publicarlo en el siguiente número del periódico. Tenía el instinto de un buen periodista y olía que había una historia detrás de aquellas palabras, una de las razones por las que había aceptado incluirlas. No era una noticia de última hora, pero *sir* Marcus era un hombre rico e influyente, y sus grandes almacenes del centro de la ciudad pagaban bien por figurar regularmente en su sección de publicidad, algo que siempre había que tener en cuenta.

Eso, y el hecho de que *sir* Marcus cenaba a menudo con el dueño del periódico.

También estaba el asunto del reciente accidente de coche de su hijo, que apenas había ocupado un par de líneas al final de la página nueve. Ahora se lo cuestionaba. ¿Podría haber alguna relación?

De ese modo, el artículo, que narraba los humildes orígenes del gran hombre en los negocios y su angustia, arrepentimiento y horror por el incendio de un almacén que había ocurrido cuando él había estado empleado en uno de sus primeros trabajos, aparecería en la página cinco, con una bonita foto promocional del propio empresario y con la mención de que acababa de donar quinientas libras a un orfanato local.

Y, salvo una anotación mental para sí mismo de «estar atento a estos detalles», el director no le prestó más atención.

Trudy llegó sin problemas a la residencia de la familia Gordon. Ubicada en Kidlington, en las afueras llenas de árboles, donde el canal de Oxford discurría cerca de la vía férrea, el ya retirado agente Richard Gordon vivía con su esposa, Glenda, y el menor de sus cinco hijos, que todavía no se había casado ni independizado.

Pero no había ni rastro del hijo ni de su mujer cuando el exagente abrió la puerta, hizo ademán de comprobar sus credenciales y la condujo de mala gana a una pequeña sala de estar.

Desde la ventana apenas se distinguía una construcción de cristal que su esposa probablemente denominaría «invernadero», donde unas plantas de aspecto débil se resistían al frío de enero y a la poca luz del día.

—Has tenido suerte de encontrarme en casa. Trabajo tres noches a la semana como vigilante nocturno, así que suelo estar en la cama a estas horas. ¿A qué viene todo esto? —le preguntó Gordon secamente.

A sus sesenta y un años, era un hombre corpulento, que se estaba quedando calvo a marchas forzadas y tenía unos ojos azules como grosellas hervidas. La nariz grande no le favorecía mucho el aspecto, y las mejillas enrojecidas indicaban a Trudy que también era aficionado a la bebida. Unos dedos manchados de nicotina apartaron una de las cortinas mientras miraba hacia el exterior, tal vez para ver qué pensaban sus vecinos de la visita de un agente de policía uniformado.

Lo cual era chocante en un hombre que en otro momento de su vida también había llevado el mismo uniforme. ¿De qué tenía que avergonzarse? Pero cuando Trudy miró hacia el camino que había más allá, observó que, al igual que la propia casa de Gordon, todas las viviendas de la zona eran bastante bonitas. Casas unifamiliares de tamaño moderado, varias de ellas con garajes, ampliaciones y algún que otro invernadero. Lejos quedaban las viviendas sociales.

—¿Qué sucede, agente? ¿A qué se debe esta visita? —le espetó Richard Gordon con voz áspera, haciendo que Trudy se ruborizara.

—Lo siento, señor, soy nueva en esto —se disculpó con dulzura, adoptando una actitud de inocencia y vulnerabilidad. Sabía muy bien cómo manipular a los hombres maduros, sobre todo si se hacía la tonta y les pedía ayuda—. Supongo que usted, con su experiencia, ya habría resuelto el caso hace tiempo —añadió con un tono adulador. Había aprendido hacía mucho que los hombres nunca se cansaban de los halagos—. Se trata de un viejo caso suyo, señor —dijo luego, exagerando un poco.

En realidad, el caso Fleet-Wright nunca había sido suyo. Él solo era un simple agente de patrulla que había respondido a la llamada inicial, evaluando la situación e informando de lo que había creído conveniente. Después de salir de la casa de los Fleet-Wright, no había vuelto a participar en el caso, salvo para testificar en la investigación.

—Siéntate —le ordenó Richard con cierta impaciencia, indicándole el bonito sofá de rayón beis.

Al instante se preguntó cuánto habría costado y examinó la habitación con curiosidad, fijándose en la elegante lámpara de una esquina y en la alfombra de piel de oveja frente a la chimenea de gas.

—Gracias, señor. —Le sonrió, esperando no estar exagerando—. ¿Ha leído en los periódicos el asesinato de un hombre llamado Jonathan McGillicuddy?

Richard la miró con severidad.

—No estarás metida en eso, ¿verdad, agente? Pareces demasiado joven como para estar en un caso tan serio.

—No, señor. No estoy en el caso de asesinato, por supuesto... —se apresuró a decir Trudy—. ¡Ojalá lo estuviera! No, señor, me han destinado a la oficina del forense para ayudarlo con un caso antiguo. El de Gisela Fleet-Wright.

Al instante, notó cómo el anciano se tensaba y el rostro se le quedaba inexpresivo, a pesar de que antes parecía condescendiente e incluso risueño mientras ella había estado hablando. Tras esto, frunció el ceño y pareció intentar recuperar la compostura. Pero Trudy no se dejó engañar. Hubiera apostado su sueldo de un mes a que aquel hombre recordaba el caso a la perfección.

Y sintió una creciente emoción. ¿Era posible que, después de todo, el quebrantahuesos estuviera tras algo significativo e importante?

—No estoy seguro de recordar el nombre —dijo el agente jubilado con vaguedad.

—Una chica joven, señor. La encontraron muerta en la cama. El forense dictaminó que fue una muerte accidental. Por lo visto tomó demasiadas pastillas sin querer.

—Ah, sí. Sí, claro, ahora lo recuerdo. Fue una pena. Era una chica bonita. Joven también. Sí, su madre llamó al médico, y el médico nos llamó a nosotros.

—Así es —dijo Trudy con entusiasmo—. ¿Qué recuerda de ese caso, señor?

Richard, que se había sentado en el sofá, cruzó los brazos y se encogió de hombros. En la mesita que tenía delante había un ejemplar del *Oxford Mail* de aquella mañana, abierto por el crucigrama. Trudy sabía que también contenía el artículo que Marcus Deering había publicado, después de que el inspector Jennings lo autorizara.

Supuso que la idea era bastante clara. Obviamente, el asesino buscaba algún signo de arrepentimiento por parte del empresario, y el artículo del periódico pretendía calmarlo. Esperaba de verdad que funcionara, aunque lo dudaba.

Anthony Deering se estaba recuperando en el hospital tras haber sufrido solo algunas heridas leves en el accidente de coche. Por suerte, había conseguido frenar el enorme vehículo que conducía lo suficiente como para evitar lesiones más graves. Los técnicos de la policía no tardaron en descubrir que los frenos habían sido manipulados en un acto deliberado de sabotaje.

—Creo que era un día soleado cuando la encontró, señor —dijo Trudy, consciente de que el exagente Gordon no estaba por la labor de ayudar.

—Sí, así es. Estaba tumbada en la cama como si estuviera dormida. Recuerdo que las ventanas estaban abiertas y que los jardines lucían espléndidos. Es algo que me llamó la atención, no sé.

Seguramente, McGillicuddy también habría cuidado de esos jardines, en los primeros días de su relación con la hija de la casa. Trudy sintió una punzada de tristeza al darse cuenta de que nunca más podría plantar otra flor o arbusto. Por un momento, pensó en su pobre madre, sola en su silenciosa casa.

—¿Estaba de patrulla? —Se obligó a centrarse en su trabajo. Tanto el sargento O'Grady como Rodney Broadstairs la habían reprendido antes por empatizar demasiado con las víctimas y no concentrarse en su trabajo policial. Se dijo a sí misma que debía endurecerse.

—Sí, acababa de registrarme. Por eso el sargento, que sabía dónde estaba, me pidió que lo investigara. No estaba a más de quinientos metros cuando el médico de guardia avisó.

Trudy asintió. A veces se estaba en el lugar adecuado en el momento adecuado.

—¿Qué tiene esto que ver con el caso McGillicuddy? —preguntó de repente Richard, y por un momento Trudy lo miró sin comprender mientras él la miraba inquisitivo—. Cuando te pregunté por primera vez de qué iba todo esto, mencionaste el reciente asesinato —le recordó.

Trudy volvió a ruborizarse, esta vez sintiéndose realmente estúpida por haberlo olvidado.

—Sí, señor. Bueno, el señor McGillicuddy fue novio de Gisela Fleet-Wright. Se especulaba con que su reciente ruptura con él podría haber sido la causa de su muerte.

—Pero no fue así, ¿verdad? —dijo Richard resoplando impaciente—. ¿No dijo su madre algo sobre que su hija solía negarse a tomar su medicación y que de manera accidental ese día debió de excederse?

—Sí, señor. ¿Siguió el caso? —dijo Trudy con indiferencia.

—Por supuesto que lo hice. Encontré a la pobre chica, ¿no? —replicó Richard con orgullo—. Algo tan triste hace que te intereses.

Trudy asintió. Suponía que algo así sería cierto, pero por alguna razón no terminaba de creerle.

Era consciente de que su antiguo compañero de profesión le había caído mal al instante, sin embargo, no dejaba que eso afectara a su juicio. No, era otra cosa lo que le preocupaba de todo eso. Estaba segura de que el hombre le estaba ocultando algo, o incluso mintiendo.

En ese momento, la puerta principal se abrió y una voz de mujer llamó:

—Hola, Dickie, estoy en casa. Tengo un poco de carne y riñones para... Oh, lo siento, no me di cuenta...

Era unos años más joven que su marido, y probablemente tenía varios kilos más que él, con una cara redonda y agradable, una mata de rizos castaños teñidos y grandes ojos color avellana. Miró a Trudy con incertidumbre, examinando su uniforme y dirigiendo a su marido una mirada rápida, interrogante y algo nerviosa, o eso le pareció a Trudy.

—Esta es la agente Loveday, Glen —le dijo Richard con una sonrisa forzada—. Me está pidiendo ayuda con un viejo caso mío. Nada de qué preocuparse. ¿Por qué no pones la tetera? —Se levantó del sofá y añadió—: Y además ya se marchaba...

¿Eso era todo?, pensó Trudy sombríamente. Pero al ver la expresión dura e indescifrable de Richard supo que no tenía sentido presionarle más. Conocía esa mirada, pues la había visto antes en los rostros de los delincuentes, y sabía que, si le presionaba más de la cuenta, se pondría a la defensiva y se negaría a cooperar en futuras entrevistas.

—Sí... Claro, señor. —Trudy se obligó a sonreír. Pero al pasar junto a Glenda, vio que la mujer se mordía el labio con nerviosismo, como si algo la inquietara.

La casa quedó en un silencio tenso mientras ella cruzaba el pequeño vestíbulo y salía por la puerta principal, y tuvo la certeza de que el matrimonio estaba esperando a que saliera para empezar a hablar entre ellos.

¡Ojalá pudiera oír lo que se decían! Durante todo el trayecto de vuelta a la comisaría, mientras Trudy se balanceaba en el autobús, intentó averiguar qué le había escamado de toda la entrevista. No era tan solo el hecho de que el exagente Richard Gordon hubiera sido poco sincero, sino también la sensación de que había algo obvio que se le escapaba.

Sabía que aún le quedaba mucho por aprender, y a veces su inexperiencia la frustraba y preocupaba. Peor aún, en ocasiones la hacía dudar de sí misma.

No fue hasta que caminaba por St. Ebbes que lo comprendió.

¿Cómo era posible que un agente con cinco hijos se hubiera jubilado antes de tiempo y viviera en una bonita casa unifamiliar en el lujoso Kidlington?

El asesino de Jonathan McGillicuddy leyó con gran interés el artículo que *sir* Marcus Deering había publicado esa mañana en el *Oxford Mail*.

Entonces esbozó una sonrisa fría y maliciosa.

20

—El jefe quiere hablar contigo —dijo Phil Monroe, el sargento de guardia, en cuanto ella entró en la comisaría.

Trudy sintió un escalofrío. No era frecuente que el inspector quisiera verla, y mucho menos que ordenara que la avisasen, por lo que repasó mentalmente sus últimas actuaciones por si hubiera cometido algún error o descuido.

—No te preocupes —dijo Phil, sonriéndole y leyéndole el pensamiento con facilidad—. No tenía cara de querer sangre.

—Era un hombre cercano a la jubilación, con una nieta de la edad de Trudy, y solía apoyarla siempre que podía.

—Es un alivio —suspiró Trudy, dibujando una leve sonrisa.

Se dio media vuelta para irse, pero Monroe estaba ansioso por conocer los últimos cotilleos de la comisaría. Lo cual, como todo el mundo sabía y aceptaba, era una de las principales prerrogativas de un sargento.

—He oído que el inspector te ha echado a los lobos. O, mejor dicho, a los buitres —dijo con socarronería.

Trudy sonrió con ironía.

—Si te refieres a nuestro estimado forense, entonces sí. Le estoy ayudando con un viejo caso.

—Un tipo duro, nuestro doctor Ryder —dijo el sargento—. Muy listo, eso sí. No se le escapa nada.

—No, desde luego que no. Creo que por eso el inspector Jennings accedió a asignarle un agente para que colaborara con él. Le preocupa que haya descubierto algo —admitió Trudy—. ¿Y sabes una cosa? —Se inclinó un poco hacia delante y bajó la voz—: Lo más probable es que sea así.

—¡Ah! —dijo Phil, asintiendo con entusiasmo. Aquello sí que era un cotilleo jugoso—. ¿En qué estás trabajando?

—Una muerte sin resolver —dijo Trudy, frunciendo el ceño—. El veredicto original del forense fue muerte accidental. Una chica joven tomó demasiadas pastillas. Pero creo que el quebrantahuesos, quiero decir, el doctor Ryder, sospecha que fue un suicidio.

El sargento asintió, parecía un poco impresionado.

—Qué cosa más triste, el suicidio, y más cuando se trata de gente tan joven...

—Estoy de acuerdo —dijo Trudy—. Sin embargo, no entiendo, incluso si se dio el veredicto equivocado, por qué debemos investigarlo —murmuró. Hacía tiempo que sentía un remordimiento de conciencia por ese asunto. Y puesto que todos los demás confiaban en el sargento de guardia, y de hecho era casi un requisito indispensable que lo hicieran, pensó que ahora era un momento tan bueno como cualquier otro para desahogarse y buscar su sabiduría—. Digamos que Gisela Fleet-Wright se suicidó y sus padres lo encubrieron... ¿Es eso tan terrible? Quiero decir que no veo qué puede haber de bueno en remover todo de nuevo. ¿Acaso no han sufrido ya bastante sus padres? ¿Qué sentido tiene hacerles pasar por lo mismo?

—Ummm. ¿Fleet-Wright? Ese nombre me suena... —dijo el sargento pensativo.

—La señora Fleet-Wright confesó en la investigación que podría haber sido responsable de dar a su hija demasiadas pastillas. Y eso no fue a ningún sitio, no se presentaron cargos formales contra ella.

—No. No es eso. —El sargento sacudió la cabeza—. Recuerdo ese caso vagamente, pero hubo otro asunto..., algo que pasó por mi mesa..., algo menor, pero Fleet-Wright... —Suspiró y se golpeó la sien con el dedo—. No, no se me ocurre qué fue. La vieja memoria no es lo que era. Pero tarde o temprano lo recordaré... —le prometió—. Probablemente, cuando esté acostado en la cama a las tres de la mañana, me vendrá como una revelación. Y cuando sepa qué es te lo haré saber.

Trudy le dio las gracias y se dirigió al despacho del inspector para ver qué quería. Mientras lo hacía, se preguntó por qué aún no se había atrevido a preguntarle al doctor Clement Ryder por qué parecía tan empeñado en demostrar que Gisela se había suicidado.

No es que pensara que fuera un hombre rencoroso o cruel, pero algo le decía que había más de lo que aparentaba.

El inspector Jennings informó a la única agente de policía de la comisaría que tendría que hacer algunos turnos extra, junto con el resto de agentes, ahora que habían conseguido un sospechoso principal en el caso Marcus Deering/McGillicuddy.

Era la primera vez que Trudy oía hablar de aquello, y escuchó con mucha atención mientras su jefe le informaba de manera escueta.

Se trataba de una víctima del incendio del almacén, que se había instalado en la zona y trabajaba como guardabosques. Cuando lo detuvieron para interrogarlo, no había convencido a Jennings de que no le guardara rencor a Deering o a la empresa para la que había trabajado por sus lesiones.

—Tenía un motivo y, claramente, viviendo en la zona, le convierte en sospechoso. En cuanto al arma criminal, cualquiera podría haber cogido esa pala y haber golpeado a Jonathan en la cabeza. Por otro lado, la mayoría de los hombres saben lo suficiente de coches como para cortar un cable de freno. Así que vamos a vigilarlo de cerca a partir de ahora. Y si se aproxima a la finca de Deering, lo atraparemos. Eso significa vigilancia las veinticuatro horas, turnos extra y todos los agentes. Incluida usted, agente Loveday.

—Sí, señor —dijo Trudy intentando no mostrar su alegría.

Nunca había participado en tareas de observación y estaba deseando hacerlo. Añadir otra habilidad a su currículum nunca estaba de más. Aunque el inspector le advirtió de que las tareas de vigilancia eran largas y aburridas: horas vigilando a un sospechoso o su residencia, a menudo sentada en un coche gélido o en algún otro lugar igualmente incómodo. Eran detalles que Trudy iba a aceptar con la mejor de las caras.

—Seguirá trabajando con el doctor Ryder, como es lógico, pero hágale saber que no estará exclusivamente a su entera disposición —concluyó Jennings—. Y hablando de nuestro doctor Ryder, podría darme un informe verbal sobre sus progresos hasta ahora. Se ahorrará tener que escribirme uno más tarde. ¿Dónde ha estado hoy?

Trudy se dio cuenta de que al inspector no le gustó que mencionara que había estado hablando con un expolicía, pero cuando terminó su informe, se limitó a suspirar.

—De acuerdo. Sigue como está haciéndolo —dijo moviendo la cabeza—. Puede marcharse ya.

Sin embargo, cuando llegó a la puerta, la detuvo.

—¿Agente Loveday?

—¿Señor?

—¿Qué opina del caso? ¿Cree que el doctor Ryder tiene algo?

Trudy dudó un momento, sabiendo que, por primera vez, su oficial superior le estaba pidiendo su opinión. Y era importante dar una buena impresión. Pero ¿qué le estaba preguntando exactamente? ¿Si estaba de acuerdo en que los testigos habían mentido? Sí, lo estaba. ¿Si creía que acosar a una familia que ya había sufrido bastante para hacerles admitir que su hija se había suicidado era «tener algo»? No estaba tan segura.

Pero el instinto le decía que no debía perder la fe en el quebrantahuesos.

—Sí, señor —dijo finalmente—. Creo que probablemente tenga algo... Hay ciertos detalles raros en el caso Fleet-Wright. Pero todavía es demasiado pronto para decir cuáles exactamente.

No le pareció conveniente mencionar sus dudas sobre la jubilación dorada del exagente Gordon. Su jefe estaba bajo mucha presión por parte de *sir* Marcus, el jefe de policía y la prensa para resolver el caso McGillicuddy, y no quería complicarle más las cosas con la posibilidad de que hubiera corrupción policial.

Jennings suspiró pesadamente y asintió con la cabeza, dándole permiso para retirarse.

Trudy tardó un poco en encontrar el expediente personal del agente Richard Gordon. Sin embargo, después de estudiarlo tuvo que admitir que, si bien había tenido una carrera poco distinguida, no había nada en él que hiciera saltar las alarmas.

Trudy no era ingenua y sabía que algunos policías se aprovechaban de su posición para obtener beneficios. La mayoría de las veces se trataba de pequeños favores, como conseguir descuentos en la carnicería o bebidas gratis en el *pub*.

Pero a veces ocurrían cosas más serias.

Sin embargo, no encontró ninguna evidencia de que el agente Gordon hubiera cometido algún abuso durante sus treinta años de servicio. No había registro de redadas frustradas por algún chivatazo o robos donde se hubiera hecho la vista gorda. Y aunque había recibido algunas quejas, ¿qué policía no las había recibido? La mayoría de las quejas contra el agente Gordon provenían de borrachos que se resistían a ser arrestados. Así que, por lo que ella sabía, el agente Richard Gordon había hecho su trabajo, había cumplimentado sus informes, había participado en los partidos de fútbol locales y, en general, había tenido una carrera rutinaria y aburrida.

Pero algo no le cuadraba. ¿Cómo podía permitirse aquella casa tan lujosa o esos muebles tan elegantes con su pensión y la posible renta de su esposa?

No fue hasta que estuvo a punto de darse por vencida cuando por fin dio con la clave.

Se acordó de que el ex agente de policía había dicho que trabajaba a tiempo parcial como vigilante nocturno. Y aunque no creía que eso le reportara mucho dinero, decidió seguir investigando.

Trudy sabía cómo sacarle partido al sistema. Su experiencia en el papeleo y el archivo le había enseñado a buscar en los lugares adecuados. Y gracias a un trabajador descontento de la Agencia Tributaria, averiguó que Richard Gordon se dedicaba ahora a vigilar la flota de camiones de un tal Reginald Fleet-Wright, cerca de Headington.

21

—Así que me pregunto, ¿cómo es que el agente Gordon consiguió un trabajo tan bien remunerado como vigilante nocturno en el almacén de camiones de Fleet-Wright?

Delante de ella, y observándola con una mezcla entre diversión y aprobación, Clement dejó entrever una breve sonrisa. Estaba de lo más entusiasmada. Tan ansiosa que casi podía ver cómo movía la nariz, como un perro que ha olfateado el rastro.

Cuando el inspector Jennings había accedido a contar con los servicios de un agente de policía para que le ayudara en la investigación de Fleet-Wright, Clement, que no era tonto, siempre había esperado que le colaran la morralla de la comisaría. Al fin y al cabo, Jennings no tenía ningún motivo para ofrecerle a alguien competente. Lo cual no le preocupaba en absoluto, pues lo único que necesitaba era a alguien del cuerpo de policía para que todo lo que hiciera estuviera dentro de la ley. En realidad, no necesitaba que tuviera cerebro, y mucho menos entusiasmo. Por eso, cuando la agente en prácticas Trudy Loveday se presentó, no le importó en absoluto ni su juventud ni su inexperiencia. Sabía que Jennings era un hombre sin imaginación, que se había visto obligado a aceptar a una mujer policía en su equipo, pero que no sabía qué hacer con ella. Lo más probable era que la hubiera relegado a tareas administrativas o a perseguir delincuentes menores.

Pero Clement pronto descubrió que Trudy tenía algo especial. No solo ambición y valor, sino también inteligencia. Le faltaba experiencia y madurez, desde luego, pero eso no le importaba a Clement. Él había sido cirujano en su juventud, y estaba acostumbrado a formar a los estudiantes de Medicina, a mostrarles lo que realmente importaba en su profesión. Y siempre había preferido trabajar con los más jóvenes, los que aún no habían adquirido malos hábitos o vicios.

Ahora quería ver si Trudy había sabido captar las pistas que les había ofrecido la visita a la residencia Gordon.

—¿Qué te ha hecho pensar eso? —le preguntó, y cogió la taza de té que su secretaria le había dejado sobre la mesa. Pero al hacerlo, sintió un espasmo en la mano que le hizo soltarla de nuevo.

—La casa —respondió Trudy sin dudar.

Vio cómo Clement derramaba un poco de té sobre sus papeles, pero no le dio importancia. Se apresuró a describir la vivienda de los Gordon, su aspecto modesto pero cuidado, su mobiliario de calidad media, su sofá de rayón beis.

—¿No se te ha ocurrido pensar que, a lo largo de su carrera, el agente Gordon podría haber... conseguido algunos ahorros? —preguntó con delicadeza, retirando con cuidado la mano de la mesa y dejándola caer sobre su regazo.

Trudy le frunció el ceño con enfado.

—Por supuesto que sí —replicó—. Lo primero que hice fue revisar su expediente personal. Pero no había nada... inquietante.

Desde luego, no iba a hablar en exceso de un colega de profesión jubilado con el forense. Al inspector Jennings le daría un ataque.

—Ya veo —dijo Clement—. Entonces, ¿buscaste otra explicación?

Él notó que la mano se le agitaba con nerviosismo, como una mariposa atrapada en un frasco. La bajó con lentitud y la apretó entre el muslo y el reposabrazos.

—Sí, descubrí que trabajaba para el padre de Gisela —dijo Trudy, inclinándose hacia delante en su silla en un gesto inconsciente de excitación—. Eso tiene que significar algo, ¿no?

—¿Cuándo se retiró exactamente el agente Gordon?

Y las creciente fe de Clement en sus habilidades y competencia aumentó a medida que ella revisaba su cuaderno. Estaba claro que había tenido la previsión de comprobarlo.

—Treinta años después de entrar al cuerpo —confirmó Trudy—. Aún no había llegado a la edad de jubilación, pero eso les pasa a muchos policías —añadió, decidida a ser justa—. Es una de las ventajas de formar parte del cuerpo. Puedes cumplir los treinta años, cobrar la pensión y buscar otro trabajo, o uno a tiempo parcial, que te ayude a llegar a fin de mes.

Clement asintió con interés.

—¿Y cuánto tiempo pasó entre la investigación y su retiro?

—Unos cinco meses —dijo Trudy.

—Entonces, ¿podría ser una coincidencia que consiguiera un trabajo a tiempo parcial en la empresa Fleet-Wright? —preguntó con fingida indiferencia, disfrutando de ponerla a prueba.

—¿Con casi el doble de sueldo que en otros trabajos de vigilante nocturno? —resopló—. No lo creo. Gana casi lo mismo haciendo esas tres noches a la semana que mi padre conduciendo autobuses.

—Entonces, ¿qué conclusiones sacas de eso?

Clement sintió un temblor en la mano. Los espasmos eran cada vez más frecuentes y duraderos.

Trudy se sonrojó.

—No estoy preparada para decirlo todavía. No tenemos suficientes pruebas —respondió con cautela.

Clement asintió con aprobación.

—Muy prudente. Pero es interesante, ¿verdad? Que poco después de la investigación, el primer policía que llegó al lugar del crimen se jubilara antes de tiempo y, además, consiguiera un trabajo muy bien remunerado con el padre de la chica muerta.

—Sí. Y hay más. He seguido investigando.

—¿De verdad?

—¡Sí! —Trudy le lanzó una mirada de reproche. ¿Acaso pensaba que era idiota?—. En el momento de la muerte de Gisela, los Gordon, los siete, vivían en una casa de alquiler social de tres dormitorios en el este de Oxford. Luego, compraron la casa en Kidlington, justo antes de que Gordon presentara su renuncia.

—¿Al contado?

—Sí, por casi trescientas veinticinco mil libras. Sin hipoteca ni nada. No pude averiguar cómo la pagó —admitió Trudy con frustración—, ya que los bancos no nos dan esa información sin la documentación adecuada.

—Lástima —dijo Clement—. Pero sería interesante ver si el saldo bancario del señor Reginald Fleet-Wright se hubiera reducido en la misma cantidad a la vez, ¿no?

Trudy asintió.

—¿Y ahora qué hacemos? —preguntó, incapaz de disimular su entusiasmo.

Todas sus dudas anteriores sobre la justificación de seguir investigando el caso se estaban disipando al descubrir que no le gustaba que mintieran a las autoridades, como tampoco le gustaba al doctor Ryder.

—Ah, por cierto, tengo que hacer tareas de vigilancia, así que puede que mañana no esté disponible —se acordó ella de informarle.

No le dijo que habían identificado a un sospechoso principal en el caso de Marcus Deering/McGillicuddy. Después de todo, eso no era competencia del forense. Por otro lado, el doctor Ryder ya había perdido el interés en la débil conexión entre la muerte de Jonathan McGillicuddy y la de Gisela Fleet-Wright.

Ahora que había conseguido que se reabriera el viejo caso que tanto le obsesionaba, ya no necesitaba usar ese cebo para atraer al inspector.

Para él —y ahora también para ella— se trataba de llegar a la verdad en torno a la muerte de una joven desdichada y mentalmente desequilibrada.

—¿Qué crees que deberíamos hacer ahora? —preguntó Trudy con entusiasmo.

—Bueno, creo que ya hemos averiguado todo lo posible sobre el trasfondo del caso, ¿no? —Clement enarcó una ceja poblada y plateada—. Creo que ya es hora de que hablemos con el protagonista de nuestro pequeño drama.

Trudy se quedó un instante en silencio y se le secó la boca.

—¿Se refiere a la madre de Gisela? —preguntó.

—Me refiero a la madre de Gisela —confirmó él.

22

Trudy no sabía muy bien qué esperar de la señora Beatrice Fleet-Wright. Sabía por los expedientes que la mujer provenía de una familia adinerada —la fábrica de su padre producía la mitad de la cerveza del condado— y que se había unido en matrimonio con un hombre de igual fortuna. Reginald Fleet-Wright, católico, era el dueño de la empresa de transportes que había heredado de su padre, cuyos camiones quizá habían ayudado a repartir la cerveza de su familia, entre otras mercancías.

Antes de casarse, Beatrice residía en una casa amplia en Woodstock con su familia. Después de la boda, se trasladó a una casa espaciosa cerca de Woodstock Road, en Oxford.

Engendró dos hijos, una cifra quizá menor a la de la mayoría de las familias católicas. Realizó muchas acciones benéficas, y había confesado en público que podría haber sido responsable de la muerte de su hija.

¿Qué secretos ocultaría aquella mujer, capaz de semejante declaración?

Trudy sentía una mezcla de nerviosismo y curiosidad mientras Clement Ryder aparcaba el coche en la entrada de la mansión blanca al norte de Oxford y apagaba el motor.

Aunque estaban en lo más crudo de un invierno oscuro y gris, Trudy podía imaginar que los jardines, en primavera y verano, serían espléndidos. Un seto de boj impecablemente podado rodeaba los rosales que, en ese instante, lucían recortados y casi feos. Sin embargo, varios abedules plateados, de corteza brillante y ramas como encajes, seguían teniendo un aspecto majestuoso.

¿Se habría figurado Jonathan McGillicuddy, cuando trabajaba en esos hermosos jardines hace tantos años siendo un hombre joven, que un día en el futuro la gente pasearía por toda esa exuberante belleza para indagar sobre su asesinato?

Mientras sus ojos se detenían en la casa de seis (¿o quizá siete?) habitaciones con sus ventanas de doble acristalamiento y su imponente porche delantero, Trudy se cuestionó qué opinaría su madre de una casa así. ¿Habría anhelado Barbara Loveday alguna vez habitar en un lugar así? Trudy sonrió y movió la cabeza. Claro que no. Casas como aquella eran para mujeres que vestían con ropa hecha a medida, usaban guantes de seda en la iglesia y perlas en el cuello y en las orejas.

¡No para gente como ellos!

La criada que abrió la puerta pareció sorprendida al ver a Trudy con su uniforme, pero se tranquilizó cuando el distinguido caballero de espesa cabellera plateada y educada voz se presentó y preguntó si la dueña se encontraba en la casa.

Y hubo suerte.

Trudy estaba tan impaciente por ver a uno de los implicados en el caso que tuvo que contenerse de salir corriendo mientras atravesaban el pequeño pero impecable vestíbulo. Se fijó de pasada en las baldosas de William Morris del suelo y en el papel pintado de las paredes con diseños de fresas y cardamomo. Todo el espacio olía a cera para muebles de lavanda, y al pasar por delante de un reloj de pie que había en un rincón, con su característico tictac, observó su exterior de caoba, que brillaba con la evidencia de siglos de cuidados.

—Si quieren esperar, le diré a la señora que están ustedes aquí —dijo la criada. Era más o menos de la edad de Barbara Loveday y Trudy se preguntó si su madre se habría planteado alguna vez trabajar como asistenta. Y de ser así, ¿le habría gustado en un lugar como ese?

Tendría que preguntárselo cuando fuera a casa a tomar el té. Mientras tanto, observaba al forense que inspeccionaba la habitación con parsimonia. Era un salón que apenas se usaba, decorado con cortinas de terciopelo mostaza que hacían juego con la alfombra de tonos otoñales y las fundas de las sillas. Sobre una mesita de caoba, como el resto de los muebles, había un libro de fotografías de Oxford en blanco y negro. Trudy sonrió con ironía. ¿Cuánto tiempo hacía que nadie en esa casa se detenía a contemplarlas?

—Hola. Maud me dijo que querían verme. —La voz que le llegó justo por encima del hombro izquierdo era suave, educada y carente de curiosidad.

Trudy se giró y se enderezó para mirar a la mujer que acababa de cerrar la puerta.

Era alta, solo un poco más baja que ella, y tenía el pelo castaño corto y bien peinado. Sería asidua a alguna peluquería cara de Summertown. Sus ojos verdes los estudió con indiferencia, mientras el doctor Ryder se acercó a ella decidido, con la mano extendida en señal de saludo mientras se presentaba.

Pero, aunque la mujer le sonrió y le estrechó la mano, Trudy se dio cuenta de que estaba mucho más interesada en ella. No lo demostraba abiertamente, pero quizá fuera por el uniforme de policía. Tal vez le recordaba los malos momentos que había pasado cuando la interrogaron por la muerte de su hija.

—Por favor, siéntense —les invitó la anfitriona—. ¿Les apetece un té?

—No, gracias, señora Fleet-Wright —declinó Clement por los dos—. Lamentamos molestarla, pero estamos hablando con todos los que conocían al señor Jonathan McGillicuddy —empezó a decir.

Trudy no se sorprendió por este enfoque inicial. Habían acordado con antelación que no convenía mencionar el caso de su hija, pues si había mentido una vez bajo juramento —y tanto Trudy como el forense estaban convencidos de que así había sido—, era difícil que fuera a ser sincera ahora. De modo que habían optado por una estrategia indirecta, haciéndole creer que se trataba de Jonathan y de su reciente asesinato.

—Sí, ya veo —dijo Beatrice, sentándose en un sillón que parecía demasiado grande para ella. Trudy y Clement se sentaron en el sofá que estaba enfrente—. He leído en los periódicos que... Es todo tan espantoso.

La mujer mayor se volvió hacia Trudy, mostrando una tensión evidente en su postura. Tenía la espalda erguida y estaba sentada en el borde del asiento, con las piernas juntas y algo ladeadas hacia la izquierda. Sus manos, entrelazadas sobre el regazo, se retorcían inquietas.

—¿Tienen alguna idea de quién pudo hacerlo? Era un joven tan agradable...

¿«Agradable»? Trudy se sorprendió al escuchar el adjetivo. Según todas las pruebas de que disponía, Jonathan McGillicuddy había hecho pasar a Gisela por un infierno, sobre todo cuando rompió con ella. Lo más seguro era que se quitara la vida a causa de la ruptura y por el dolor que semejante trauma le causó.

—Tal vez, señora Fleet-Wright, usted no estuviera de acuerdo con cómo el señor McGillicuddy trataba a su hija —señaló Trudy con firmeza.

Beatrice Fleet-Wright se quedó atónita. Su rostro pasó del blanco al rojo y de nuevo al blanco. Abrió la boca, como si fuera a decir algo, pero la volvió a cerrar. Al final, soltó un suspiro largo y lento y se sentó en la silla. Sus manos, sin embargo, no soltaron los reposabrazos. Sus dedos se hundían en la tela, como si temiera perder el equilibrio o desvanecerse si no se sujetaba con fuerza.

Escondiéndose tras un rostro artificialmente tranquilo, Beatrice se dijo que tenía que calmarse. Se estaba comportando como una idiota. Sabía que tarde o temprano alguien vendría a hacerle preguntas sobre Jonathan. Lo había sabido desde que leyó la noticia de su muerte.

Aunque pensaba que estaría más preparada. Y, sin embargo, la primera pregunta de aquella joven policía de pelo oscuro y ojos grandes la había dejado sin palabras. No esperaba un ataque tan directo.

Pero no debía entrar en pánico.

No era como si ellos supieran la verdad.

—La relación de Jon... del señor McGillicuddy con mi hija era... era muy difícil —se oyó decir con voz tranquila—. Y tampoco me extraña... Gisela era complicada. Tenía cambios de humor que no eran fáciles de soportar. El señor McGillicuddy era un viudo joven con una niña pequeña. Tenía otras cosas en las que pensar. Era nuestro jardinero, como sabrán con seguridad, y mi marido nunca lo aceptó. Nunca iban a tener un futuro juntos. Nosotros lo veíamos, así que en cierto modo nos sentimos aliviados cuando todo terminó. Pero... —Se calló y suspiró suavemente—. Es muy difícil de explicar, lo sé. Pero nunca culpé al señor McGillicuddy de lo ocurrido, no habría sido justo. Gisela podía ser muy posesiva. Celosa. Y... —hizo una pausa y bajó la voz— maniática a veces. Pero no fue culpa suya —añadió Beatrice, con un destello de orgullo—. Estaba enferma. Era como si tuviera gripe o diabetes, pero en la mente. Gisela se enamoró de él de un modo muy... pasional. Siempre esperó demasiado de la vida. Pensaba que acabarían casándose y teniendo hijos. Y tal vez el señor McGillicuddy también lo pensó en algún momento... —Beatrice se detuvo para coger aire y miró por la ventana, con el rostro iluminado por el dolor del recuerdo—. Pero yo siempre supe que mi hija lo arruinaría todo. Siempre me pareció que el destino de Gisela sería ser infeliz.

Por un momento, las palabras, tristes e inefables, flotaron en el aire viciado de aquella habitación hermosa pero desangelada, y Trudy sintió un nudo en la garganta. A su lado, notó que Clement se quedaba inmóvil, como si temiera romper el hechizo con solo respirar.

Beatrice suspiró con tristeza y siguió hablando en voz baja:

—Mi hija se volvió cada vez más posesiva y celosa a medida que progresaba su relación. Siempre le preguntaba dónde había estado y si había hablado con otras chicas. Luego cambiaba de actitud, se disculpaba y le rogaba que la perdonara. Le compraba regalos. —Beatrice se sonrojó un poco—. Regalos inapropiados y caros. Un mechero y un estuche de oro... Un anillo de ónice... Cosas así. Me di cuenta de que Jon... el señor McGillicuddy se sentía avergonzado. Quiero decir que él era solo un jardinero. ¡No podía usar joyas de lujo en el trabajo! Y en sus círculos sociales..., bueno, sacar una pitillera de oro en el *pub* que frecuentaba... —Beatrice se encogió de hombros—. A mi marido también le molestaba. Más de una vez le retiró el permiso para que no pudiera gastar dinero en él.

Beatrice se detuvo y se miró las manos. Con un poco de esfuerzo, pareció apartarlas de los reposabrazos y ponerlas en su regazo.

—Me los devolvió, por cierto. Después de que ella muriera. Me devolvió la pitillera y el anillo. Todavía los tengo, en un cajón de arriba. Bueno... —Se encogió de hombros sin esperanza—. No sabía qué hacer con ellos.

Los miró a ambos y sonrió. La joven parecía triste y se dio cuenta de que casi todo su antagonismo anterior había desaparecido. Sin embargo, el hombre mayor, el que se había presentado como forense, no sabía qué estaba pensando.

—¿Tiene alguna idea de quién pudo haberlo matado? —preguntó Beatrice pensativa—. Lo siento mucho por su madre. Sé lo que es perder a un hijo. Y si estuvieran cerca de hacer un arresto, eso la ayudaría, creo.

Trudy mostró una sonrisa profesional e hizo caso omiso de la evidente indagación de información.

—Las investigaciones siguen en curso, señora Fleet-Wright. Le aseguro que estamos explorando todas las pistas disponibles. —La mujer policía que llevaba dentro recitó con soltura las frases manidas.

Beatrice asintió cortésmente, escondiendo un suspiro interno.

—Sí, claro —musitó. Estaba claro que no le iban a revelar nada útil.

—¿El señor McGillicuddy conoció a su hija cuando usted lo contrató para trabajar en su jardín? —le preguntó Trudy en voz baja.

—Sí. En ese momento trabajaba para una empresa de jardinería a la que yo acudía desde hacía años. Fue poco después cuando se independizó —aclaró Beatrice.

—¿Él y Gisela se hicieron pareja rápidamente?

—Sí.

—Dijo usted que a su marido no le caía bien —le recordó Trudy con delicadeza—. ¿Pero cómo se sentía al respecto?

—Yo también estaba inquieta, pero no por las mismas razones que Reginald —respondió Beatrice—. Sabía que Gisela se volvería aún más emocional e intensa. Me temía que empeoraran sus cambios de humor y que regresaran los terribles episodios de depresión. Y tuve razón. Cuando rompieron, su depresión se volvió casi insoportable. Le subieron mucho la medicación. Me preocupé por ella.

A veces, Beatrice se había preocupado por la propia cordura de su hija, pero, por supuesto, no podía decirlo. No en voz alta. No ahora y no a esta gente. Ni siquiera se lo había dicho en voz alta a su propio marido.

—¿Y no se le ha pasado por la cabeza culpar al señor McGillicuddy por todo lo que pasó? —insistió Trudy con firmeza.

—No, la verdad es que no —dijo Beatrice con impotencia.

Clement le había explicado a Trudy su estrategia con detalle: ella debía presionar a la testigo todo lo posible, mientras él observaba y escuchaba con atención cómo Beatrice reaccionaba ante la presión y buscaba cualquier signo de que estaba mintiendo. A Trudy no le entusiasmaba la idea de hacerlo, pero le parecía razonable.

Así que ahora, ignorando sus instintos más compasivos, que le decían que no debía acosar a aquella mujer, una madre que, incluso casi cinco años después del suceso, debía de seguir llorando la pérdida de su hija, Trudy se armó de valor para cumplir con su deber.

Si quería progresar en aquel trabajo, sabía que tenía que acostumbrarse a interrogar a los testigos y, a veces, si la ocasión lo requería, incluso a ser despiadada. Y si eso significaba tener la piel un poco más gruesa, que así fuera.

Aun así, mientras formulaba su siguiente pregunta, se sintió un poco enferma por dentro.

—Lo siento, señora Fleet-Wright, pero no entiendo cómo puede decir eso. Está bien admitir que no le gustaba la víctima. Sé que el señor McGillicuddy acaba de ser asesinado, y que puede que no se sienta cómoda hablando mal de los muertos, pero le aseguro... que preferiríamos que dijera la verdad. ¿No le satisface un poco que el hombre que causó tanto dolor a su familia esté muerto?

¡Ya está! ¡Lo había soltado!

Pero Beatrice Fleet-Wright no parecía enfadada ni desafiante, ni siquiera culpable. Parecía, de hecho, conmocionada. Realmente sorprendida.

—¡No! Oh, no, ¿cómo puede insinuar eso? —dijo Beatrice, horrorizada—. ¡Claro que no me alegro de que haya muerto! —Su voz había subido un tono, y cuando el sonido de su voz estridente le rebotó en aquella habitación aséptica, de pronto pareció darse cuenta de ello.

Beatrice tomó aliento y controló su disperso ingenio. «No, no debes perder el control —se dijo a sí misma—. Mantén la calma. No dejes que te provoquen. No te delates».

—Muy bien, señora Fleet-Wright —intervino Clement con suavidad. Estaba claro que, a pesar de su loable esfuerzo, su joven compañera no había logrado atravesar la coraza de la mujer. De modo que ahora era necesario un enfoque diferente—. ¿Puede decirnos qué es lo que más recuerda de Jonathan? Después de todo, trabajó para usted durante algún tiempo. Y luego fue el novio de su hija. ¿Le gustaba como persona, quiero decir, en contraposición al individuo que su hija estaba viendo?

Trudy, al ver que el doctor Ryder se hacía cargo de la situación, aprovechó la oportunidad para relajarse y observar un poco por su cuenta. Se apoyó en el sofá, dejó que la tensión desapareciera de sus hombros doloridos por la tensión y estudió con atención los gestos de la mujer mayor.

Beatrice se había vuelto hacia el forense y parecía de pronto más tranquila. ¿Se debía a que era un hombre y ella estaba acostumbrada a apaciguar a los hombres? ¿O porque la entrevista se había desviado del tema de su hija y su trágica muerte?

—Bueno, siempre sentí pena por él, por supuesto, al perder a su mujer tan joven y tener que criar a un hijo —admitió Beatrice—. Y admiraba su trabajo duro y su ambición al querer fundar su propia empresa.

Clement suspiró en su fuero interno. Todo aquello era muy cortés y no comprometedor, pero no podía permitir que continuara con semejante sandez.

—Creo que también era un joven guapo —dijo Clement con una sonrisa. Y luego se preguntó si tal vez una mujer de mediana edad, todavía atractiva y atrapada en un matrimonio árido e insatisfactorio, se habría fijado en un hombre joven, atractivo y disponible. No era ninguna tontería.

Pero si Beatrice sospechaba por dónde iban los pensamientos de su visitante, no lo mostró y, en cambio, curvó los labios en algo parecido a una sonrisa.

—Sí, eso también —admitió con sencillez—. Pero también era amable, sencillo y, a veces, muy divertido. No me extrañó que Gisela le quisiera tanto.

—¿Alguna vez mencionó si había tenido algún enemigo? —continuó Clement con indiferencia.

Al igual que Trudy, dudaba de que McGillicuddy hubiera muerto por su culpa; tan solo había tenido la mala suerte de ser hijo de *sir* Marcus Deering, que se había ganado un enemigo muy letal. Pero para mantener la apariencia de que era el asesinato de Jonathan lo que estaban investigando, y no las circunstancias que rodeaban la muerte de su hija, era necesario que hiciera preguntas como esas.

—Oh, no. Estoy segura de que no. Ni tenía un enemigo, ni me contaba que se hubiera peleado con nadie. Quiero decir que no era esa clase de hombre. Era... normal. —Beatrice se encogió de hombros con impotencia.

Clement miró a Trudy. Y fue una muestra de lo bien que estaban empezando a trabajar juntos que ella fuera capaz de interpretar el mensaje de aquella mirada casual con tanta facilidad.

Era hora de que volviera a tomar el mando.

—Como es natural, señora Fleet-Wright, nosotros, la policía, estamos deseosos por explorar todos los aspectos de la vida del señor McGillicuddy, para ver si podemos encontrar un motivo para su asesinato —dijo Trudy con delicadeza—. Y si me permite decirlo, las únicas cosas importantes que le ocurrieron, que podamos averiguar, fueron la muerte de su esposa y la muerte de su hija. Me parece que tuvo muy mala suerte en el amor, ¿verdad?

Beatrice asintió sin decir palabra, negándose a ser provocada.

—¿Podría decirme dónde estaba su marido el día que murió el señor McGillicuddy? —preguntó Trudy sin rodeos.

Una vez más, esa estrategia había sido decidida entre ellos de antemano. Era un modo de presionarla.

—¿Reginald? —Beatrice parecía asombrada—. Estaba en el trabajo, por supuesto, como siempre. Y Rex, en la universidad. Yo estaba aquí, en casa —se anticipó, antes de que pudieran preguntarle—. Le aseguro que nadie de mi familia tuvo nada que ver con el asesinato de Jonathan. Es ridículo pensar eso. Hace casi cinco años que murió Gisela.

Volvió a levantar la voz y, de nuevo, se forzó a calmarse. Cada vez tenía más claro que aquella gente no tenía ni idea de lo que había ocurrido hacía tantos años. Ni nada más sobre Gisela y Jonathan, ni sobre aquel horrible día. Y todo lo que tenía que hacer para que siguiera siendo así era mantener la cordura, vigilar lo que decía y, sobre todo, mantener el autocontrol. Si lo conseguía, todo iría bien.

En cualquier caso, todo acabaría pronto, se dijo Beatrice. Tenía que ser así. Descubrirían quién había matado a Jonathan y resultaría que no tenía nada que ver con ella ni con su familia, y todo volvería a la normalidad.

Una normalidad llena de desidia y aburrimiento.

—Entiendo —dijo Trudy con rotundidad—. ¿Y no tiene nada más que contarnos? —preguntó intentando sonar amable—. ¿Nada sobre su hija y lo que de verdad sucedió el día que murió?

Esa última pregunta iba a ser su última oportunidad, y planteada al final de la entrevista, cuando la señora Fleet-Wright estaba más alterada y vulnerable.

Clement había insistido en que se diera a la mujer la oportunidad de confesar, o al menos la posibilidad de rectificar su anterior testimonio. El instinto humano de liberarse, le había dicho, era muy fuerte. Y tal vez lo único que Beatrice necesitaba para dar el paso final era un par de oídos comprensivos dispuestos a escucharla.

Ahora, Trudy se sintió nerviosa cuando la mujer mayor la miró con ojos verdes, sorprendidos y repentinamente aterrorizados.

—¿Qué quiere decir? —consiguió susurrar Beatrice—. Ya sabe lo que pasó aquel día. Gisela tomó demasiadas pastillas. Por accidente. Fue culpa mía...

Su voz se apagó cuando Trudy negó con la cabeza.

—Pero eso no es cierto, ¿no? —dijo en voz baja la joven policía.

Beatrice sintió que se le iba la sangre de la cara. De repente, sintió frío. Un frío insoportable. ¿Era posible que estuviera equivocada? ¿Que, lejos de no saber nada, aquella gente ya lo supiera todo?

—Gisela no se olvidó de tomar sus pastillas, ¿a que no? —insistió Trudy—. Usted no estaba confundida sobre si había tomado la dosis correcta o no. No le dio más sin querer. —Trudy, a pesar de temblar de tensión, mantuvo la voz suave, amable y persuasiva—. Mintió en la investigación, ¿a que sí? Puede decírnoslo sin problemas, señora FleetWright —la animó con dulzura.

Y por un instante, quizá en una fracción de segundo, pudo sentir que algo cambiaba en la habitación, que algo se transformaba. Los labios de Beatrice se abrieron. Sus ojos se volvieron enormes y redondos.

—¿Que mentí? —dijo Beatrice con un deje de desesperación; su voz era tan débil que apenas sonaba humana—. No..., no...

—Sí, lo hizo —casi murmuró Trudy. Notaba que el forense, al otro lado del sofá, estaba tan nervioso y expectante como ella—. Puede contárnoslo —insistió Trudy, intentando no sonar tan ansiosa como se sentía—. Se sentirá mejor si lo hace —le aseguró.

¿Lo haría?, pensó Beatrice Fleet-Wright, y por unos segundos su corazón se animó al pensarlo. Después de tantos años de miseria y culpa, ¿era posible?

—Su hija se suicidó, ¿verdad? —dijo Trudy por último.

Y Beatrice FleetWright parpadeó.

—La encubrió, ¿verdad? —añadió Trudy en voz baja.

Y entonces ocurrió algo que la dejó descolocada.

Beatrice Fleet-Wright se echó a reír.

Se reía, y se reía, y se reía, y se reía.

23

Rex Fleet-Wright se asomó a la ventana de su amplio dormitorio, donde tenía una maqueta de trenes, y vio cómo la mujer policía y el hombre alto de pelo blanco salían de la casa.

Se preguntó qué mentiras les habría estado contando ahora su madre.

Su madre, como bien sabía Rex, era muy buena mintiendo.

Suspiró y, cuando el coche se hubo alejado, dio media vuelta y volvió a la cama, donde se tumbó de forma tan violenta que rebotó.

O tal vez su madre no los había engañado, sino que había conseguido despistarlos de alguna otra manera. También era buena en eso.

Se giró sobre un lado y contempló la gran fotografía que descansaba sobre la mesilla de noche. Era de su hermana, por supuesto. Gisela, cuando tenía diecinueve años, su larga melena oscura tapándole un ojo verde, la boca abierta de par en par y riendo.

Era curioso, pensó Rex, cómo, incluso después de casi cinco años de estar muerta, su hermana seguía pareciendo la persona más viva que quedaba en la casa.

—¿Qué opina? —preguntó Trudy diez minutos después, mientras estaban sentados en el coche de Clement en el patio de Floyds Row—. ¿Tiene sentido que se riera como una loca? ¿Estaba en estado de *shock*?

—Sí —aceptó Clement pensativo.

Tras su estallido inicial de risa espontánea, la señora Fleet-Wright había parecido incapaz de parar. Se había disculpado, o lo había intentado, entre carcajadas.

—Lo siento mucho —jadeó, secándose los ojos con un pañuelo—. Es tan... tan... ridículo por mi parte. —Pero, aun así, continuó riendo sin poder evitarlo.

Al final, había conseguido controlarse, pero después de eso era imposible continuar la entrevista. Estaba claro que no iban a sacarle nada más después de tan escandaloso lapsus de autocontrol. Por otro lado, la dueña de la casa se había levantado y se había ofrecido a acompañarlos a la salida, con una fría cortesía que intentaba ocultar su vergüenza por el ataque de nervios que había sufrido.

Y, si era sincera, Trudy se sentía tan agotada emocionalmente en ese momento que solo deseaba salir al aire libre y tratar de despejarse.

—¿Y qué piensa de ella? —volvió a preguntar.

—Creo —dijo Clement Ryder lentamente— que la señora Fleet-Wright es una mujer con muchos secretos.

Trudy suspiró con hastío. ¡Menuda ayuda! A veces el quebrantahuesos podía ser molesto y enigmático. Pero sabía que la rabia que sentía no iba realmente dirigida contra él.

—Lo he estropeado todo, ¿verdad? —se lamentó.

Clement sonrió.

—No, no lo has hecho —dijo con sinceridad—. Dudo que nadie lo hubiera hecho mejor. Así que anímate; tal vez las cosas sean diferentes la próxima vez.

Trudy asintió. Por supuesto, tendrían que volver a interrogar a la señora Fleet-Wright. Pero, si era sincera consigo misma, no era algo que le hiciera especial ilusión.

—¿Y ahora qué?

—¿No tenías trabajo de vigilancia? —le recordó Clement.

—Sí —dijo Trudy con un fuerte suspiro.

El día anterior se había pasado seis horas vigilando el alojamiento de Clive Greaves en compañía del agente Rodney Broadstairs, que la había aburrido como una ostra hablando todo el rato de fútbol.

Tal y como el inspector Jennings le había advertido, era un trabajo frío y tedioso. Y Trudy, con ironía, reconoció que su entusiasmo por aprender una nueva habilidad se había esfumado pronto.

—Pero mañana por la tarde estoy libre —añadió alegremente—. ¿Qué quiere que haga?

—¿Qué crees que deberías hacer? —preguntó con curiosidad, interesado en ver hasta qué punto la chica podía pensar con lógica.

Trudy, sin saber que la estaban poniendo a prueba, lo pensó un momento y luego asintió.

—Creo que debería ir a ver a la señora Gordon, cuando su marido no esté en casa.

Clement sonrió.

—Bien. ¿Crees que podría contarte algo? —preguntó con cierto escepticismo—. Es poco probable que quiera admitir que su marido haya hecho algo malo..., siempre suponiendo que lo haya hecho...

Trudy suspiró.

—No lo sabremos si no lo intento —señaló ella.

—No se puede discutir con esa lógica —dijo Clement alegremente—. Muy bien, vete. Y que pases una buena noche con los faisanes.

Trudy gimió. Uno de sus compañeros le había dicho que el principal sospechoso del caso Deering/McGillicuddy solía pasar varias horas de la noche con sus aves de caza. Y esa noche iba a hacer un frío de mil demonios.

Beatrice Fleet-Wright se sirvió una tercera copa de jerez en su casa. Aún le daban ataques de risa compulsiva de vez en cuando.

Pero no podía evitarlo. Era tan divertido.

Y pensar que casi había estado a punto de confesarlo todo.

Cada pequeño detalle sucio y sórdido.

Pero entonces, como un salvavidas, aquella joven policía la había acusado de intentar encubrir el suicidio de Gisela. Y...

¡Oh! ¡Si supieran lo realmente hilarante que era!

Beatrice soltó otra risita y se tapó la boca con una mano, por si la criada la oía. Luego, con cuidado de no derramar ni una gota, se acabó el jerez de la copa y fue a servirse otra.

24

Anthony Deering se alegró de salir del hospital. Aunque los médicos y las enfermeras habían sido estupendos, había algo en el blanco impoluto y el olor a desinfectante que siempre lo hacía sentirse incómodo.

Ahora que estaba de nuevo en casa, se sentía mucho mejor. Aunque aún se notaba rígido y dolorido por las magulladuras y era propenso a repentinos pinchazos de dolor inesperado cuando hacía ciertos movimientos, tenía la esperanza de que pronto pudiera volver a montar a caballo y pasear por la finca. Solo un trote suave, para llenar los pulmones de aire limpio, frío y campestre.

Pero mientras estaba tumbado en la cama, mirando al techo e intentando convencerse de que no tenía miedo, no podía evitar preocuparse. Era el momento de enfrentarse a los duros e inaceptables hechos.

Esta vez, con el coche, había tenido suerte. No había ido tan rápido y había conseguido frenar el coche —su precioso coche, ahora destrozado— lo suficiente como para no matarse. Pero, aun así, no le cabía ninguna duda de que el factor suerte había sido de capital importancia. Y tras ese pensamiento vino la inevitable conclusión: «¿Qué pasará la próxima vez?».

Mientras Anthony yacía en la cama de la gran casa de campo de su padre, rodeado de sus hectáreas, no podía evitar preguntarse, y no por primera vez, qué había hecho su padre. ¿Qué inconfesable pecado o acto había cometido en el pasado para atraer a ese loco vengativo a su puerta?

Suspiró con fuerza e hizo una mueca de dolor por culpa de las costillas magulladas. Con otro suspiro, más leve, cerró los ojos y se ordenó a sí mismo dormir. Debía tener la esperanza de que la policía llegaría pronto al fondo del asunto. El tipo al mando, Jennings, parecía competente. Y el sargento O'Grady, por su parte, aportaba una presencia serena y segura a la casa.

Pero Anthony no habría podido dormirse tan fácilmente si hubiera sabido lo que su padre estaba haciendo en aquel mismo momento, abajo, en su estudio.

Sir Marcus Deering escrutó al sargento Mike O'Grady mientras el policía de pelo rubio se acomodaba en la silla frente a su escritorio, releyendo la última carta. Había llegado en el correo de aquella mañana, dejando al hombre de negocios con una sensación de desesperación casi suicida. Sin embargo, O'Grady se esforzaba por mantener el rostro impasible.

> ESTOY PERDIENDO LA PACIENCIA,
> Y TÚ ESTÁS PERDIENDO EL TIEMPO.
> HAZ LO CORRECTO, PRONTO.
> LA PRÓXIMA VEZ TU HIJO MENOR NO SE SALVARÁ.

Desde el accidente de coche, siempre había habido un agente de policía patrullando fuera de la casa, pero eso apenas parecía suficiente, y ahora el hombre mayor preguntó con tono desafiante:

—¿Se está haciendo algún avance?

Mike O'Grady titubeó. No podía, por supuesto, revelar nada concreto sobre la investigación en curso, aunque el inspector le había dicho que tratara al hombre de negocios con tacto.

—Tenemos a un sospechoso principal, señor —dijo con cautela, y luego levantó una mano para evitar que *sir* Marcus lo asaltara a preguntas—. Lo estamos vigilando muy de cerca.

—¿Tuvo algo que ver con el incendio? —preguntó *sir* Marcus.

De nuevo, O'Grady vaciló y luego movió la cabeza para asintir.

Sir Marcus se hundió en la silla. La verdad es que le sorprendió bastante.

—Sigo sin entenderlo —dijo con impotencia.

Por más que lo intentaba, no podía ver cómo alguien podría culparlo por eso. No le parecía justo. *Sir* Marcus siempre había tenido plena confianza en su instinto y se había dejado guiar por él, pero si no se trataba del incendio, ¿de qué se trataba? ¿De qué?

Llevaba semanas dándole vueltas al asunto, pero no se le ocurría nada que hubiera hecho para merecer esa desgracia que había caído sobre su casa. La frustración de no saber qué hacer para poner fin a todo aquello casi lo estaba matando. Ya había tenido que ir al médico por sospechas de úlceras.

Con un gran esfuerzo mental, se obligó a calmarse. Como le había dicho su médico de cabecera, el estrés podía provocarle un infarto, y eso era lo último que necesitaba ahora mismo. A toda costa, tenía que mantenerse fuerte y concentrado.

Hizo un gesto con la mano hacia la última carta.

—Bueno, es evidente que mi artículo en el *Oxford Mail* y la donación benéfica no bastaron para satisfacerle —dijo con cansancio.

—Parece que no, señor —reconoció O'Grady con cautela.

Pero él, como todos los policías, sabía que era casi imposible vigilar a un hombre día y noche. Si no, que se lo dijeran al Servicio Secreto encargado de mantener con vida al presidente de los Estados Unidos. La verdad era que, si alguien te quería muerto, y esa persona era algo inteligente, paciente y decidida, tarde o temprano..., bueno...

El sargento pensó con cierta satisfacción que, si Greaves era su hombre y volvía a atentar contra Anthony Deering, esta vez estarían preparados. Por desgracia, la última carta a *sir* Marcus se había enviado antes de que empezaran a vigilarlo las veinticuatro horas del día. Pero eso no iba a impedir que hicieran su trabajo. Estaban decididos a proteger al hijo menor de *sir* Marcus y a atrapar al asesino.

25

Glenda Gordon sintió por un momento pánico al ver a la joven agente de policía que se acercaba por el sendero del jardín. Recordó aquella vez que volvió del bingo de la tarde y encontró a Dickie hablando con ella. Algo no iba bien, lo supo enseguida.

Dickie insistía en que ella solo quería informarle sobre uno de sus antiguos casos, pero eso no era cierto. Glenda siempre había sabido cuándo su marido mentía, y no era tonta. Hija de un carbonero, se había criado en la clase trabajadora. No había tardado mucho, después de casarse, en darse cuenta de que su marido no siempre era tan honrado y digno de confianza como ella había esperado —quizá ingenuamente— que fueran los policías. Y ella misma era lo bastante honesta como para reconocer que, con una familia numerosa que alimentar y en tiempos tan difíciles, el dinero extra o los enseres inesperados que él le proporcionaba de forma irregular le venían muy bien.

Del mismo modo que los sacos de carbón gratis que su padre solía llevar a casa los había asumido como parte de su trabajo; en el caso de Dickie, se trataba de un sofá que se caía misteriosamente de un camión y que venía de perlas para sustituir su viejo sofá roto, el dinero en efectivo que ayudaba a pagar el alquiler cuando todavía quedaba muy lejos la fecha de cobro del sueldo como policía, o las cajas de pequeños electrodomésticos que a veces aparecían y luego desaparecían del cobertizo del jardín.

Aunque no le había gustado, nada de aquello la había hecho sentir que su marido no fuera un hombre de buen corazón o que no fuera un buen marido. Él los mantenía, que era lo esencial, y ella siempre había logrado que ellos y los niños tuvieran comida y fueran bien vestidos.

Pero, aunque esas cosas eran importantes, ella siempre había intuido que, justo antes de que él se retirara, había pasado algo grave que se había salido de lo común, y eso siempre le había inquietado...

El timbre la despertó de su ensoñación y sintió que el corazón le palpitaba con nerviosismo mientras cruzaba el recibidor hacia la puerta principal.

Dickie estaba en su huerto, a unos diez minutos a pie, y ella tenía la sensación de que la agente lo sabía. Se dijo a sí misma no ponerse paranoica, se obligó a sonreír y abrió la puerta.

—Hola, señora Gordon. No sé si se acuerda de mí —dijo la joven con voz alegre.

Glenda miró a la joven y suspiró.

—Claro que sí, cariño. Pasa.

Trudy le dio las gracias y entró.

—Ven a la cocina, voy a poner la tetera.

—Gracias —dijo Trudy y la siguió a través del pasillo, donde un reloj de madera con forma de sol adornaba la pared. Su madre siempre había querido uno. En la cocina, una enorme radio de baquelita último modelo emitía la reposición de un *sketch* cómico de Tony Hancock.

Glenda la apagó.

—Tiene una casa preciosa, señora Gordon —dijo Trudy, mirando a su alrededor con admiración.

Glenda, al estirar el brazo para encender la tetera, se sintió tensa.

La voz de Dickie resonaba en su cabeza, diciéndole que cuando se jubilara se irían de la casa de protección oficial a un sitio mejor.

En ese momento, pensó que se refería a un lugar más pequeño, puesto que los niños habían crecido y se habían ido.

Sabía que al Ayuntamiento le gustaba conservar las viviendas grandes de tres dormitorios para familias jóvenes y que había construido unos bungalós pequeños y bonitos para parejas mayores, no muy lejos de su antigua casa.

Aún podía recordar su sorpresa y alegría cuando él la había llevado a la casa en la que vivían ahora. Parecía un gallo en el gallinero. Y, la verdad, ella se sintió como si le hubiera tocado la lotería. Solo más tarde empezó a sospechar cómo habían podido costearlo, sobre todo cuando descubrió que no pagaban alquiler. Eso significaba que Dickie la había comprado. Era increíble: nadie en su familia había tenido casa propia, y estaba segura de que la familia de Dickie tampoco.

Pero el tiempo transcurrió y no pasó nada malo, y él consiguió ese trabajo de media jornada como guardia nocturno con tan buen salario, y ella se permitió relajarse...

Ahora, aquella chica joven y guapa con uniforme de policía estaba allí, mirando a su alrededor y sin duda preguntándose cómo habían podido permitírselo.

Glenda tragó saliva. ¿De qué se trataba todo aquello? Debería haber sabido que las cosas siempre habían sido demasiado buenas para ser verdad.

La mano le tembló al verter el agua hirviendo. Después añadió tres cucharaditas bien colmadas de hojas de té a la tetera y lo removió bien en un intento por mantener el control.

—Quería hablar tranquilamente con usted, señora Gordon, cuando su marido no estuviera aquí —empezó Trudy, sorprendiendo a la mujer al ser tan franca—. Porque hay algo importante que necesita saber.

Trudy se dio cuenta de que Glenda no esperaba que fuera al grano tan rápido. Pero ya había decidido que las tácticas de choque eran, con total seguridad, las mejores, y solo esperaba tener razón. Porque, en Glenda Gordon, creyó ver ecos de su propia madre. Ambas se habían criado en el mismo tipo de familia, en la misma ciudad, y habían crecido con los mismos valores y actitudes.

Y estaba segura de que, como su madre, Glenda tenía su carácter y su criterio para hacer las cosas. Aunque los hombres se creyeran que la «señora de la casa» era dócil y dependiente, Trudy era muy consciente de lo resistentes e inteligentes que eran en realidad las mujeres como su madre. Estaba dispuesta a apostar que Glenda también era mucho más consciente de lo que ocurría, y más en su propia casa, de lo que a su marido le gustaba pensar. Y podía ser persuadida para actuar, incluso a espaldas de su hombre, si la ocasión lo exigía.

—¿Ah, sí? Pensaba que querrías hablar con Dickie —respondió Glenda—. Ya sabes, cosas de la policía y todo eso...

Trudy sonrió y miró con tristeza a la mujer, que ahora se mostraba muy cautelosa.

—No. Es a usted a quien quería ver —dijo Trudy, respirando lenta y largamente—. ¿Puedo preguntarle qué le dijo su marido sobre mi anterior visita? ¿Sobre qué quería? —empezó con cautela.

Glenda se acomodó en el asiento y Trudy supo que había dado en el clavo. Así que tenía razón. La mujer ya se olía algo raro. Lo cual era bueno. Significaba que ya sabía que algo no iba bien y que podría aceptar que solo ella podía solucionarlo.

—Dickie nunca fue muy hablador sobre su trabajo —dijo Glenda con fingida indiferencia—. Solo me dijo que querías preguntarle algo. —Dio un sorbo a su té, apenas consciente de que aún estaba tan caliente que casi le quemó los labios.

Glenda miró a su visitante con atención y sintió que la invadía una oleada de inquietud. Era tan joven e inexperta. ¡Si apenas parecía tener veinte años! Fuera lo que fuese lo que la había traído hasta la puerta, no había motivo para asustarse tanto. Después de todo, si se tratara de algo muy grave en lo que Dickie se hubiera metido, no habrían enviado a una mocosa como ella para solucionarlo, ¿no?

—Sí, se trataba de una chica que murió. —Trudy respondió a su pregunta con sencillez.

Glenda casi se atragantó con su siguiente sorbo de té.

—¿Una chica que murió?

—Sí. Su marido fue el primer policía que llegó al lugar de los hechos después de que su madre la encontrara muerta en la cama. Eso fue hace casi cinco años. El forense dictaminó que la muerte había sido accidental.

—¡Ah...! —Glenda dejó escapar un pequeño suspiro de alivio—. Creo que recuerdo ese caso. Fue muy triste. Pero yo pensaba que se trataba de alguna cosa peor... No es que la muerte de una chica no sea algo malo... —Intentó tapar su lapsus de manera apresurada.

—Pero se trata de algo realmente malo, señora Gordon —la interrumpió Trudy con firmeza—. El asesinato es lo peor que puede pasar.

Esta vez a Glenda casi se le cayó la taza de té.

—¿Asesinato? —dijo débilmente—. ¿No acabas de decirme que había sido accidental?

—Sí. Estamos investigando el asesinato de Jonathan McGillicuddy. Lo habrá leído en los periódicos... —dijo Trudy.

Ahora Glenda se sentía más confusa que nunca.

—Ah, sí. ¿Te refieres a ese pobre jardinero? La golpearon en la cabeza con su propia pala, ¿verdad?

—Sí.

—Pero ¿qué tiene que ver eso con Dickie? Hace tiempo que se retiró.

—Como dije, hace cinco años fue el primero en llegar al lugar donde la joven murió. La chica se llamaba Gisela Fleet-Wright.

Los ojos de Glenda se abrieron de par en par.

—Pero ese es el mismo nombre que...

Bruscamente se quedó en silencio.

Pero Trudy ya estaba asintiendo con la cabeza.

—Sí, lo sabemos. Su padre es el dueño de la empresa de transportes donde su marido trabaja ahora a tiempo parcial.

Glenda abrió y cerró los ojos sin terminar de entender.

—Su marido aceptó un trabajo allí justo después de jubilarse, ¿verdad?

Glenda asintió, sin confianza en sí misma para hablar ahora.

—Tengo entendido que su sueldo es... realmente bueno.

De nuevo, Glenda asintió como si no se hallara presente.

—Y que se mudaron aquí hace unos cinco años. No mucho, de hecho, después de que Gisela Fleet-Wright muriera —dijo Trudy.

Trudy pudo ver que su anfitriona se había quedado pálida.

—No entiendo muy bien qué... —empezó Glenda, tratando de reponerse, pero sus pensamientos rebotaban por todas partes.

¿Qué demonios estaba pasando? ¿En qué les había metido Dickie?

—Señora Gordon —dijo Trudy con firmeza—. Lo cierto es que no me importa lo que pasó hace tantos años. —Estaba mintiendo como una bellaca, esperando que por una vez no se sonrojara y se delatara del modo más infantil—. Sabemos que pasó algo y que su marido de alguna manera se benefició de ello. —Y antes de que Glenda Gordon pudiera protestar, prosiguió con firmeza—: Pero eso no nos importa. Estamos tratando de atrapar a un asesino, señora Gordon. —Trudy sostuvo la mirada de la mujer y se negó a apartar la vista—. Alguien, por alguna razón, golpeó a sangre fría a un joven hasta matarlo. Era viudo y dejó una niña. Su madre está destrozada. Era su único hijo.

Por un momento, las palabras quedaron flotando en el aire, y Trudy supo que Glenda tenía que estar pensando en sus propios hijos. Pensando en cómo les habrían ido las cosas si hubieran perdido a sus padres a una edad temprana. Y luego, por supuesto, cómo se sentiría ella en el lugar de Mavis McGillicuddy.

—Es horrible —dijo Glenda, con lágrimas en los ojos—. Pero no pueden pensar que mi Dickie...

—No, señora Gordon, no lo pensamos —dijo Trudy apresuradamente. Si aquella mujer pensara que su hombre estaba en verdadero peligro, se callaría, y entonces no habría forma humana de hacer que cooperara—. No creemos que él tenga nada que ver. Pero creemos que podría saber algo al respecto.

Glenda se desplomó en la silla, luchando por asimilarlo todo.

—Antes de que Gisela Fleet-Wright muriera —continuó Trudy—, el señor McGillicuddy había estado saliendo con ella. Y ahora hay dudas sobre cómo y por qué murió, por lo que la policía y el forense están revisando el caso. Estamos seguros de que su marido sabe algo al respecto. Algo que le debió de reportar algún beneficio, como se suele decir.

Por un momento, guardó silencio y dejó que Glenda fuera digiriendo la información.

Glenda, olvidando por completo el té, miró a la joven sin poder evitarlo. Porque, por supuesto, sabía que era cierto. Si no, ¿cómo habían podido permitirse trasladarse a aquella casa? ¿Por qué si no Dickie había podido conseguir un trabajo tan bueno y con un sueldo tan elevado? Porque los Fleet-Wright le habían sobornado por alguna razón, reconoció cabizbaja. Ese era exactamente el tipo de soborno que Dickie habría aceptado.

—Creemos que los dos incidentes pueden estar relacionados —continuó Trudy—. Que la muerte de Gisela y la de Jonathan McGillicuddy están relacionadas de algún modo. Es más, es posible que el asesino del señor McGillicuddy aún no haya terminado.

Dudaba mucho que Glenda pudiera ignorar que tenía que haber algo extraño en torno a la relación de su marido con Reginald Fleet-Wright. Pero desde luego no estaría dispuesta a hablar de ello a menos que le dieran una razón convincente.

—Nos parece que cualquiera que esté involucrado en estos asesinatos puede estar en peligro —dijo Trudy con cuidado.

Entonces vio que había dado en el blanco cuando los ojos de Glenda se abrieron todo lo que pudieron, se llevó la mano a la garganta y dijo con la voz rota:

—¿Crees que... Dickie podría estar en peligro?

Trudy suspiró y movió los manos como si estuviera perdiendo la paciencia.

—No lo sabemos, señora Gordon. Pero es posible. Y si sabe algo de todo esto, tiene que decírnoslo. Hay que aclararlo, antes de que alguien más salga herido. Estoy segura de que se da cuenta.

Glenda pensó en el cajón de los calcetines de su marido. Desde que se habían mudado, lo tenía cerrado con llave. Ella sabía que no guardaba calcetines en él. Por supuesto, había fingido que no se daba cuenta. Y, por supuesto también, ni una sola vez le había preguntado por ello. Sin embargo, Glenda se había reservado el comodín de saber dónde tenía escondida la llave.

Pero...

—Necesito pensar en todo esto —dijo Glenda en un hilo de voz.

Trudy, sabiendo cuándo era el momento de echar el freno, asintió.

—De acuerdo. Pero, por favor, señora Gordon, piense rápido —le instó. Luego se levantó y dejó el té sobre la mesa—. Después de todo, piense cómo se sentiría si mataran a otra persona y usted hubiera podido evitarlo.

Glenda palideció aún más, pero no dijo nada.

Trudy, sintiéndose de repente corrompida por las artes de la manipulación, dejó a la afligida mujer y salió en silencio.

Después de subirse a uno de los autobuses rojos de la ciudad, con su característica raya verde, Trudy rebuscó en su bolso el dinero para el billete. Como no le llegaba, lo único que se le ocurrió fue arrimar a las monedas un colorete, lo que hizo suspirar a la revisora. Si su padre hubiera estado al volante de esa ruta, le habría dejado viajar sin billete, como hacía cuando era pequeña. Lo que le hizo preguntarse si eso sería corrupción policial o tan solo su padre preocupándose por ella.

Se sacudió aquel pensamiento y, durante todo el camino de regreso a la ciudad, trató de reafirmarse en que había hecho lo correcto al intentar que Glenda Gordon dijera la verdad sobre lo que tramaba su marido. Después de todo, era su trabajo y su deber.

Aunque ocurriera lo peor y el exagente Gordon se enfrentara a cargos menores por corrupción, había muchas posibilidades de que la familia conservara su bonita casa unifamiliar. E incluso si perdía su pensión de policía, sospechaba que los Fleet-Wright le seguirían teniendo bajo su protección.

En cualquier caso, seguirían estando mejor que la mayoría, desde luego mejor que sus propios padres. No, su conciencia estaba tranquila, se aseguró Trudy.

Todavía estaba intentando convencerse de ello cuando se dirigió a la comisaría. Allí la esperaba el sargento de guardia. Y lo que este tenía que decirle le hizo olvidar por completo a Glenda Gordon.

—¡Eh, agente Loveday! —la llamó Phil Monroe en cuanto cruzó la puerta. Era uno de los pocos policías que no se burlaba de ella por su apellido, llamándola «adorable Loveday» u otras variaciones a sus espaldas, como solía hacer el payaso de Rodney Broadstairs—. He recordado dónde oí ese nombre antes, ya sabes, el que a ti y al quebrantahuesos os interesa tanto.

Trudy se apresuró a acercarse hasta él.

—¿A qué te refieres? ¿Al de Beatrice Fleet-Wright?

—Sí, esa es. Sabía que la había escuchado antes, así que busqué mis viejas notas —dijo Monroe.

Todos los policías guardaban sus cuadernos en un lugar seguro, meticulosamente actualizados y en orden cronológico, para poder consultarlos siempre que fuera necesario, lo que a veces podía ocurrir años más tarde. Los necesitabas en buen estado cuando tenías que testificar ante un tribunal. Era algo que te inculcaban durante la formación. Así que Trudy no dudaba de que la información del sargento sería exacta y fiable.

—Resulta que fue en el mismo verano en que tuvo todos esos problemas con su hija —dijo Monroe, hojeando su cuaderno—. Había un joven llamado Jack Braine que trabajaba en Boots, la farmacia. Repartía recetas en bicicleta. Un día, lo golpearon y le robaron.

Trudy miró a Monroe con avidez.

—¿Le robaron el dinero o las recetas que estaba entregando?

—Ambas cosas. El repartidor no vio mucho de lo que pasó. En un momento estaba pedaleando por la Broad y al siguiente estaba volando por encima del manillar y alguien se hacía con sus bolsas. Pero un transeúnte que lo presenció nos facilitó una descripción muy detallada del autor. Y ahí es donde entra en juego la señora Fleet-Wright.

Trudy sintió que se le desencajaba la mandíbula.

—¿Qué? ¡No me digas que el testigo la describió! ¿Y qué demonios hacía una señora respetable, de mediana edad y adinerada robando...?

—¡No, claro que no! —dijo el sargento desdeñosamente—. ¡Más despacio, jovencita!

Trudy se sonrojó y agachó la cabeza.

—Lo siento, sargento.

—No, el testigo solo mencionó a un joven que le pareció familiar. No sé mucho más, porque no estaba al tanto del caso. Al parecer, el testigo pensó que conocía ligeramente a este tipo, y pensó que era el que estaba cometiendo el robo. Solo lo vio de perfil, así que no estaba seguro. De todos modos, el sospechoso fue detenido, pero resultó que no era él y que el testigo estaba equivocado. Bueno, es algo que pasa muy a menudo, ¿verdad?

Trudy asintió, sabiendo que se trataba de una triste realidad. Si se pedía a dos personas que hubieran presenciado el mismo suceso que describieran al autor, el villano podía ser gordo o delgado, moreno o rubio, alto o bajo, y llevar una camisa negra o roja.

—Por cierto —continuó Monroe—, el tipo al que acusó el testigo resultó tener una buena coartada, refrendada después por un miembro muy respetable de la comunidad que lo situó en un lugar distinto en el momento del robo. Y ahí quedó la cosa.

Trudy sintió que recobraba el ánimo.

—¿La señora Fleet-Wright?

Monroe sonrió.

—¡Premio para la jovencita! Sí.

—¿Podrías darme el número del expediente? —preguntó Trudy.

—Claro. No es que haya mucho en él. El caso nunca se resolvió, que yo recuerde. Me atrevería a decir que el cabrón que lo hizo vendió las drogas y se gastó todo el dinero en cigarrillos y alcohol.

Le dio el número del expediente y Trudy lo anotó en su cuaderno.

—De todos modos, muchas gracias. Iré a Registros a echar un vistazo.

—No, no lo harás —dijo Monroe con una sonrisa—. El quebrantahuesos ha llamado. Quiere que vayas a su oficina ahora mismo.

Trudy gimió. Probablemente quería saber cómo había ido su entrevista con Glenda.

—De acuerdo —suspiró.

Aunque estaba desesperada por encontrar el archivo y saber de qué se trataba, tendría que esperar un poco.

¡No podía hacer esperar al doctor Ryder!

26

—Mira estas fotografías y dime qué ves —le ordenó Clement con sequedad.

Estaban sentados en su despacho, al resguardo de la lluvia gris y suave que azotaba las ventanas. El fuego crepitaba en la chimenea y hacía más acogedora la estancia. En el despacho contiguo, oía a la secretaria del juez de instrucción teclear con diligencia en su máquina de escribir Remington. Todo le resultaba ya agradable y familiar, y sintió una punzada de tristeza al pensar que pronto echaría de menos todo aquello, cuando el caso se resolviera y el inspector Jennings volviera a sus quehaceres habituales. Quizá fuera una señal de cuánto había llegado a respetar al doctor Ryder el hecho de que ni se le pasara por la cabeza que no lograrían descubrir la verdad sobre la muerte de Gisela Fleet-Wright.

Se acercó a él y le cogió el fajo de fotografías en blanco y negro. No eran muchas, y mostraban distintas escenas de lo que, sin duda, era el dormitorio de una joven.

—¿La habitación de Gisela? —se aventuró.

—Sí. El fotógrafo de la policía las tomó después de fotografiar el cuerpo *in situ.*

Trudy se dio cuenta de que en ninguna de las fotografías que le había dado aparecía la chica muerta en su cama, y estaba a punto de exigirle que se las entregara también cuando algo la detuvo.

¿De verdad necesitaba verlas?

Clement, observando el juego de emociones en su rostro, dijo con brusquedad:

—Quiero tener una perspectiva diferente de ellas, en concreto, el punto de vista de otra joven. Trata de no verlas como agente de policía, sino como tú misma. ¿Tiene sentido? Las he estudiado de vez en cuando durante años, pero no estoy seguro de ver todo lo que hay que ver, porque no tengo la mente de una joven de la edad de Gisela.

Trudy sonrió.

—No —dijo ella por toda respuesta. Desde luego que no. Pero comprendió lo que quería decir, así que se tranquilizó y empezó a estudiar las fotografías con detenimiento.

Lo primero que le llamó la atención fue el tamaño de la habitación: su propio dormitorio, con su modesta cama individual, habría entrado cuatro veces en el que aparecía en las fotografías. Allí cabía la cama enorme y doble de Gisela, dos grandes armarios y un tocador con un bonito espejo ovalado. Y todavía había sitio de sobra para un par de sillones acolchados y mucho espacio para caminar entre ellos, sobre lo que parecía una suntuosa alfombra. En el tocador había cinco frascos de perfume de aspecto caro, una caja de pañuelos de papel y un neceser de maquillaje que parecía repleto de los mejores cosméticos.

Apostaría a que solo uno de los pintalabios costaba cinco chelines. Con su sueldo, eso sería...

Entonces se dijo a sí misma que dejara de envidiar lo que había tenido la otra chica y que empezara a mirar más allá de todo eso. Al fin y al cabo, la chica que había tenido todas aquellas cosas tan bonitas estaba muerta. Sobrecogida por este pensamiento, respiró con intensidad.

«¡Concéntrate, Trudy! ¿Había algo sospechoso en esas fotografías?».

Con cuidado, los extendió frente a ella, sobre la mesa del forense, mientras se esforzaba por dar con cualquier cosa extraña o fuera de lugar. Intentó ponerse en la piel de Gisela Fleet-Wright.

La mirada de Trudy se fijaba cada vez más en la delicada mesita para tartas que había junto a la cama. Sobre ella había una jarra y un vaso de cristal a juego, quizá llenos de agua, por si tenía sed. O, más probablemente, para cuando tomara la medicación. Había un jarrón con bonitas fresias. Tres frascos de pastillas estaban colocados uno detrás de otro en una pequeña bandeja de plata. Un cepillo para el pelo, otra caja de pañuelos y lo que parecía un elegante reloj de señora de plata con joyas incrustadas. ¿Se lo habría quitado al acostarse, antes de sumirse en el sueño del que nunca despertaría?

Trudy se sacudió el pensamiento sensiblero y frunció el ceño.

—Todo está muy ordenado, ¿no le parece? —dijo al fin—. Según todo lo que hemos escuchado de Gisela, parecía un desastre emocional. Esperaba encontrar su espacio personal igual de caótico. Pero no lo está. Hasta el jarrón de fresias parece perfecto, como si acabaran de arreglarlo.

Clement cogió una fotografía y la estudió con atención.

—Ummm. ¿Algo más?

Trudy se encogió de hombros.

—No estoy muy segura. Pero me extraña no ver su diario por aquí. Sus amigos nos dijeron que llevaba uno.

La cabeza plateada de Clement se giró hacia ella con curiosidad.

—¿Tú tienes uno? —preguntó.

Trudy se sonrojó y levantó la barbilla.

—Sí. Uno que se cierra con llave.

—¿Crees que la mayoría de las chicas tienen uno?

Trudy volvió a encogerse de hombros.

—Creo que sí. Sé que todas mis amigas lo tienen.

—¿Y no había ninguna referencia al diario de Gisela en los expedientes policiales? —preguntó el forense—. Si se hubiera guardado alguna prueba...

—No —dijo Trudy de inmediato—. No había constancia de que se hubiera encontrado un diario en el lugar de los hechos. Y el agente encargado de las pruebas no lo habría pasado por alto. En aquel momento, a nadie se le ocurrió preguntar a los amigos de Gisela si tenía un diario. ¿Por qué lo iban a hacer? Tampoco pensamos en preguntarle a su madre, ¿verdad? Pero apuesto a que Beatrice Fleet-Wright habría sabido que Gisela tenía uno. No podía ser un gran secreto si sus amigos lo sabían.

—Sí, estoy seguro de que sí —asintió el forense.

—¿Cuándo volveremos a hablar con el señor Fleet-Wright? —preguntó pensativa—. Según nos dijeron, él y su hija estaban muy unidos. Quizá tenga alguna pista para nosotros.

Clement negó con la cabeza.

—Puede que sí. Pero dudo que esté dispuesto a hablar de ello con nosotros. Imagino que preferiría que todo este asunto quedara enterrado y olvidado. No lo olvides: prometimos a tu jefe que seríamos discretos en nuestras investigaciones, y si nos presentamos ante Reginald, seguro que arma un escándalo. Créeme, a los hombres ricos con aires de grandeza les gusta hacerse oír.

Valiéndose de su diplomacia, Trudy no dijo nada, aunque sus ojos bailaron mientras le miraba en silencio.

Por un momento, todo quedó en silencio en la habitación. Entonces Clement suspiró y volvió a colocar las fotografías en una pila ordenada.

—Esto me ha dado que pensar —dijo, agitándolas en el aire—. Ahora dime qué te tiene tan emocionada.

Por un momento, Trudy le miró sin comprender.

—Cuando entraste antes, estabas emocionada por alguna cosa...

—¡Ah! ¡Sí! ¡El sargento de guardia!

Rápidamente, Trudy le puso al corriente de la inesperada revelación de Phil Monroe y, para su alivio, él pareció compartir su entusiasmo. No tardó en mostrarse de acuerdo en que su siguiente paso debía ser buscar el expediente cuanto antes y averiguar todos los detalles posibles. Como era lógico, debía tomar notas y volver con los resultados lo antes posible.

27

Clive Greaves era un hombre preocupado.

Sabía que la policía lo tenía en el punto de mira y, después de que lo detuvieran por sorpresa y lo interrogara el astuto inspector Jennings, se dio cuenta de que le acusaban de algo muy grave.

Pero le costó entender de qué se trataba.

Aunque se había saltado las normas —sobre todo vendiendo conejos y faisanes a los carniceros locales—, aparte de alguna pelea de bar, Clive nunca había hecho nada que llamara la atención de los hombres de azul.

Hasta entonces. Mientras atravesaba un campo arado para colocar unas trampas de red con el fin de capturar algunas palomas torcaces para la olla —y para venderlas a la cocinera de un *pub* cercano para su famoso pastel de paloma—, se preguntó cuántos pares de ojos le estarían observando.

La noche anterior había visto un Ford Anglia de la policía en la puerta de su bar. ¿Cuánto tiempo pasaría antes de que sus vecinos empezaran a notarlo también? ¿O su casera? Lo último que necesitaba era que le echaran de su habitación y tuviera que buscar otro alquiler.

Cuando aceptó el trabajo de guardabosques, esperaba que le ofrecieran una casita de campo, pero el dueño de la finca se negó. Era un corredor de bolsa de la ciudad, y solo quería a alguien para que se asegurara de que hubiera suficientes aves para cazar seis o siete veces al año cuando invitaba a sus colegas a subir a su «cabaña de tiro» para formar una cuadrilla.

Ser generoso no entraba en sus planes.

Ahora Clive se preguntaba cuánto tardaría en enterarse de que su guardabosques había llamado la atención de la policía y en darle la patada. Con su cara llena de cicatrices, siempre le había costado encontrar trabajo, y por eso su empleo actual le venía tan bien. Pasaba casi todo el día en el campo, donde nadie tenía que mirarle. Y a los animales salvajes les daba igual su aspecto.

Maldiciendo en voz baja al inspector Jennings —y maldiciendo aún más a *sir* Marcus Deering—, Clive empezó a colocar hábilmente la red y los pesos. Por último, aseguró la pequeña carga explosiva y el temporizador que la detonaría más tarde e impulsaría la red unos seis metros sobre el trigo de invierno recién sembrado, cuando las palomas hubieran bajado a picotear.

Su rostro cubierto de cicatrices observaba pensativo el campo abierto. Con un poco de suerte podría conseguir hasta cincuenta palomas cada vez. Si las vendía a seis peniques el ave, tendría un buen jornal.

Él no lo sabía, pero el agente Rodney Broadstairs, que le observaba desde la sombra de una pequeña zona arbolada, estaba anotando en su cuaderno oficial de policía el uso que había hecho de los explosivos.

De vuelta en su despacho, Clement Ryder estudió las fotografías durante unos minutos después de que Trudy se hubiera marchado. Luego asintió. Sí, todo parecía bastante ordenado, ahora que lo pensaba. ¿Tal vez incluso preparado como si fuera una representación? Por supuesto, podría ser que, a pesar de lo que cabría esperar, Gisela Fleet-Wright hubiera sido una chica ordenada. Pero él no lo creía.

Si Trudy pensaba que debería haber un diario, él confiaba en su criterio. Sonrió al pensar en la joven agente, que se estaba formando muy bien. Lástima que pronto tuviera que volver a realizar tareas sin futuro para el idiota de Jennings.

Se sacudió el pensamiento y volvió al enigma de la chica muerta. Tenía sentido, dado lo que sabían de la personalidad de Gisela, que llevara un registro escrito de sus vivencias. Estaba claro que el drama había sido para ella pasión y alimento y, como estudiaba Literatura Inglesa, la palabra escrita habría sido su medio natural, permitiéndole expresar sus emociones y reforzar su imagen de sí misma. Y, por supuesto, ahora se había confirmado, al interrogar a sus amigos más a fondo, que había sido una fiel cronista de su vida y sus sentimientos.

Entonces, ¿por qué no había aparecido nunca el diario? Cuando cogió la fotografía que mostraba su mesilla de noche, la mano empezó a temblarle. Miró con desagrado el último temblor y se levantó para dirigirse a la ventana, metiéndose las manos en los bolsillos del pantalón.

Pero, aunque lo ocultara, el problema seguía estando ahí.

Como médico, sabía muy bien que, a medida que avanzara la enfermedad, las cosas empeorarían gradualmente. Sus movimientos se volverían más lentos o, como lo describirían sus estimados colegas, empezaría a mostrar signos de bradicinesia. Sus pasos se harían cada vez más cortos al andar. Incluso podría empezar a arrastrar los pies.

Podía esperar cada vez más momentos de rigidez. De hecho, sus músculos podrían agarrotarse y dolerle.

Pero todavía no había llegado a ese punto. Ni mucho menos. Hasta ahora, nadie se había percatado de su mal. Y mientras fuera así, podía y quería seguir trabajando.

Con ese pensamiento, volvió al escritorio, se sirvió un poco de brandi de una petaca que guardaba en el bolsillo de la chaqueta y recogió las fotografías, dispuesto a guardarlas de nuevo en el sobre marrón.

Cuando su mirada se posó en la fotografía superior, se dio cuenta de que había algo un poco extraño en la disposición de los objetos sobre la mesa. Había un hueco sospechoso en el lado de la mesa más cercano a la cama. El jarrón de flores estaba lejos del alcance de la mano, lo cual tenía sentido, pues de ese modo no se tiraría por accidente estando en la cama. La bandeja estaba al lado, también pegada a la pared. El cepillo para el pelo se hallaba en el extremo izquierdo.

Tal vez hubiera habido algo en ese hueco vacío... Y sí, algo había habido porque incluso el objeto que no estaba había quedado marcado por una ligera capa de polvo, apenas visible. A todas luces, la forma del objeto era semejante a la de un libro. Algo que Gisela podría haber leído en algún momento. Tal vez un volumen de poesía o una novela de Hardy. O quizá un diario.

Trudy regresó a toda prisa a la comisaría y bajó a Registros con el corazón acelerado por la expectación. Por suerte, las oficinas principales estaban casi vacías, ya que la mayoría de sus compañeros estarían ocupados protegiendo a Anthony Deering y su familia, o siguiendo al principal sospechoso, o investigando el asesinato de McGillicuddy en alguna otra parte.

Pero por una vez Trudy no sintió envidia de que la relegaran y la ignoraran para tareas tan interesantes.

Con toda su experiencia en administración, no tardó mucho en encontrar el expediente del hurto que le había indicado Phil Monroe. Aunque un repartidor atropellado en bicicleta y robado no figuraría *a priori* en las estadísticas de delincuencia, el hecho de que la víctima hubiera estado entregando medicamentos de una farmacia sí había garantizado que se investigara a fondo.

El archivador de 1955 estaba al fondo de la Oficina de Registros, y tras rellenar los formularios y charlar unos minutos con el empleado a cargo, se apresuró a anotar todos los datos pertinentes del polvoriento expediente.

El chaval de la farmacia, Jack Braine, resultó no ser tan chaval, pues en el momento del robo ya tenía treinta y cinco años. Leyendo entre líneas, tuvo la impresión de que el señor Braine, que era hermano de la esposa del farmacéutico jefe, no era el empleado más brillante de la farmacia, pero había trabajado como repartidor para ellos durante algunos años. Según el agente encargado de la investigación, el hombre era digno de confianza, y había sido popular y querido entre sus clientes. La mayoría de ellos eran ancianos o enfermos que no podían acudir a la farmacia.

Por suerte, el señor Braine solo había sufrido rasguños y moretones después de caerse de la bicicleta, volcando al lado de la carretera en lugar de en medio de ella, donde podría haber sido atropellado por algún coche o camión. Desafortunadamente, sin embargo, no había podido dar ninguna descripción de su agresor, ya que, mientras se levantaba y se sacudía el polvo, el individuo que lo había empujado había agarrado las bolsas con los medicamentos y la pequeña cantidad de dinero que llevaba y se había escapado.

Esa tarea había recaído en el principal testigo del caso, que figuraba en el expediente como «señor Malcolm Finch», con domicilio en Cowley.

Trudy cabeceó con disgusto al leer que el señor Finch había tardado casi una semana en presentar esta información. Se había excusado diciendo que, en el momento del incidente, tenía prisa por acudir a una cita importante que tenía diez minutos más tarde. Como la víctima estaba bien, no se había quedado con el resto de la gente para ver cómo se desarrollaban los acontecimientos. Pero entonces empezó a remorderle la conciencia, lo que le llevó a presentarse en comisaría cinco días después del robo para prestar declaración.

Trudy bufó y siguió moviendo la cabeza en señal de desaprobación. Le irritaba la falta de civismo del señor Finch, que se había demorado tanto en aportar una información crucial. Con un suspiro, se concentró en lo que decía el testigo. Según este, estaba paseando por Broad Street para comprar unas medias a su mujer, cuando vio cómo asaltaban al señor Braine. El agresor, según su parecer, era un hombre que había trabajado en ocasiones como jardinero para un vecino.

Al leer estas palabras y por un momento vertiginoso, Trudy sintió como si la oficina girara en torno a ella.

¿Jardinero?

De manera febril, sus ojos escudriñaron el informe del incidente mecanografiado con pulcritud, ignorando la jerga policial y buscando el nombre...

Y ahí estaba.

Jonathan McGillicuddy.

El hombre que había robado al señor Braine su dinero y sus recetas de medicamentos había sido Jonathan McGillicuddy.

28

Anthony Deering se preguntó si había sido buena idea sacar a Darjeeling tan pronto después de salir del hospital. Aunque había mantenido a su caballo a un trote tranquilo, notaba que el animal se moría de ganas de correr y soltar la energía acumulada. ¿Y cómo culparlo? Pero cada movimiento le resultaba incómodo, así que sujetó las riendas con firmeza, negándole el placer de galopar.

El caballo protestó por el trato sacudiendo un poco la cabeza y haciendo cabriolas con impaciencia, lo que hizo que Anthony tensara las riendas y soltara alguna maldición cariñosa de vez en cuando.

Sin embargo, a pesar de todas las molestias, e incluso con Darjeeling haciendo de las suyas, era agradable salir de casa. El tiempo era templado, aunque húmedo, y el aire fresco le sentaba bien. Además, el sargento O'Grady no se había opuesto cuando le dijo que quería salir, lo que dejó a Anthony con la clara impresión de que la policía tenía a alguien en el punto de mira y sabía dónde se hallaba el sospechoso y qué estaba haciendo.

Lo cual era una buena noticia. Al principio, ahora se daba cuenta, se había mostrado un poco arrogante sobre todo el asunto. Pero no había nada como enfrentarse a la muerte para aprender algo positivo.

—Vamos, muchacho, cálmate —le dijo a su caballo mientras se acercaban a una barrera canadiense para el ganado, situada entre dos viejos postes, que impedía que las ovejas de su padre se extraviaran en un campo de cebada de invierno recién sembrado. Sabía que Darjeeling odiaba estas barreras, y no podía culparle por ello. Los cascos de los caballos y las barras de hierro paralelas muy juntas no eran buena pareja—. ¿Quieres saltarla, chaval? —murmuró.

Luego pensó que no sería buena idea, considerando sus costillas magulladas, y suspiró.

—Lo siento, muchacho, esta vez no. En otro momento, tal vez.

Lo que resultó ser una lástima. Porque, si Anthony Deering lo hubiera sabido, habría sido mucho mejor saltar la barrera y luego soportar el doloroso golpe del aterrizaje al otro lado. Porque, mientras Darjeeling resoplaba y empezaba a sortear la barrera, su pata delantera derecha chocó con un hilo de pescar casi invisible que se había tendido entre los dos postes de la puerta, cerca del suelo. Esto liberó un pequeño pasador metálico que estaba unido a una pequeña caja negra, dentro del cual había un cañón espantapájaros, tras lo cual se escuchó un estruendo similar al de un disparo de escopeta.

Darjeeling, ya nervioso por la barrera canadiense, soltó un relincho aterrado, dio un brinco y salió disparado como alma que lleva el diablo, dejando atrás a su amo, que había caído de forma violenta sobre la rejilla metálica y ahora gritaba de dolor.

—¿No lo ve? ¡Tiene que ser un asesinato!

Trudy caminaba de un lado a otro delante de la mesa del forense, con el rostro encendido por la emoción y el orgullo. Su gorra de policía yacía despreocupadamente sobre el escritorio, delante de él, mientras ella seguía caminando y leyendo con rapidez las notas de su cuaderno.

—Aquí dice —continuó ella, hablando tan deprisa que Clement apenas podía seguirla— que cuando trajeron al señor McGillicuddy y lo pusieron en una rueda de reconocimiento, el testigo, Malcolm Finch, dijo que estaba casi seguro de que era él a quien había visto robar a Jack Braine. Aunque en realidad no quería testificar. Pero los testigos a menudo no lo hacen.

Trudy hizo el inciso con un suspiro tan cansado que hizo que los labios del forense se movieran divertidos.

—¿De eso deduces que Gisela fue asesinada? —preguntó él con tranquilidad.

—Sí, y le diré por qué —insistió Trudy, rebuscando entre sus notas—. Usted es médico. La mitad de los nombres de los medicamentos robados ni siquiera puedo pronunciarlos, y mucho menos deletrearlos. Pero los copié con cuidado, y luego volví a los archivos del caso del tribunal forense y... Aquí... ¿Ve?

Dejó caer su cuaderno, abierto en el lugar donde había anotado los medicamentos sustraídos en el atraco a Braine, y señaló una palabra de varias sílabas. Luego, en las transcripciones del juicio de Fleet-Wright, volvió a señalar la misma palabra.

—¡Es la misma medicación! Gisela tomaba es-esto. —Tartamudeó intentando pronunciar el trabalenguas del nombre del medicamento.

Clement la leyó en voz alta para ella; la palabra fluyó sin problemas por sus labios de médico.

—Sí. ¡Es la misma medicación que tomaba Gisela! ¿No lo ve? —preguntó ella radiante de emoción—. Jonathan lo robó para matarla con él.

—¿Y su madre le dio una coartada? —musitó Clement, observándola con una sonrisa casi cariñosa. ¡Estaba tan emocionada que parecía una niña pequeña!

Pero no había duda de que la joven agente había dado con una información muy valiosa. Solo que aún no estaba muy seguro de dónde y cómo encajaba en el rompecabezas que estaban intentando montar.

—Por supuesto. Estaban juntos en esto. Mire, aquí... —De nuevo, Trudy se inclinó llevada por la emoción y rebuscó en su cuaderno.

Estaba tan próxima a él en el escritorio que la tela de la manga de su uniforme le rozaba la suya. Por unos instantes, mientras buscaba en sus notas la información pertinente, estuvo lo bastante cerca como para olerle el aliento.

La vaharada de alcohol le llegó de forma clara.

Como agente de policía, podía reconocer aquel olor a la perfección. La mayoría de los sábados por la noche, ella y Rodney Broadstairs pasaban gran parte del turno llevando a los borrachos revoltosos a los calabozos.

Por un momento, la sorprendente revelación de que al doctor Clement Ryder le gustaba beber durante el día la distrajo. Lo cierto era que no había oído ningún rumor de que al quebrantahuesos le gustara beber, pero estaba demasiado entusiasmada con lo que había descubierto como para prestar más atención de la cuenta a ese intrigante —y preocupante— pequeño detalle. Aunque lo retuvo en la mente para tenerlo en cuenta más tarde.

—Aquí dice que después de que trajeran a Jonathan, y después de que el señor Finch lo identificara, fue interrogado por el sargento del caso, que le dio su debida amonestación y le dijo que era probable que fuera acusado de robo y asalto. Sin embargo, cuando le preguntaron dónde estaba en el momento del robo, Jonathan McGillicuddy dijo que había estado cuidando del jardín de la señora Beatrice Fleet-Wright.

Trudy se enderezó triunfante.

—Pero sabemos que, por esta época... —ella señaló con énfasis la fecha del robo—, Jonathan ya no trabajaba como jardinero de los Fleet-Wright. Y el robo sucedió poco antes de la muerte de Gisela, ojo.

—Si no me falla la memoria, dejó de trabajar en el jardín de la familia antes de romper con ella —murmuró Clement pensativo—. Lo cual tiene su lógica. Si sabes que vas a dejar de ver a una chica, te aseguras de no estar rondándola.

—Exacto. Así que Beatrice debía de estar mintiendo cuando le dio esa coartada. Y fíjese en la fecha del robo —insistió ella exaltada—. ¡Al señor Braine le robaron solo tres días antes de que Gisela muriera! Eso tiene que ser significativo.

Trudy se quedó mirando al anciano, preguntándose por qué no parecía más entusiasmado con todo aquello. Seguro que aquel era el gran avance que estaban buscando.

—De acuerdo —aceptó Clement con cautela—, sentémonos un momento y pensemos esto con calma y de un modo racional.

Trudy se resignó a sentarse al borde de la silla.

—¿Estás diciendo que Jonathan McGillicuddy robó al chico de la farmacia para hacerse con ese lote específico de medicamentos? ¿El mismo medicamento que sabía que usaba Gisela...? —empezó a decir en voz baja.

—Correcto.

—¿Y lo hizo para administrarle una sobredosis fatal?

—Sí.

—Y que la señora Fleet-Wright tenía que ser parte de esa trama, bien como cómplice, bien como participante activa, porque le proporcionó una coartada falsa cuando la necesitaba... —continuó armándose de paciencia.

Trudy, a estas alturas, se estaba impacientando un poco con tanta charla mesurada y cuidadosa. Sabía que el forense era un hombre muy culto e inteligente, pero ¿tenía que ser tan pedante todo el tiempo?

—Sí. Es obvio que sí.

Clement Ryder sonrió.

—¿Lo es, agente Loveday? —preguntó amablemente—. ¿Por qué necesitaba Jonathan robar los medicamentos? Su madre tenía acceso al suministro de Gisela siempre que lo deseara —señaló con una lógica aplastante.

Trudy abrió la boca y volvió a cerrarla. Pensó un segundo y luego dijo despacio:

—Bueno, quizá lo hizo Jonathan por su cuenta. Para entonces había dejado a Gisela y ya no trabajaba en los jardines, así que no tenía acceso a su habitación. Lo que significaba que necesitaba conseguir el medicamento para lograr su propósito. Él sabría qué marca de pastillas tomaba ella, ¿no?

—De acuerdo —concedió Clement pacientemente—. Digamos que eso es cierto y que roba las pastillas. ¿Cómo consigue que ella se las tome? No había marcas de violencia en su cuerpo, recuerda, y nadie lo vio en la casa el día que ella murió.

—¡Oh, vamos! Podría haberse colado con facilidad. Y Gisela se habría alegrado tanto de verle...

—¿Hasta tal punto de que se tomaría las pastillas que él le dijera?

Trudy lo miró furiosa. Empezaba a sentirse estúpida, porque tenía la espantosa sensación de que estaba haciendo el ridículo. Sentía que se desinflaba por momentos. Pero una fuerza obstinada en su interior no la dejaba abandonar sus fascinantes hipótesis sin defenderlas.

—No. ¡Pero sí podría habérselas dado su madre!

—Así que volvemos a la teoría en la que Beatrice y Jonathan trabajan juntos. En cuyo caso, mi pregunta anterior sigue en pie. ¿Por qué necesitaba Jonathan robar los medicamentos?

Trudy se desplomó en l silla. No tenía mucho sentido, ¿no? A menos que...

—¿Y si solo se reunieron para urdir una coartada después de la muerte de Gisela? —se aventuró esta vez. Sí, eso podría encajar—. Digamos que Jonathan robó las medicinas y consiguió que Gisela tomara más de la cuenta. Y después, por alguna razón, Beatrice se enteró. Y, de nuevo por alguna razón que aún desconocemos, accedió a encubrirlo todo. El escándalo o algo así...

Su voz se fue apagando al ver que las blancas cejas del forense empezaban a alzarse lentamente ante las posibles teorías que ella estaba lanzando.

—Ya sé que es un poco absurdo, pero puede que quisiera evitar el escándalo, ¿no? —insistió Trudy con voz monótona—. Son católicos, y mi padre siempre dice que los ricos son diferentes de los demás, que no piensan como nosotros. O puede que le gustara Jonathan —añadió esta segunda posibilidad con cierta timidez.

La avergonzaba pensar que una mujer de la edad de su madre se interesara por un hombre mucho más joven, pero sabía que esas cosas pasaban.

—Está bien, sigamos esa hipótesis por un momento —dijo Clement, haciendo caso omiso de su repentina turbación—.

Jonathan mató a Gisela y, por algún motivo, sabía que podía contar con la complicidad de la madre de Gisela. Permíteme hacerte una simple pregunta...

Trudy se tensó, presintiendo una trampa.

—¿Sí? —dijo insegura.

—¿Por qué Jonathan McGillicuddy asesinó a Gisela? —preguntó Clement con sencillez.

Trudy parpadeó.

—¿Por qué? Bueno, porque..., porque... él la amaba. O la odiaba. O porque la estaba fastidiando... ¡Lo que sea!

Pero Clement ya estaba negando con la cabeza.

—No, eso no es posible, agente Loveday, y usted lo sabe. Los hombres matan a las mujeres por pasión o celos, sí. Pero ya sabemos que Jonathan fue quien puso fin a su relación. Así que era difícil que siguiera enamorado de ella. Y en el momento de su muerte, llevaba varios meses sin verla. No tenía motivos para quererla muerta. Así que, ¿por qué se arriesgaría a matarla?

—Pero sabemos que Gisela estaba empeñada en recuperarlo —insistió Trudy—. Sabemos que no dejaba de intentar contactar con él, incluso que le seguía a todas partes. Y no era muy estable, ¿no? Tal vez él tenía miedo de que ella pudiera... No sé..., hacer alguna locura y avergonzarlo. O quizá se había vuelto tan rara que temía que pudiera ser un peligro para su madre... ¡o para su hija pequeña!

Clement asintió.

—Sí, eso podría ser —admitió al fin—. Pero no tenemos pruebas de que fuera así, ¿a que no? Y si algo de eso fuera cierto y él estaba preocupado, ¿por qué no acudió a la policía? ¿O buscó asesoramiento legal? ¿O fue a ver a la familia de la chica y les dijo que había que hacer algo al respecto? No olvidemos que, según todos los indicios, Jonathan McGillicuddy era un chico sencillo y respetuoso con la ley. ¿De verdad crees que su primer pensamiento sería cometer un crimen? ¿Sin al menos probar alguna de esas alternativas?

Trudy parpadeó.

—Ni tampoco tendríamos pruebas de que la madre de la chica, su madre, Trudy, se confabulara con él para asesinar a su única hija —continuó él.

—El inspector Jennings dijo que la mayoría de los asesinatos ocurren dentro de la familia —dijo Trudy con obstinación. Pero, en realidad, ahora se sentía confundida.

Cuando leyó el expediente Braine, pensó que le proporcionaba las respuestas a todas sus preguntas. Ahora no sabía qué había descubierto. Excepto, quizá, más confusión.

Durante un rato permaneció sentada en silencio, algo enfurruñada, molesta por que el quebrantahuesos fuera tan aguafiestas, pero poco a poco tuvo que reconocer que tal vez tuviera razón. Repasando los hechos de nuevo, esta vez con menos excitación y más cuidado, una cosa se hacía cada vez más evidente: aquel trabajo le quedaba demasiado grande.

El doctor Ryder había visto los problemas que conllevaba esa nueva teoría; sin embargo, ella no había sido capaz.

—No soy lo bastante buena para hacer esto, ¿verdad? —dijo con tristeza.

—¡Tonterías! No te autocompadezcas, agente —le espetó Clement con firmeza—. Te aseguro que tienes más inteligencia en tu dedo meñique que la mayoría de tus colegas de la comisaría. Y, desde luego, más que ese cretino vanidoso al que veo mirarse cada dos por tres en el cristal de la ventana cada vez que paso por allí.

A su pesar, Trudy se rio ante esa clara descripción de Rodney Broadstairs. Era cierto que el agente era un narcisista sin remedio, pero también lo era que ella se sentía inferior a él y a los demás.

—Creía que había encontrado las respuestas. Pensé que lo tenía todo resuelto. Pero me equivoqué —se lamentó ella, sintiendo que una ola de calor le inundaba las mejillas.

Clement sonrió irónicamente. Aquella joven era una contradicción. Brillante pero ingenua, inocente pero inteligente, decidida y testaruda, y sin embargo tan insegura. Aún era tan joven e inmadura que a veces le preocupaba. Aunque no podía negar que le resultaba útil, que le ayudaba a ordenar y analizar sus pensamientos con mayor claridad. A pesar de sus fallos, sentía que podían formar un buen equipo.

—Dime, ¿qué crees que has sacado en claro de este episodio? —preguntó, satisfecho de ejercer de mentor.

—Que no hay que sacar conclusiones precipitadas —contestó Trudy al instante, con cierto tono de arrepentimiento.

—¿Y te das cuenta de que eso es más de lo que muchos aprenden en toda su carrera policial? —señaló el forense, y continuó—: ¿Qué más?

Trudy parpadeó, se lo pensó un momento y luego asintió.

—Razonar con lógica. Hacer y responder preguntas. Mantener la mente abierta y cuestionarlo todo.

—Esas son lecciones muy valiosas que has aprendido —aprobó con una sonrisa—. ¿Crees que no vales para este trabajo? —le picó.

—Solo intenta animarme —replicó ella.

Clement resopló.

—Jovencita, te aseguro que tengo cosas mejores que hacer con mi valioso tiempo que complacer tu ego. Así que vamos a lo que importa, ¿de acuerdo?

Se levantó de la silla y se puso la gabardina y su sombrero Homburg favorito.

—¿Adónde vamos? —preguntó Trudy sin comprender, recogiendo sus pertenencias y guardándolas en su mochila de cuero. Se colocó la gorra sobre la cabeza y se arregló unos mechones de pelo que se le habían soltado.

—Vamos a hablar con Beatrice Fleet-Wright otra vez —dijo Clement, mirándola fijamente—. ¿Dónde si no?

29

Beatrice Fleet-Wright no mostró mucha sorpresa al ver que sus dos visitantes recientes volvían a su casa después de unos pocos días, pero había una mirada tensa, osca y desconfiada que se ocultaba tras su sonrisa cortés mientras los acogía.

Los invitó a entrar en la misma habitación bonita y sin alma de la ocasión anterior, pero esta vez no les ofreció té. El hecho de olvidarse de sus obligaciones como anfitriona era un descuido muy torpe que delataba lo nerviosa que estaba de verdad, a pesar de haberse puesto una máscara de educada curiosidad. O eso o era una táctica deliberada por su parte para dejar claro lo corta que esperaba que fuera aquella segunda visita, una indicación no tan sutil de que esperaba que se marcharan pronto.

Pero Trudy más bien pensó que era lo primero.

Aunque era demasiado pequeña para acordarse de los años de la guerra, recordaba con claridad los tristes años de racionamiento que siguieron, y, por ejemplo, que no había probado su primer dulce hasta los doce años. Aunque la gente había tenido tan poco que comer o beber, de alguna manera eso solo había servido para que el respeto a las normas de la hospitalidad se afianzara aún más. Una vez, su madre había compartido su última cucharadita de té con una anciana que había venido pidiendo para un orfanato. Y durante el resto del mes, la familia había tenido que beber algo tan horrible —y hecho de dientes de león— que hasta el perro de la familia se negaba a beberlo cuando ella lo vaciaba en su plato.

—Siento molestarla de nuevo tan pronto, señora Fleet-Wright —empezó Clement Ryder con una breve sonrisa, interrumpiendo las reminiscencias de Trudy—. Pero la última vez que hablamos con usted sobre el señor McGillicuddy pensamos que quizá se le olvidó mencionar algo.

Por un instante Beatrice, que iba muy elegante con un traje de dos piezas de color brezo y una blusa gris perla, se quedó inmóvil. Luego frunció el ceño y miró impasible a sus dos interlocutores.

Trudy notó distraída que el maquillaje de Beatrice era mínimo pero impecable. Y un suave aroma a violetas flotaba en el aire cada vez que se movía. Era difícil creer que esa mujer respetable, acomodada y de mediana edad pudiera estar involucrada en un asesinato, y mucho menos en dos. Suponiendo que la muerte de su hija no hubiera sido tan accidental como había dictaminado el tribunal.

—Estoy segura de haber respondido a todas sus preguntas —dijo Beatrice con firmeza.

Clement esgrimió una sonrisa educada. Sí, había sido una respuesta inteligente, reconoció con ironía. Pero empezaba a tener la sensación de que la señora Beatrice Fleet-Wright era una mujer muy astuta.

—Quizá la culpa fue nuestra —admitió amablemente—. Permítame ser más claro y preciso. Hemos descubierto que, en torno a la fecha en que murió su hija, usted estuvo, al menos en una ocasión, en contacto cercano con el señor McGillicuddy. ¿No es así?

Incluso en un día gris, en lo más oscuro del invierno, y con la escasa luz que entraba a través de las ventanas, Trudy pudo observar con claridad cómo la mujer se ponía lívida. También notó el temblor que le sacudía las manos.

—¿De verdad? —murmuró Beatrice—. Fue hace tanto tiempo... Y mi memoria no es lo que solía ser... Los recuerdos de esas fechas son... —Sus manos se agitaron ligeramente—. Mi médico me recetó sedantes en aquel entonces. Me temo que mis recuerdos no son tan claros. Fue un tiempo traumático, como comprenderá. Intento no pensar en ello.

Trudy se quedó asombrada ante aquella sucesión de frases incongruentes. Había demasiadas excusas, mezcladas con muchas explicaciones racionales. Y todo para nada, ya que estaba claro que mentía.

—Pero de lo que hablamos no es algo fácil de olvidar, señora Fleet-Wright —insistió Clement, con una mezcla de delicadeza y frialdad—. Después de todo, no es muy habitual que se le pida a alguien que confirme la coartada de un joven que ha sido acusado de robar a plena luz del día.

—A plena luz del día... —Por un momento, el rostro de Beatrice se quedó en blanco, y una mirada vacía apareció en sus ojos.

Trudy sintió un escalofrío en la espalda. Porque, fuera lo que fuese lo que Beatrice esperaba que le acusaran, desde luego no había sido eso.

Lo que inmediatamente hizo preguntarse a Trudy: ¿de qué creía la mujer que habían estado hablando? ¿Qué otro contacto había tenido con el antiguo novio de su hija?

—Oh... Ah, sí. ¡Ya me acuerdo! Esa tontería de Jon..., el señor McGillicuddy..., robando dinero y... cosas... de una farmacia, ¿no? —dijo Beatrice con una risita forzada.

Había dicho «cosas», no «medicamentos», observó Trudy, que sin duda era lo más obvio que podía haber dicho. Pero estaba claro que a la señora Fleet-Wright no le gustaba hablar de medicamentos, lo cual no era tan sorprendente. Seguro que era un tema delicado para ella, dada la adicción de su hija y el hecho de que habían sido..., de alguna manera, responsables de su muerte.

Echó una rápida mirada al forense para ver si se había dado cuenta del detalle, y pensó que era muy probable que sí.

—¿Era una tontería? —preguntó Clement con calma.

—Claro que sí —dijo Beatrice sin dudarlo, con la intención de defenderlo—. El señor McGillicuddy era un hombre trabajador y honrado. Nunca tuvo problemas con la ley, como estoy segura que sabe.

Trudy asintió. Desde luego, no había habido incidentes anteriores que hubieran alertado a la policía sobre el hombre en cuestión.

—¿Así que no tenía dudas de que no podía ser el hombre que asaltó al repartidor de la farmacia? ¿A pesar de que fue identificado por alguien que lo conocía de haberlo visto en otras ocasiones? —continuó Clement sin dejarse convencer.

Por un momento, una expresión extraña cruzó el rostro de Beatrice, aunque desapareció de forma tan rápida que Trudy no pudo descifrarla. Apostaba, sin embargo, que había ira en ella..., ¿y quizá miedo? ¿O era... arrepentimiento? ¿Pena? Algo negativo, en cualquier caso.

—Está claro que fue un error del testigo —dijo Beatrice con rotundidad. Y entonces exhaló un largo suspiro.

Clement notó, con la fría observación de un médico, que corría el riesgo de hiperventilar si seguía así. Era evidente que se encontraba en un estado emocional muy alterado y que su respiración era entrecortada.

—Por suerte para él, pudo proporcionar una coartada bastante convincente —reconoció Clement, mirándola expectante.

—Sí, sí, supongo que sí —aceptó débilmente—. Cuando llamó la policía preguntando por eso... El caso es que... mi magnolio necesitaba atención urgente desde hacía algún tiempo. Y no confiaba mucho en que el jardinero que habíamos contratado después de que Jonathan... nos dejara... lo tratara adecuadamente. Así que le pregunté si no le importaría podarlo. Solo se trató de un trabajo esporádico, y fue ese mismo día.

Beatrice se detuvo una vez más para tomar el aliento que tanto necesitaba.

—Entonces, fue todo una coincidencia —dijo Clement, sin ninguna inflexión en la voz.

Beatrice se limitó a encogerse de hombros.

—Pero las coincidencias ocurren, ¿no es así, doctor Ryder? —replicó con un tono suave y desafiante—. Así que, como es natural, cuando la policía se puso en contacto conmigo y me preguntó si podía confirmar la versión del señor McGillicuddy, tuve que decir que sí.

—Supongo —dijo Clement secamente— que esa fue la última vez que lo vio.

—Sí.

—¿Y su hija murió pocos días después del robo?

Beatrice tragó saliva de nuevo y se miró las manos.

—Sí —murmuró con debilidad.

—Señora Fleet-Wright —dijo Clement y mirándola con compasión—. ¿Está segura de que no sabe quién mató al señor McGillicuddy?

Beatrice se quedó lívida. Alzó la cabeza. Y luego lo observó con intensidad durante unos segundos cargados de silencio y tensión.

—Doctor Ryder —dijo esta vez con calma—, puedo asegurarle que no tengo ni idea de quién mató al señor McGillicuddy.

—¿O por qué?

—O por qué —repitió con firmeza.

—Entonces, ¿cree que ella está diciendo la verdad? —preguntó Trudy mientras salían y subían de nuevo a su Rover.

—¿Sobre qué? ¿Sobre darle una coartada a tu víctima de asesinato o sobre no saber quién lo mató?

—Sobre la coartada —respondió Trudy.

—No. Creo que estaba mintiendo de forma descarada sobre todo eso.

—¡Yo también!

—Especialmente porque, cuando la llamaron para que ratificara la coartada de McGillicuddy, su hija hacía dos días que había muerto, y ni lo ha mencionado. No me creo la historia del magnolio, que, por cierto, nunca se poda en verano. Y es muy raro el hecho de que se esforzara tanto por encubrir al exnovio de su hija cuando, en teoría, debía de estar en *shock* tras la muerte de Gisela.

—¡Eso es cierto! —exclamó Trudy. Se había olvidado del testigo del robo. El señor Braine había sido asaltado tres días antes de la muerte de Gisela, pero solo se atrevió a ir y contar lo que había visto cinco días después—. Sin embargo, a pesar de todo eso, no estoy segura de que no dijera la verdad sobre el resto —añadió después de pensarlo un momento—. Cuando dijo que no sabía quién había matado a Jonathan, tuve la sensación de que estaba siendo sincera. —Después, no queriendo ser ridiculizada por su «intuición femenina» (algo que sus compañeros de comisaría hacían con frecuencia con condescendencia masculina), añadió con firmeza—: Pero, por supuesto, mi opinión personal no importa. Lo que necesitamos son hechos y pruebas.

¿Cuántas veces se lo habían repetido el sargento O'Grady y su inspector?

—Sí, eso siempre ayuda —dijo Clement secamente—. Pero un buen detective también debe escuchar siempre su voz interior. A menudo captamos cosas, y mucho más a medida que ganamos experiencia, que no siempre pueden cuantificarse con datos concretos. A veces el instinto es un buen punto de partida.

Sorprendida por aquella observación tan poco científica de su colega, Trudy se quedó pensando en silencio mientras regresaban a la comisaría.

No llevaba mucho tiempo allí, sin embargo, cuando la pusieron rápidamente al día sobre el último incidente de Anthony Deering.

—Está curándose de sus heridas en casa, lo cual es buena señal —le dijo Rodney Broadstairs, echándose el pelo dorado hacia atrás con una mano y cogiendo el cuaderno con la otra—. Su médico de cabecera no creía que se hubiera roto nada, así que no había necesidad de que el pobre diablo tuviera que volver al hospital. A las heridas que ya tenía, se le han sumado otras tantas. Tiene que estar hecho polvo. A mí no me verás montando a caballo.

Trudy, conteniendo las ganas de reír al imaginarse a Rodney a caballo, suspiró.

—¿Qué ha pasado?

—El inspector ha vuelto a traer a Clive Greaves para interrogarle. Lo está haciendo ahora, en las celdas. Digo yo que habrá sido él, ¿no?

—¿Y eso?

—Sí, ya te lo he dicho, el caballo se asustó por una de esas cosas que se oyen en los campos y que suenan de vez en cuando para mantener a las palomas, los cuervos y demás pajarillos lejos de las semillas. Y nuestro hombre Greaves es un guardabosques, ¿no? En una finca agrícola y de caza. Es lógico que tenga acceso a uno de esos aparatos y que sepa cómo usarlos.

Trudy frunció el ceño.

—Pero seguro que cualquiera puede hacerse con uno. Las ferreterías venderán esas cosas. Y no pueden ser tan difíciles de usar, ¿no?

—No lo sé. En cualquier caso, Jennings está convencido de que es nuestro hombre —dijo Broadstairs con seguridad—. Primero: se quemó en ese incendio. —Reforzó la exposición enseñando los dedos a medida que iba numerando los argumentos—. Segundo: vive en la misma en la zona. Y tercero: ha vuelto a intentar liquidar al hijo de Deering con un equipo agrícola. Tiene que ser Greaves, ¿no? De todos modos, al menos mientras esté aquí siendo interrogado por el sargento y el inspector, no nos necesitarán para hacer más guardias nocturnas, vigilando sus idas y venidas.

Bueno, al menos eso era cierto, pensó Trudy, con una sonrisa radiante. No le hacía mucha gracia tener que pasar más frías noches viendo al señor Greaves volver tambaleándose del *pub* a su casa.

Pero a la mañana siguiente, cuando *sir* Marcus Deering recibió la que resultaría ser su última carta anónima, pareció que no tendría que preocuparse de seguir a Clive Greaves nunca más.

La carta se había enviado a las dos y media de la tarde del día anterior, tal como se comprobó en la oficina de correos. A esa hora, el señor Clive Greaves estaba en la comisaría de St. Aldates cooperando con la policía.

Así que, a menos que tuviera un cómplice —o se las hubiera arreglado para estar en dos lugares al mismo tiempo—, el inspector Jennings tenía que admitir que no era posible que él hubiera sido el responsable de enviar esa última carta.

Cuando su secretaria le entregó el sobre con nerviosismo, *sir* Marcus llamó enseguida a Jennings, quien fue a su casa con el sargento O'Grady. Los tres se reunieron en el estudio de *sir* Marcus, donde se respiraba un ambiente tenso.

—Ha llegado la hora, lo sabía —murmuró *sir* Marcus, enseñándoles la nota con manos temblorosas. Tenía un aspecto demacrado y sus hombros estaban inclinados por la derrota.

TU TIEMPO SE HA ACABADO.

Sir Marcus se hundió en la silla, abrumado por el miedo y la impotencia.

—¿Qué puedo hacer? —sollozó desesperado—. He de hacer algo para proteger a mi hijo. ¿Cree que, si le ofrezco una compensación, Anthony estará a salvo? Sí, puedo hacerlo, ¿no? —se respondió a sí mismo con esperanza—. ¿Puedo poner un anuncio en el periódico ofreciendo una indemnización a los supervivientes del incendio? Me ayudará usted a localizarlos, ¿verdad?

Jennings asintió con una media sonrisa, compadeciéndose de la desesperación del hombre, y le dijo todas las palabras tranquilizadoras y consoladoras que se le ocurrieron. También le dijo que estaba seguro de que era solo cuestión de tiempo que descubrieran quién había asesinado a Jonathan McGillicuddy. Aunque no se sentía muy optimista al respecto.

30

Glenda Gordon caminaba nerviosa por la calle, mirando de vez en cuando por encima del hombro, como si temiera ver el rostro furioso de su marido persiguiéndola calle abajo.

Por supuesto, no hizo nada de eso. Se hallaba de nuevo en su huerto, donde en aquella época del año pasaba más tiempo en el cobertizo, bebiendo té cargado de *whisky* de su termo con su pequeña camarilla de viejos amigos, trabajando la tierra.

Se dirigió a la comisaría de St. Aldates antes de arrepentirse y regresar corriendo a casa, y luego miró desconfiada a su alrededor. Por suerte, en una tarde de enero tan gris y triste como aquella, la gente estaba demasiado ocupada en sus propios asuntos como para prestarle atención a ella o a lo que hacía.

Inquieta, entró y observó alrededor. Nunca había entrado en una comisaría. Apretando con fuerza el bolso, se acercó al sargento de guardia, que le pareció una persona amable, y le dedicó lo que ella esperaba que fuera una sonrisa confiada.

Phil Monroe observó a la mujer que se acercaba con indiferencia profesional y leve curiosidad. A juzgar por su aspecto, parecía la típica ama de casa, con un abrigo de buena calidad y zapatos bastante bonitos. Tenía el rostro lívido y unos ojos grandes que miraban con cierto nerviosismo cuanto la rodeaba. En cualquier caso, lo que más le llamó la atención fue el modo tímido en que saludó al entrar. ¿Qué querría denunciar? ¿Un gato perdido? ¿Acaso un mirón?

—Sí, señora, ¿en qué puedo ayudarla?

—¿Está la agente Loveday, por favor? —preguntó Glenda, mirando a través de la puerta interior abierta de la oficina principal, como si esperara ver a un grupo de lobos hambrientos peleándose por el cadáver de un ciervo—. Me preguntaba si podría hablar con ella en privado —añadió impaciente. No sabía si alguno de los antiguos compañeros de Dickie trabajaría allí, y no quería en absoluto que su visita a la comisaría le afectara.

Phil asintió, levantó la trampilla detrás de su escritorio y salió de sus dominios con una sonrisa reconfortante.

—Nada más fácil, señora —le aseguró él—. Por aquí, por favor.

Después de que le facilitara su nombre, la condujo a una sala de interrogatorios y se fue rápido a avisar a su agente favorita, sospechando que la mujer que había preguntado por ella pudiera marcharse si la dejaban sola demasiado tiempo, ya que tenía la mirada de un conejo asustado.

—Hola, señora Gordon —saludó Trudy con tono animado en cuanto entró.

—He estado pensando en lo que me dijiste —empezó Glenda Gordon sin preámbulos, queriendo decir las palabras antes de que cambiara de opinión—. No sé de qué se trata —dijo, algo confusa—, pero conozco a mi Dickie y sus costumbres, y sé que no puede haber hecho nada que sea malo de verdad, de lo contrario yo no estaría aquí. —Quería dejarlo claro.

Luego extrajo un pequeño sobre marrón acolchado de su bolso.

—Siempre guarda sus secretitos en el cajón de los calcetines —continuó—. Una tontería, porque sé dónde guarda la llave. Por lo general, solo esconde allí una botella de brandi y algo de... —Aquí se interrumpió de manera abrupta. No había necesidad de hablarle a esa jovencita de las fotos inofensivas, aunque bastante obscenas, que a Dickie le gustaba ver de vez en cuando—. De todos modos, creo que esto podría ser lo que querías —dijo apresurada, acercándoselo a una sorprendida Trudy—. Lo necesitaré de vuelta cuando hayas terminado con él —se apresuró a añadir—. Quiero devolverlo a su cajón de los calcetines antes de que sepa que no está.

Trudy parpadeó al coger el sobre, y su corazón se aceleró al ver las iniciales que el antiguo agente había escrito a lápiz en una de las caras: «G F-W».

¡El diario! Tenía que serlo. Pero incluso mientras lo pensaba, Trudy se dio cuenta de que lo que había dentro no podía ser el diario desaparecido de Gisela. El sobre era demasiado liviano. De hecho... Miró dentro y solo vio un cuadrado de papel pálido, metido en una bolsa de plástico para pruebas.

—¿Cuánto tardarás en devolvérmelo? —preguntó Glenda, frustrando el impulso de Trudy de rasgar la bolsa y leer el papel. Pero, por supuesto, no podía hacerlo. Tenía que mantener la integridad de las pruebas.

Trudy levantó la vista y se encontró con la de la mujer. ¿Qué podía decirle? No tenía ni idea de cuánto tiempo tardaría en devolvérselo. Tendría que llevarlo al forense, y él tendría que examinarlo, e incluso mandarlo a analizar. Y si resultaba ser una prueba clave de un crimen, quizá nunca se lo devolverían.

Pero Trudy sabía que Glenda no estaba dispuesta a renunciar a él tan fácilmente.

—¿Qué tal mañana? —dijo Trudy, improvisando una mentira piadosa.

—Está bien —dijo Glenda, más tranquila—. Como te he dicho, no sé lo que es. No he mirado.

—¿Así que nunca lo ha sacado de la bolsa de plástico? —preguntó Trudy con brusquedad.

Cuando la mujer mayor negó con la cabeza de forma enérgica, sonrió aliviada. Eso era una buena noticia. Serían unas huellas menos de las que preocuparse.

—Después de lo que me dijo sobre... el asesinato... y esas cosas... He pasado la noche en vela, preocupada —siguió Glenda—. Espero... Espero... Que mi Dickie no corra ningún peligro —suplicó, nerviosa.

Trudy se acercó a ella y le puso una mano reconfortante en el hombro.

—No creo que su marido corra ningún peligro inminente a causa del asesino, señora Gordon —le dijo, cruzando mentalmente los dedos y deseando que fuera cierto—. Le prometo que haré todo lo posible para que usted y su familia no sufran por esto —añadió, agitando el sobre.

Una vez más, Trudy esperaba poder cumplir también aquella promesa. Pero era muy consciente de que, como agente de policía de bajo rango, sus opiniones no contarían para nada. Además, sospechaba que el inspector Jennings y sus superiores preferirían hacer la vista gorda y evitar que el nombre de Richard Gordon saliera a la luz.

Con una falsa seguridad que no sentía, condujo a la atribulada esposa hasta el vestíbulo exterior, donde Phil Monroe las miraba con gesto pensativo.

—A esa mujer no se la ve muy contenta —dijo él cuando Glenda se hubo marchado, no sin antes lanzar una última y nerviosa mirada por encima del hombro.

—No, para nada —asintió Trudy.

Tenía curiosidad por ver el contenido del sobre, aunque se contuvo. Debía esperar a que alguien con más autoridad lo examinara primero. Dudó un momento: ¿debía llevárselo al inspector Jennings o a Clement Ryder?

Pero enseguida se decidió. Confiaba más en el forense que en su jefe. Si se lo entregaba al inspector Jennings, él se lo arrebataría y la despacharía sin más, y quizá nunca sabría lo que ponía. En cambio, el doctor Ryder parecía apreciar sus opiniones, y a ella le gustaba sentirse útil y valorada.

A pesar de su intimidante inteligencia y de modales arrogantes, el quebrantahuesos empezaba a caerle bastante bien.

—Voy a Floyds Row —informó al sargento.

—De acuerdo. Pero no llegues tarde a la reunión vespertina —le dijo Phil con una sonrisa—. Ya sabes que a el inspector le gusta que se respeten los horarios —le advirtió.

—No te preocupes. Seré puntual —respondió Trudy con la misma amabilidad.

Phil Monroe sacudió la cabeza con asombro. Después de todo, estaba claro que la joven se llevaba bien con el forense. ¿Quién habría pensado que aquella pareja tan improbable haría un buen equipo?

31

Trudy no se lo pensó mucho y se hizo con una bicicleta del cobertizo de la policía. Estaba impaciente por enseñarle al doctor Ryder su hallazgo y no le apetecía recorrer ni siquiera la corta distancia a pie. Además, recordaba la advertencia del sargento y, si el contenido del sobre resultaba tan interesante como esperaba y el forense la retenía más de la cuenta, necesitaría esos minutos extra que le ahorraría el pedaleo para volver a tiempo al interrogatorio.

Sabía que el doctor Ryder no estaba en el tribunal aquella tarde, ya que había consultado su horario con antelación. A esas alturas, su secretaria estaba tan acostumbrada a verla aparecer que la dejó pasar sin molestarse siquiera en consultar su agenda o mirar interrogativa su apresurado y jovial saludo.

Trudy ignoraba que era una de las pocas personas que podían ver al eminente hombre sin cita previa.

Sin embargo, ajena de tal privilegio, entró apresurada en el despacho y se encontró a Clement sentado detrás de su mesa, con el ceño fruncido ante el informe de la autopsia de su último caso de la semana: la inesperada muerte de un reparador de televisores de treinta y dos años.

Alzó la vista cuando Trudy irrumpió en la estancia. Ella tenía las mejillas sonrojadas y respiraba con dificultad —había pedaleado hasta la extenuación en la bicicleta— y Clement sintió un fugaz atisbo de envidia al mirarla. ¿Cuánto tiempo hacía que no iba por la vida con tanto ímpetu? ¿O se había sentido tan emocionado que le brillaran los ojos como los de ella?

—Agente Loveday —dijo seco—. Supongo que traes algo interesante, ¿verdad?

—Sí, creo que sí —dijo Trudy vacilante, cuando un pensamiento repentino y horrible la asaltó. ¿Y si, después de todo, no había nada de interés en el sobre? ¿Y si Glenda solo había descubierto otro de los «secretitos» de su marido que no tenían nada que ver con su caso?

Le narró a grandes rasgos la visita de Glenda Gordon y lo que le había contado; después colocó el sobre encima del escritorio, entre los dos. Se sintió un poco ridícula actuando de ese modo, como si fuera un perro de caza orgulloso que le llevara a su amo un faisán abatido y lo depositara a sus pies.

Pero el rechazo que le produjo esa sensación se desvaneció al instante, en cuanto el forense se puso unos finos guantes de goma que sacó de un cajón del escritorio y extrajo la bolsa de plástico del sobre de papel marrón. Después, con sumo cuidado, la abrió y depositó la hoja de papel que había en su interior sobre la mesa.

Ansiosa, Trudy se colocó a su lado para poder leerla. Esta vez, advirtió con alivio que su aliento no olía a alcohol. No le hacía gracia pensar que el forense pudiera beber a deshoras. De alguna manera, eso podría hacer que dejara de tenerle respeto.

Y aquello la habría entristecido de verdad.

El pequeño trozo de papel rectangular era de color lavanda pálido y la fluida letra, en apariencia, femenina que lo cubría estaba escrita con tinta negra. Estaba fechado el 28 de julio de 1955 y el membrete llevaba impresa la dirección de Fleet-Wright.

El corazón de Trudy latió más deprisa al leer las pocas y sencillas líneas.

Lo siento, pero esto no puede seguir así. No tengo suficiente fuerza o coraje. Solo espero que mi familia pueda perdonarme. La vida, simplemente, ya no vale la pena.

Gisela

—Así que, después de todo, fue un suicidio —dijo Trudy, sin saber si sentirse decepcionada o eufórica por haber llegado por fin a la verdad del asunto.

Sin embargo, el doctor Ryder permaneció en silencio y sin decir nada. Releyó las pocas líneas varias veces, luego soltó un leve suspiro y volvió a guardar con cuidado el trozo de papel en la bolsa de plástico para pruebas.

Trudy lo observó, sintiéndose decepcionada. Sabía que no era un hombre muy dado a exhibir sus emociones, pero esperaba que esta vez fuera más expresivo. Que por lo menos mostrara algún tipo de reconocimiento. Al fin y al cabo, acababa de ponerle en bandeja la solución al caso, ¿no?

Pero debería haber sabido que no debía esperar halagos, pensó malhumorada. Tendría que acostumbrarse a que nada de lo que hiciera sería lo bastante bueno para sus superiores, ya fueran inspectores, sargentos o forenses.

Después, reprendiéndose por su autocompasión, se distrajo contándole lo que le había prometido a Glenda Gordon.

Como era de esperar, no lo aprobó y no tuvo reparos en hacérselo saber.

—No deberías haber hecho eso, agente. No hay manera de que la señora Gordon pueda tener esto de vuelta mañana —dijo Clement, agitando la carta en el aire—. Y tendrás que decírselo.

Qué típico, hacía algo mal y no dudaba en restregárselo por la cara. Trudy estaba que echaba humo, pero no podía decir lo que pensaba.

Asintió cabizbaja. No era una tarea que le hiciera mucha ilusión.

—¿Qué va a hacer con ella? —preguntó con curiosidad, señalando la carta con la cabeza—. Supongo que ya puede cerrar el caso. ¿Debo decírselo al inspector Jennings?

—Todavía no —dijo Clement, un poco cortante—. Solo te reasignará a algo inútil y estúpido, ¡no me cabe duda! Y no quiero perderte todavía. Me queda por atar algunos cabos sueltos.

—¿En serio? —preguntó Trudy, sintiéndose, de un modo absurdo, complacida, pero también desconcertada—. ¿Como qué?

—Para empezar, quiero que encuentres al testigo que identificó a Jonathan McGillicuddy. Sus datos estarán en el archivo, ¿no?

—Sí, deberían estar —respondió Trudy—. Pero ¿por qué?

—Quiero que investigues todo lo que puedas sobre él y le interrogues sobre ese día. Me intriga saber por qué creyó que era Jonathan quien asaltó al repartidor.

Trudy resopló. No veía qué relevancia tenía eso ahora, pero accedió. Cualquier cosa era mejor que patrullar por las heladas calles de invierno en busca de carteristas y ladrones de bolsos.

—De acuerdo —dijo Trudy, al tiempo que miraba su reloj—. ¿Algo más? Es que tengo que irme. ¿Le he contado que nuestro principal sospechoso, el guarda forestal del que le hablé, ya no parece tan evidente?

Estaba a punto de explicárselo, pero Clement la cortó con un vago gesto de la mano. Como ya le había visto más veces en ese trance, supuso que estaba absorto en algo y que era mejor dejarlo tranquilo.

Decepcionada por cómo había terminado el encuentro con el forense, regresó a la comisaría pedaleando en la bicicleta con el rostro aún sombrío.

Clement no dejaba de darle vueltas al asunto.

Había algo extraño en aquella nota de suicidio, y la joven Trudy, en cuanto hubiera tenido la oportunidad de pensarlo bien, llegaría con total seguridad a la misma conclusión. Con un pequeño suspiro, se levantó del escritorio y se dirigió hacia el archivador donde guardaba su maletín. Al hacerlo, sintió que el pie se le enganchaba en la alfombra frente a la ventana y tropezó ligeramente.

Bajó la mirada, preocupado por si había empezado a arrastrar los pies. Los observó mientras seguía caminando hacia el armario, y se convenció de que su paso era firme. Solo había sido un traspié, nada más. Cogió el maletín y lo abrió, buscando entre sus papeles hasta dar con lo que quería: la postal que Gisela había enviado a su amiga, y que él se había quedado cuando él y Trudy la habían interrogado la semana pasada. La experiencia le había enseñado a no despreciar ninguna prueba, por insignificante o irrelevante que pareciera en aquel momento. Porque nunca se sabía cuándo podían cobrar una importancia decisiva.

Miró la postal, pensativo, mientras volvía a su escritorio. Era la típica panorámica de la costa, y Gisela había escrito las acostumbradas palabras vacías que se decían en tales ocasiones. Pero lo importante no eran las palabras, sino la letra. Y aunque, al comparar los dos textos un minuto después, le parecieron idénticos, tuvo que reconocer que él no era experto en caligrafía.

Pero, después de todo, estaba en Oxford, y solo le llevó unos minutos hablar por teléfono con el complaciente Don, del St. Cross College, que dijo que estaría encantado de compararlas y dar su opinión experta de inmediato.

Al salir del despacho con las dos pruebas en la mano, el doctor Clement Ryder esgrimía una sonrisa, como la del zorro cuando olfatea su presa.

Mientras se dirigía al St. Cross College, se preguntó cómo le iría a la agente Loveday con la pequeña tarea que le había encomendado. Porque, a menos que estuviera muy equivocado —y casi nunca lo estaba—, localizar y hablar con el testigo del robo de las medicinas le iba a resultar bastante más interesante de lo que había imaginado.

Trudy se sentía cada vez más frustrada consigo misma al día siguiente. Le habían encomendado una tarea sencillísima que, con sus habilidades administrativas, debería haber hecho sin problemas. Sin embargo, no podía encontrar al señor Malcolm Finch por ninguna parte. Era como si hubiera desaparecido de la faz de la tierra.

En primer lugar, se dirigió a su última dirección conocida en Cowley, que él había facilitado en su declaración como testigo, pero la casera negó con rotundidad conocerle. Ante la amable sugerencia de Trudy de que podría haberlo olvidado, la señora se hinchó como un gato indignado y le dijo a Trudy que su memoria era excelente. Para demostrárselo, incluso buscó su libro de registro de julio de 1955 y se lo enseñó. En efecto, el nombre de Malcolm Finch no figuraba en ningún sitio.

La casera, triunfante por haber demostrado tener razón, la despidió con cajas destempladas, y Trudy se sintió un poco avergonzada y molesta.

Regresó a la comisaría, dispuesta a encontrar como fuera al señor Malcolm Finch. Pero mayor fue su sorpresa cuando descubrió que nunca había estado empleado en el lugar de trabajo que había indicado en su declaración oficial y que tampoco figuraba en ningún censo local. Tampoco estaba registrado en el censo electoral de la zona y no pudo encontrar ningún certificado de nacimiento que coincidiera con la fecha que había dado como su fecha de nacimiento.

En resumen, estaba bastante claro que el señor Malcolm Finch, como persona, no existía.

«¿Qué demonios está pasando?», se dijo Trudy, colgando el teléfono con rabia tras hablar con la compañía de agua. Tampoco ellos tenían constancia de que hubiera nadie con aquel nombre.

Trudy miró el reloj y sintió que la sospecha le roía el estómago. Eran las diez de la mañana y estaba segura de que el doctor Ryder le había tendido una trampa. Que la había mandado a una misión imposible, sabiendo o intuyendo lo que iba a descubrir. O más bien, lo que no iba a descubrir.

Con un nudo de rabia en la garganta, se sintió una idiota y salió de la comisaría en dirección a Floyds Row. Ya era hora de ajustar cuentas con el quebrantahuesos.

Sin embargo, cuando llegó al despacho, su indignación se desvaneció al instante. No tuvo tiempo de abrir la boca para reprocharle nada, porque él la recibió con una exclamación triunfal:

—¡Es falsa! —gritó, mostrando una sonrisa que Trudy nunca le había visto. El viejo forense parecía realmente feliz.

—¿Qué? —balbuceó Trudy, desconcertada.

Clement le enseñó el sobre de pruebas que ya conocía bien, con su cuadrado de papel lavanda.

—Esta supuesta nota de suicidio —se burló—. Es falsa. Gisela no la escribió.

Le contó de manera breve su visita al grafólogo de St. Cross, mientras Trudy se dejaba caer en la silla frente a él, con los ojos como platos y el pulso acelerado.

—Me dijo que no estaba seguro de que la hubiera escrito la misma persona, aunque la letra se pareciera a simple vista. Y también piensa que tiene similitudes naturales, lo cual es bastante curioso, ¿no crees? —dijo Clement.

Pero ella no captó la insinuación del forense, porque lo único que dijo fue:

—¡Entonces fue un asesinato, después de todo!

—No tiene por qué —murmuró él.

Trudy no respondió, solo le lanzó una mirada aguda y repentina. Empezaba a preocuparse de quedar en ridículo debido a sus comentarios. A medida que avanzaba el caso, se daba cuenta de que aquel hombre tan sobresaliente siempre iba un paso por delante de ella. Por lo que decidió no añadir nada si no estaba segura por completo de que lo que iba a decir fuera sensato. Después de todo, no quería quedarse para siempre en el papel del torpe doctor Watson que hace todo lo que le pide el ingenioso Sherlock Holmes.

Decidió partir de aquel último acontecimiento. Si la nota de suicidio era falsa, Gisela no la había escrito. Y si ella no la había escrito, entonces alguien más lo había hecho. Y si alguien lo había hecho, había sido para que su muerte pareciera un suicidio. Lo que solo dejaba el asesinato como única explicación, ¿no? O por lo menos eso era lo que le habían enseñado.

Sin embargo, el doctor Ryder no parecía pensar así. Su último comentario críptico parecía cuestionar esa posibilidad.

Durante un rato permaneció en silencio, sintiéndose vacía. Porque, por mucho que tergiversara los acontecimientos, seguía sin verlo, fuera lo que fuese. Y eso la hacía sentirse muy mal.

Clement, que la estudiaba desde su escritorio, tuvo que esforzarse para no romper a reír. Parecía tan desamparada y, al mismo tiempo, tan cargada de energía, como un corredor de relevos que está esperando a que le entreguen el testigo para echar a correr y cumplir con su cometido.

Estaba claro que había llegado el momento de sacar a la joven de su frustración y sus dudas, así que le dijo con firmeza:

—Ahora que has tenido tiempo de pensarlo, ¿te ha parecido extraño algo de la nota? No que fuera falsa... —añadió justo cuando ella parecía a punto de estallar de ira—, porque era imposible que lo supieras. Yo mismo no lo supe hasta que lo comprobó un experto. Quiero decir, ¿había algo en la nota que te llamara la atención?

Trudy suspiró y alzó la mirada hacia Clement.

—Sí. Anoche, mientras repasaba el caso en la cama, me di cuenta de que la nota era demasiado breve y poco elaborada. Ni siquiera era dramática. Gisela estudiaba Literatura Inglesa, ¿verdad? Esperaba que sus últimas palabras tuvieran más..., no sé. Profundidad, quizá. La nota, en cambio, es tan prosaica y vulgar... —dijo con cansancio.

Clement asintió. Sabía que la chica llegaría a esa conclusión. Era inteligente, aunque todavía le faltaba madurar y adquirir la experiencia que daban los años. Con el tiempo, podría ser una buena detective. Si su jefe lo advertía y le daba algo decente en lo que trabajar, claro.

—Sigue. Lo estás haciendo muy bien —la animó.

Trudy se enderezó ligeramente en la silla.

—Yo esperaba que la nota fuera un desahogo de sus sentimientos, una justificación de sus actos por la desesperación que sentía, o algo con más rabia y resentimiento. Que culpara de su destino a alguien, a su madre, a Jonathan, a quien fuera —dijo Trudy.

—Sí. Eso es lo que me llamó la atención a mí también —admitió Clement.

—¿Y por eso pensó que debía ser falsa?

Clement se encogió de hombros.

—No del todo. Algo así no tiene por qué ser concluyente —se apresuró a decir el forense—. Digamos que pensé que sería prudente averiguarlo de algún modo. Así que... —dijo con energía, contento de ver que ella había recuperado un poco de brillo en los ojos castaños oscuros—. Recapitulemos. Tu agente Gordon... —Trudy hizo una mueca de dolor al ser asociada con aquel policía encorvado, pero no dijo nada—... llega al lugar de los hechos y encuentra a una joven muerta en su cama. En la mesita de noche (o sobre la cama, o en algún lugar cercano), encuentra una nota de suicidio. También ve los frascos con la medicación e inmediatamente llega a la conclusión obvia. ¿Estás de acuerdo conmigo hasta ahora?

—Sí —asintió Trudy con cautela, intuyendo una trampa y regañándose al mismo tiempo por ser tan paranoica.

—Puede, incluso, que sienta un poco de lástima por la chica, o puede que ya esté tan hastiado que le importe un bledo —agregó Clement con indiferencia—. Pero, en cualquier caso, ve una oportunidad que podría cambiar su ruinosa vida.

Trudy volvió a hacer una mueca de dolor, aunque no dijo nada. Sabía que solo hacía falta un garbanzo podrido para echar a perder toda la olla. Pero seguía creyendo obstinadamente que la mayoría de sus compañeros policías eran honrados. Desde luego, el sargento lo era, y tampoco creía que el vanidoso de Rodney Broadstairs fuera tan tonto como para meterse en asuntos extraños.

—Se está acercando a la jubilación, solo le queda su pensión, y aquí está —continuó Clement— en esta casa grande y lujosa, con sus ricos ocupantes, y una niña consentida que lo ha tenido todo en la vida y que, aun así, no lo ha valorado, hasta el punto de que ha decidido acabar con su vida. ¿Por qué no va a aprovechar la ocasión? —Clement se reclinó en la silla, imaginándose la escena—. Es un agente de servicio que conoce la zona, así que sabe qué tipo de gente vive allí, o al menos sabe que son ricos y que, además, son católicos. Y como tales, no les hará ninguna gracia que se sepa que su preciosa hija se ha suicidado. Así que se guarda las pruebas del suicidio y, cuando llega el momento..., se acerca al padre.

—¿Al padre? —preguntó Trudy bruscamente—. ¿No a la madre?

—No, no —dijo Clement con firmeza—. El poder y el dinero son cosa de hombres... —Sonrió de un modo siniestro—. Así que... se acerca al padre afectado y le enseña la nota de suicidio. Y como son dos hombres razonables que ya han vivido cada uno lo suyo, llegan a un acuerdo civilizado. No hay necesidad de que un suceso trágico se convierta en un escándalo aún peor, ¿verdad? La pobre chica solo se equivocó con las pastillas...

—Y más tarde, cuando el agente Gordon se jubila, se compra su propia casa y se dedica a trabajar tres noches a la semana por el doble del sueldo habitual en el almacén del señor Fleet-Wright —añadió Trudy con amargura—. ¡Qué bonito todo!

—Excepto que Gisela no escribió la nota de suicidio —dijo Clement.

Trudy negó con la cabeza.

—No, no la escribió —admitió con un suspiro.

Pero se mordió la lengua para no preguntarle quién creía que lo había hecho, porque ella no tenía ni idea. Sin embargo, suponía que los candidatos tenían que ser pocos. ¿Jonathan McGillicuddy o algún miembro de la familia de Gisela? ¿O un despiadado asesino demasiado inteligente del que Trudy, siendo tan ingenua, ni siquiera había empezado a sospechar?

—¿Qué hacemos ahora? —preguntó.

—Vamos a hablar con la persona que la escribió, por supuesto —respondió Clement.

Trudy frunció la boca y lo miró inquisitiva. Siempre lo había sabido. Solo él podía tener la respuesta.

—¿Y quién podría ser? —preguntó con fingida inocencia.

32

Mavis McGillicuddy se quedó de piedra al recordar dónde había visto antes a aquella mujer. La misma que se había acercado a su puerta justo después de que le arrebataran a su hijo, pero que no se había atrevido a llamar.

Estaba sentada a la mesa de la cocina, zurciendo los calcetines del colegio de Marie, cuando el recuerdo le vino a la cabeza. La había visto, hacía muchos años, un día en que el sol brillaba con fuerza. Hablaba con Jonathan en el cobertizo de su pequeño jardín trasero.

Tenía pinta de ser una de las clientas de su hijo, y con total seguridad le estaría pidiendo consejo sobre jardinería. Era una cosa tan simple e irrelevante, pero su subconsciente había guardado aquella imagen y ahora, tras varios días dándole vueltas, había aparecido como de la nada.

Algo estéril, se dijo Mavis, porque seguro que no tenía ninguna importancia.

Mavis suspiró y clavó la aguja de manera mecánica en el calcetín blanco. Tal vez, como clienta habitual de Jonathan, había ido a darle el pésame, pero en el último momento no había querido importunar. A veces la gente era muy considerada.

Con ese pequeño misterio resuelto, Mavis continuó zurciendo los calcetines de su nieta, fingiendo que todo se arreglaría pronto.

Era la única forma que tenía de pasar el día.

Clive Greaves estaba sentado en su desvencijado cobertizo en el bosque de la finca de su patrón, desplumando palomas con tranquilidad. Sabía que los policías tendrían que ceder tarde o temprano, siempre y cuando mantuviera la cabeza baja y la boca cerrada.

Por suerte, aún tenía su trabajo.

Y a los faisanes les daba igual su cara.

Beatrice Fleet-Wright estaba arrancando las hojas marchitas de una flor de Pascua del invernadero cuando los vio subir por el sendero del jardín. El atractivo e inteligente forense y la hermosa y joven agente de policía.

Así que habían vuelto. Otra vez.

El corazón se le subió a la garganta al preguntarse qué querrían ahora. Esperaba que tras la última conversación ya no regresaran más, pero en el fondo sabía que no iba a ser así. Se dirigió a la puerta principal, consciente de que tenía las palmas de las manos húmedas. Nerviosa, se las secó en la falda de estambre gris mientras abría la puerta al oír que llamaban.

Sonrió, sintiendo como si su rostro fuera a resquebrajarse mientras los conducía de vuelta a la sala principal. Esta vez se acordó de preguntarles si querían té, pero ambos lo rechazaron.

—Señora Fleet-Wright —empezó Clement, metiendo la mano en el bolsillo interior de su abrigo y sacando la bolsa de plástico donde se encontraba el trozo de papel color lavanda.

Sus ojos se clavaron en él y su boca se secó por completo. Lo reconoció de inmediato, por supuesto. Pero ¿cómo...? ¿Cómo podía ser?

—Esta es una nota de suicidio, firmada por Gisela, que estaba, hasta hace poco, en posesión del agente Gordon —explicó Clement con lentitud y claridad—. Fue el primer policía que llegó al lugar de los hechos y se llevó esta nota como prueba. Creemos que la cogió de la habitación de su hija y la utilizó para chantajear a su marido y obligarlo a darle una gran suma de dinero. Y creemos también que ha seguido extorsionando a su marido, de forma periódica, cobrando un sueldo desproporcionado. —Hizo una pausa y la miró fijamente—. Pero usted era consciente de todo esto —afirmó más que preguntó, sin dejarle margen para negarlo.

Tras un momento de frenética reflexión, Beatrice se dio cuenta de que sería inútil hacerlo. En lugar de eso, se miró las manos y dijo en un hilo de voz:

—Sí.

La mente le iba a mil por hora. ¿Cuánto sabían realmente? ¿Y cuánto podía ocultarles todavía?

—De hecho, usted sabía que su hija se había suicidado desde el principio —continuó con calma.

Trudy, sentada junto a Clement, escuchaba con atención, maravillada. Sentía que el corazón le latía con fuerza. También se sentía un poco enferma. Algo trascendental iba a ocurrir, lo sabía, casi podía sentirlo y saborearlo. La culminación de todo su duro trabajo e investigación estaba a punto de dar sus frutos. Casi le daba miedo respirar.

—Sí —respondió Beatrice a su pregunta, en un tono frío y casi desinteresado.

—Y su marido la convenció para que mintiera sobre ese día...

—Pensé que debía hacerlo.

—... y que dijera que usted podría haber sido la responsable, de forma accidental, de que su hija tomara más pastillas, o que por una desafortunada falta de comunicación se dieron las circunstancias para que su hija consumiera una dosis fatal de su medicación.

—Es lo que pasó, después de todo.

—¿Pero sabía que no era cierto?

—¿Quién puede decir lo que es verdad y lo que no?

—¿Le importaría decirnos lo que realmente sucedió ese día? —preguntó Clement con determinación.

Beatrice parpadeó y cogió aire. Si tenía cuidado, si tenía mucho cuidado, tal vez podría poner fin a aquel interrogatorio en aquel mismo instante. Mientras aquel hombre insistente y aterrador pensara que había descubierto la verdad, tal vez los dejaría en paz. Todo lo que tenía que hacer era mantener la cabeza fría y no decir nada que no supieran ya. Y, por supuesto, mantener la horrible y triste verdad enterrada para siempre.

—La mayor parte de lo que dije era cierto —insistió ella, casi en un susurro—. Recuerdo que era un bonito día de verano, acababan de empezar las vacaciones escolares y los dos niños estaban en casa. Tenía que ir a una reunión benéfica, pero cambié de idea en el último momento. No me apetecía. Gisela había estado muy rara todo el día, más tensa y nerviosa de lo normal.

Hizo una pausa y se miró las manos en el regazo.

—Hacia las tres subí a su habitación para ver cómo se encontraba. Al principio pensé que estaba durmiendo. Y entonces vi... Vi que sus frascos de pastillas estaban abiertos y que algunas estaban por el suelo. Fui a la cama y la sacudí, pero mientras lo hacía, supe... Estaba tan quieta. Tan pálida. Tan... en otra parte. Me senté a su lado. No respiraba... Sabía que era demasiado tarde.

Trudy sintió un nudo en la garganta.

—Mi pobre y adorable hija enferma... —sollozó Beatrice—. Y entonces lo vi. —Señaló con la cabeza el trozo de papel lavanda que Clement aún sostenía en la mano.

—Lo leí y no pude... No pude... Bajé corriendo y llamé a mi marido. Me dijo que llamara a nuestro médico. Y cuando vino, llamó a la policía.

—¿Vio él la nota? —preguntó Trudy, intervinía por primera vez.

Beatrice parecía un poco desconcertada. Su mente se agitó. ¿Qué debía responder? ¿Era aquello importante? ¿Qué era más creíble?

—No estoy segura —respondió al final, arriesgándose—. Si lo hizo, nunca me dijo nada.

Clement sonrió malhumorado. «Bien hecho, agente Loveday —pensó—. Eso sí que es un bautismo de fuego».

—De todos modos, vino el policía —continuó Beatrice rápidamente—. Yo estaba... como en una nube. En algún momento, vinieron y se llevaron a mi encantadora Gisela. Entonces mi marido me habló de los vecinos, de nuestro cura, del escándalo que sería... Y por supuesto, una vez que todo se asentó, estuve de acuerdo con él —se apresuró a decir Beatrice. Cuanto más rápido contara todo, antes se irían—. No podíamos permitir que se extendiera por ahí que Gisela se había suicidado. Era un pecado mortal. La Iglesia no nos habría permitido... enterrarla...

Por un momento pareció que la mujer iba a romper a llorar, pero se contuvo a tiempo. Sus hombros se tensaron y enderezó la espalda. Miró absorta por la ventana y esbozó una pequeña sonrisa trémula.

—Así que acepté decir lo que al final dije —concluyó ella.

—¿Aunque ello significara que usted asumiría la culpa de algo que no había hecho? —preguntó Trudy procurando mostrar tacto—. En un juicio público, sabiendo que todo el mundo se quedaría con la idea de que usted había matado a su hija...

—Sí.

—Pero debió de imaginar que sería vilipendiada. ¿O compadecida? —dijo Trudy. Para una mujer como ella, que anteponía la respetabilidad a todo lo demás, debió de ser un sacrificio enorme. Trudy no pudo evitar admirarla por ello.

Beatrice se encogió de hombros con fatalismo.

—Mejor eso a que hablaran de Gisela como si fuera... —Su voz se quebró—. Mi hija era así, ¿no lo ve? —dijo con repentina vehemencia—. No podía evitarlo. Su cabeza estaba... Tenía que protegerla. Yo era su madre.

Clement asintió.

—Sí, lo entiendo —dijo con suavidad.

Beatrice se volvió hacia él con impaciencia.

—Entonces, ¿me entiende? —preguntó.

—Sí, creo que sí —afirmó Clement—. Tenía que proteger a su hija de sí misma.

—¡Exacto!

—Porque ella no era responsable de sus acciones.

—¡Sí! Usted y yo somos normales. Nuestros cerebros son normales, pensamos racionalmente. —Beatrice defendió su causa con pasión, inclinándose un poco hacia delante en la silla, con los ojos fijos con ardiente intensidad en Clement Ryder—. Tenemos controles y medidas, tenemos una buena conciencia que funciona. Pensamos con la cabeza despejada y vemos las cosas como de verdad son —prosiguió—. Pero Gisela no era así. Estaba enferma. Usted es médico..., ¿lo entiende?

Clement afirmó esta vez con la cabeza.

—Por eso hizo lo que hizo, después de encontrarla muerta.

—Sí, yo... ¿Qué quiere decir? —preguntó Beatrice bruscamente—. No hice nada después de encontrarla muerta. Ya se lo he dicho. Solo me senté a su lado y lloré.

—Oh, no, señora Fleet-Wright —dijo Clement, con la voz un poco más dura ahora—. Puede que se sentara a su lado y llorara. Pero eso fue solo al principio. Por lo que vio en la habitación de su hija aquel día, cuando la encontró muerta y vio lo que había hecho, tuvo mucho que ocultar, ¿verdad?

Beatrice y Trudy observaban al forense con atención. Y mientras lo hacían, ninguna de las dos se percató de que la puerta del salón se abría sigilosamente. Solo Clement lo advirtió y se sobresaltó un momento.

Luego, al ver que la puerta solo se entreabría, Clement decidió seguir hablando. Aun así, se mantuvo alerta, su agudo cerebro sopesando y evaluando todas las posibilidades.

—Creo que ya es hora de que nos diga la verdad, señora Fleet-Wright —dijo con firmeza y con el volumen más alto que antes—. Empecemos por esto, ¿de acuerdo? —Agitó la bolsa que contenía el trozo de papel lavanda—. Porque esto lo ha escrito usted, ¿verdad? El grafólogo que confirmó que era una falsificación dijo que era un buen trabajo. De hecho, llegó a decir que la letra de Gisela y la del falsificador tenían mucho en común. Como era de esperar, habida cuenta de que usted debió de enseñarla a escribir.

Beatrice lo miró impotente. Tras un largo y tenso momento, Trudy vio que los hombros de la mujer se hundían en señal de derrota.

—Sí, la escribí yo —dijo Beatrice.

Por un instante, pareció que la esperanza brillaba en sus ojos, y Trudy casi pudo ver cómo su cerebro trabajaba a toda velocidad. ¿Podría inventarse una mentira? ¿Podría salvar algo del desastre?

Sin embargo, Beatrice pudo observar con total claridad en la expresión de los ojos de Clement Ryder, al igual que Trudy, que sería inútil.

—Ya lo sabe, ¿verdad? —susurró Beatrice, ya sin rastro de esperanza.

—Puedo adivinarlo —dijo Clement—. Ella quería que lo atraparan, ¿no? —dijo simplemente—. Y usted no podía permitirlo.

Trudy sintió que se le desencajaba la mandíbula.

¿Qué? ¿Quién? ¿¡Que lo atraparan!?

33

Rex empezó a bajar las escaleras con sigilo al oír la voz de su madre en el vestíbulo. Había sido el excesivo tono cortés que empleaba lo que le había llamado la atención, lo cual denotaba que en realidad estaba más bien incómoda y nerviosa. Cuando llegó al salón, pudo adivinar quiénes eran los visitantes. La misma pareja que había ido otras veces: el entrometido forense y su guapa compañera de la policía.

Tenerlos de nuevo en casa lo hizo sonreír.

Una vez en el vestíbulo, y apoyando con cuidado la oreja contra la puerta del salón, pudo captar más o menos la mitad de lo que decían. Pero a medida que la conversación iba haciéndose más interesante y emocionante, se frustró al perderse fragmentos clave y se arriesgó a abrir un poco la puerta.

Rex se alegró, porque ahora podía apreciar mejor cómo el astuto forense de pelo plateado estaba interrogando a su madre. Le pareció impresionante la forma en que la presionaba para que no se saliese con la suya empleando sus trucos habituales. No había muchos hombres que consiguieran ganarle la partida a su madre; su padre no era uno de ellos. De hecho, Rex estaba seguro de que su querido padre no estaba al tanto de lo que ocurría bajo su propio techo.

Ahora, al oír la última y escalofriante acusación que le heló la sangre, sintió que se le cortaba la respiración. Aunque quería irrumpir y decirle al viejo que se guardara para sí sus sucias opiniones sobre Gisela, otra parte de él no pudo evitar sentirse eufórico, y una amplia sonrisa se le dibujó en el rostro. Por fin. Después de todas las mentiras y los insufribles años de aburrimiento y tedio sin su hermana, las cosas volvían a animarse. Toda aquella falsedad estaba a punto de derrumbarse a la vista de todos, ¡y las consecuencias iban a ser antológicas!

«Ojalá Gisela estuviera aquí para disfrutar del espectáculo», pensó.

Se cubrió la boca con la mano para evitar las risas de felicidad que le brotaban del interior y escuchó con atención lo que decían.

¿Cómo reaccionaría su querida madre al último ataque del forense?

En el salón, todo había quedado en un silencio sobrecogedor.

Beatrice abrió la boca y volvió a cerrarla, como un pez boqueando fuera del agua. Trudy se sintió igual, y entonces se preguntó, con horror y desesperación, si Clement Ryder no estaría borracho.

Era lo único que se le ocurría que pudiera explicar su última extravagante declaración.

—Yo no... Yo no... —tartamudeó Beatrice sin poder evitarlo.

Clement, al ver que Trudy la observaba con los ojos muy abiertos, le lanzó una breve y severa mirada que le dijo con claridad que se quedara quieta y no dijera nada.

Sentada y callada, Trudy le devolvió la mirada.

—Vamos, señora Fleet-Wright, no somos estúpidos, ¿sabe? —la reprendió Clement con impaciencia—. Y tengo que decirle que la agente Loveday y yo no estábamos centrados solo en el asesinato de Jonathan McGillicuddy, como la hemos hecho creer. También hemos estado revisando el caso de su hija. Y en el curso de nuestras investigaciones, hemos descubierto muchos datos esclarecedores que, si se hubieran puesto en conocimiento en los procedimientos originales del tribunal forense, habrían dado lugar a un veredicto muy diferente.

Beatrice se había puesto tan pálida que empezaba a parecer etérea.

—Así que empecemos de nuevo, ¿de acuerdo? Y esta vez sin mentiras —sugirió Clement, mientras sus ojos se dirigían desconfiados a la puerta que se había abierto. ¿Habría sido una corriente de aire? ¿O acaso alguien la había abierto con sigilo y se había quedado escuchando a hurtadillas?—. Cuando encontró a su hija aquella tarde, estaba claro que se había quitado la vida. Había dejado muchas pruebas en ese sentido, ¿verdad? De hecho, demasiadas. —Clement hablaba con firmeza y seguridad, como si tuviera preparado su discurso desde el principio—. Veamos..., sabemos que debió dejar ciertos frascos de pastillas en algún lugar fácil de encontrar. ¿Frascos que no deberían haber estado allí?

Trudy parpadeó. ¿Se refería a las medicinas robadas? Pero...

—Y luego estaba su diario. Sabemos que tenía uno. Estoy seguro de que habría sido una lectura muy interesante, ¿verdad?

Beatrice bajó la cabeza y se cubrió el rostro con las manos. Un sollozo ahogado se le escapó.

—Luego estaba el curioso hecho de que no había dejado ninguna nota de suicidio, como casi siempre hacen las jóvenes que se suicidan. Y desde luego no esa mediocre fantasía suya —dijo Clement, señalando con desdén la carta de color lavanda que había sobre la mesa.

Beatrice levantó la vista y respiró de un modo entrecortado. Lo sabían. De algún modo, aquel hombre horrible lo había descubierto todo.

—Sí —dijo ella con impotencia.

—¿Sí qué, señora Fleet-Wright? —dijo Clement, indicándole a Trudy que empezara a tomar notas.

Nerviosa, pero organizándose con rapidez, la agente sacó una libreta y un bolígrafo.

Beatrice se reclinó en la silla y dejó que las manos se apoyaran en los reposabrazos. No creía tener fuerzas para levantarlas ni un centímetro. Se sentía agotada, como si hubiera perdido toda la masa muscular. Y, de alguna extraña y curiosa manera, también aliviada. Era como si una pesada carga se le hubiera desvanecido de los hombros.

En realidad, tan solo había saltado de un mundo en el que todo era trascendental y cada cosa debía medirse con cuidado a otro distinto en el que nada importaba en absoluto.

—Oh, sí a todo —aceptó cansada—. Cuando la encontré, las pastillas estaban allí, pero no eran su receta habitual. El nombre del frasco ni siquiera era el suyo. No podía entenderlo. Y el diario estaba allí, a la vista de todos... Eso fue lo primero que me llamó la atención. —Beatrice frunció un poco el ceño, mirando un jarrón de hierbas secas sobre la mesa baja—. Gisela era muy paranoica con su diario. Tenía uno de esos bonitos marcos de latón con un candado en forma de corazón. Siempre había insistido en que era privado y que nadie debía leerlo.

Beatrice esbozó una sonrisa tan amarga que Trudy sintió escalofríos.

—Ahora, por supuesto, sé por qué.

—¿Lo leyó usted aquella tarde? —la presionó Clement esta vez con más suavidad.

—Sí. No todo, era demasiado largo y detallado. Pero lo suficiente para entenderlo. Al principio, cuando lo cogí y decidí leerlo, fue porque quería saber... por qué... había hecho algo así. Y si había alguna pista que yo hubiera pasado por alto o algo que debiera haber visto... cualquier cosa que pudiera haber hecho para evitarlo todo. Esperaba leer que había estado perdiendo constantemente su lucha contra la depresión que la había atormentado toda su vida. O, tal vez, descubrir cuál fue la gota que colmó el vaso... En cambio..., en cambio... —Pero Beatrice no podía continuar.

—En cambio leyó un relato muy cuidadoso, astuto y frío sobre cómo había llegado a sospechar que su expareja quería matarla —terminó Clement por ella en voz baja.

Trudy, que estaba anotando todo en su libreta con una caligrafía impecable, se detuvo y levantó la cabeza para mirar al forense con asombro.

Beatrice se limitó a sacudir la cabeza, no tanto para negar

sus palabras como para indicar que seguía siendo incapaz de entenderlas.

—Fue horrible. Más horrible porque sabía que nada de eso podía ser cierto. Al principio, cuando empecé a leerlo, pensé que... quizá... era verdad. Que por alguna razón Jonathan nos había engañado a todos. Pero entonces... leí partes donde ella decía que Jonathan había hecho algo, y yo sabía que no. O ella daba detalles de una conversación que habían tenido, cuando yo sabía que Jonathan ni siquiera había estado en los jardines ese día. Y otras cosas..., cosas imposibles. Oh, no quiero entrar en todo eso —dijo Beatrice con un gesto de disgusto.

Clement sabía que en algún momento tendría que hacerlo, pero por ahora no quería presionarla demasiado. No cuando por fin empezaba a admitir la verdad.

—Imagino que en algún momento —reflexionó— debió decir algo sobre que, si la encontraban muerta, la policía debía sospechar de Jonathan McGillicuddy como posible culpable.

Beatrice gimió.

—¿Quiere decir que se suicidó solo para que pareciera que la habían asesinado? ¿Como si Jonathan la hubiera asesinado? —preguntó Trudy mirando atónita a Clement en busca de confirmación, y él se la dio con un seco movimiento de cabeza—. ¿Estaba tan obsesionada con él que estaba dispuesta a morir para hacerlo sufrir? ¿Tan vengativa era? Pero ¿cómo creía que podía salirse con la suya? —continuó Trudy, incrédula.

—Imagínate cómo habrían sido las cosas si su madre no hubiera tomado cartas en el asunto —dijo Clement sombríamente—. La policía habría encontrado a una joven muerta por sobredosis, pero sin nota de suicidio. Habrían leído su diario, un documento sin duda muy convincente, que describía su sospecha de que McGillicuddy la quería muerta. No olvidemos que sabemos que Gisela era una joven muy inteligente. No le habría sido difícil pintar un cuadro que resultaría bastante creíble. En su nueva versión de los hechos, Jonathan estaba obsesionada con ella. Gisela había sido la que había roto la relación con él, y no al revés, como iba diciendo Jonathan a los cuatro vientos. Ella le habría dejado conservar su orgullo siguiéndole la corriente, con la vana esperanza de que eso le apaciguara. Pero no había sido así y su amargura y su rabia habían crecido con el tiempo, hasta el punto de que había empezado a odiarla... ¿Tengo razón, señora Fleet-Wright? —De pronto le lanzó la pregunta a Beatrice, que se limitó a asentir con impotencia.

—Sí. Fue más o menos así. Ella escribió que él había empezado a seguirla, a amenazarla con lo que haría si no volvía con él. Decía que le había enviado amenazas de muerte que ella había destruido porque no quería que yo, su madre, las encontrara y me enfadara.

Beatrice suspiró con pesadumbre.

—Pero nada de eso ocurrió. Siempre he sido la primera en recibir el correo y clasificarlo. No había cartas para ella. Y yo estaba acostumbrada a vigilarla, a controlarla para asegurarme de que estuviera bien. Era imposible que Jonathan hubiera hecho alguna de las cosas que ella decía que había hecho y que yo no lo supiera.

Clement asintió.

—Pero habría sido difícil convencer a la policía de ello —reflexionó él—. Sobre todo, si hubieran tenido en cuenta las pruebas de los frascos de pastillas.

—Cuando leí el diario..., cuando tuve tiempo de asimilarlo... Todavía estaba en estado de *shock*. Pero lo cierto era que no podía creer... Pensé que solo había estado enferma, que todo el diario era una fantasía de su propia creación. Pero entonces recordé que los frascos de pastillas en su mesita de noche eran diferentes. Que no eran los suyos —dijo Beatrice con voz temblorosa.

—No. Porque se las habían robado unos días antes al repartidor de una farmacia —dijo Clement con rotundidad—. Sin duda alguien a quien ella había pagado de forma muy generosa para que lo hiciera. El robo iba a ser lo que incriminara de manera irremediable a Jonathan.

El bolígrafo de Trudy voló sobre el papel. Pero, incluso mientras anotaba cada palabra, se preguntaba: ¿cómo iban a poder probar todo aquello?

—También pagaría a otra persona para que ofreciera un falso testimonio —continuó Clement—, afirmando haber visto a Jonathan McGillicuddy cometer el robo. Y no le sorprenderá oír que no encontramos a ese testigo por ninguna parte, ya que dio un nombre, una dirección y un lugar de trabajo falsos.

Sí, pensó Trudy con tristeza. Sin duda, Gisela le habría pagado mucho dinero para que testificara contra Jonathan en el posible juicio por asesinato que habría después. Pero había confiado demasiado en la palabra dada por un maleante, algo que quizá no era de extrañar en alguien que vivía en un mundo de fantasía.

Quizá ella pensara que, tras su muerte, él cumpliría con el acuerdo al que habían llegado, pero en realidad, fuera quien fuera ese Finch, nunca había tenido la intención de jugarse el tipo y cometer perjurio ante un tribunal en un juicio por asesinato. Por eso había huido después de dar su primera declaración a la policía.

Beatriz alzó el rostro entre las manos y movió la cabeza.

—No conozco todos los detalles —dijo sin encontrar otra respuesta—. Pero no me sorprende.

—Ya. —Clement se frotó la barbilla y continuó—: Su hija no habría dejado nada al azar. Estaba haciendo el mayor de los sacrificios, el más definitivo, dramático e irrevocable de todos. Iba a morir. Y quería arrastrarlo con ella. De eso se trataba. Él la había despreciado, y por eso tenía que sufrir y pagar.

El tono de condena en su voz heló a las dos mujeres, y gruesas lágrimas rodaron por fin por las mejillas de Beatriz Fleet-Wright.

—Tiene que comprenderlo. Gisela quedó hecha pedazos cuando Jonathan la abandonó. Lo amaba de verdad. Y lo amaba con desesperación. Estaba totalmente entregada, en cuerpo y alma, de una forma espantosa. Era una obsesión fatal... Sus emociones no eran como las nuestras, eran intensas, lo devoraban todo. Su posterior desesperación y rabia también la devoraban. La vi cada vez más angustiada, cada vez más incrédula, cada vez más furiosa, a medida que la verdad se iba abriendo paso en su interior durante los meses de verano. La había dejado y no iba a volver. Ella no podía creerlo. Ella simplemente... no podía... aceptarlo —afirmó Beatriz suspirando y sacudiendo la cabeza—. Es inútil, ¿verdad? No puedo esperar que lo entienda. O que me perdone —murmuró desolada.

—Pero usted lo entendió. Y la perdonó —dijo Clement en voz baja—. Porque era su madre, tenía que salvarla. Así que destruyó el diario y le quitó las pastillas. Falsificó su nota de suicidio. De hecho, se aseguró de que no hiciera más daño del que ya había hecho.

Beatrice empezó a llorar en silencio, y a Trudy se le hizo un nudo en la garganta.

—Hace que parezca tan sencillo..., pero no lo fue —confesó entre sollozos la mujer—. ¿No lo entiende? Somos una familia católica. Y el suicidio es una atrocidad para nosotros, que va en contra de todas nuestras creencias. Sin embargo, tuve que revelar que Gisela se había quitado la vida. Fue una traición más hacia ella. Fue todo tan terrible. Me sentí tan culpable.

—Deben de haber sido las peores horas de su vida —dijo Clement con compasión—. Primero encuentra a su querida hija muerta. A pesar de cuidarla durante toda su vida, de todos sus esfuerzos, al final ella se dejó vencer. Y luego, como si ese *shock* no fuera suficiente, lee su diario y comprende qué destino le había reservado a Jonathan. Porque no le quepa duda a usted que cualquier jurado al que se le presentara un diario con los miedos y las sospechas de la víctima, junto con las pruebas de las drogas robadas, lo habría sentenciado a la horca. Supongo que se aseguró de que no tuviera coartada para aquella tarde —añadió como una ocurrencia tardía.

—Sí —dijo Beatrice con un suspiro—. Más tarde, Jonathan me contó que, el día que ella murió, él estaba trabajando solo en una casa cuyos propietarios estaban en Corfú de vacaciones. Así que no tuvo testigos. Algo que Gisela podría haber averiguado fácilmente. Sabía que a veces ella lo vigilaba. Seguía sus movimientos.

De hecho, ella había sido la que lo había acosado en otras ocasiones, y no al contrario, pensó Trudy con tristeza.

—Lo más probable fuera que pensara que había logrado controlar la situación —dijo Clement con delicadeza—. Se había librado de todas las pruebas incriminatorias y falsas y había falsificado con habilidad una nota de suicidio. De hecho, había preparado un escenario limpio que no ofrecía dudas. Una joven con un historial de enfermedad mental se quita la vida. Y ya está. Todo saldría como debía ser, y entonces podrían empezar a rehacer sus vidas. Sería duro, pero posible. Pero entonces aparece el codicioso agente Gordon y lo arruina todo llevándose la nota. Debiste sentir auténtico pánico.

Beatrice soltó una risa.

—Al principio no se me ocurría qué había salido mal. Nuestro médico no parecía haberse dado cuenta de la nota, pero yo sabía que la policía la encontraría. Después de que se llevaran a... Gisela de casa, esperé y esperé. Pensé que en cualquier momento alguien me diría que se había suicidado y que habían encontrado la nota. En lugar de eso, mi marido me llamó a su estudio y me dijo que lo había arreglado todo. Que diríamos que todo había sido un accidente... —Beatrice volvió a ahogar una risa—. O algo así. —Se encogió de hombros con fatalismo—. Pero todo esto ya no importa, ¿no? —preguntó sin esperar respuesta—. Después de haber tenido la oportunidad de reponerme de ese último golpe y pensar en ello, me di cuenta de que en realidad no importaba si presentábamos la muerte de Gisela como un suicidio o un accidente. Lo único que importaba era que la verdad nunca saliera a la luz.

—Hábleme del día en que tuvo que darle a Jonathan una coartada para el robo —preguntó Clement con rapidez, consciente de que la mujer estaba sufriendo de forma innecesaria al pensar que de nada había servido todo el esfuerzo por mantener la verdad oculta.

Agradecida por el cambio de tema, Beatrice inspiró hondo y dijo:

—Al día siguiente de la muerte de Gisela, me di cuenta de que tenía que contarle a Jonathan todo lo que había averiguado. Hubiera preferido mantenerlo en secreto, pero cuanto más lo pensaba más me daba cuenta de que él también debía saberlo, por si seguía en peligro después de todo. No podía estar segura de que Gisela no hubiera ideado alguna treta más. Y si algo más salía a la luz que arrojara sospechas sobre él, debía ser advertido con antelación. Realmente no quería hacerlo, estoy segura de que lo comprenderá —dijo Beatrice, casi riendo—. Quería que su recuerdo permaneciera... Pero... Supongo que aquellos frascos de pastillas me preocupaban. Me parecían una bomba de relojería a punto de estallar. Resultó que tenía buenas razones para estar preocupada. De todos modos, le llamé a su casa y le dije que tenía que reunirme con él. Quedamos en un pequeño *pub* cercano y le hablé de su diario y de lo que ponía.

—Supongo que Jonathan estaría muy preocupado —dijo Clement con sequedad.

—¡Por supuesto que lo estaba! Los dos lo estábamos. Quería ir a la policía, pero le convencí de que sería peor. Las cosas ya estaban muy complicadas. Además, como le dije, ir a la policía podría servir para levantar sospechas sobre él, mientras que, tal como había orquestado todo, no tenía nada que temer.

Beatrice movió la cabeza con disgusto.

—Le prometí que, si alguna vez ocurría o surgía algo, me aseguraría de que no sufriera por ello. Era lo menos que podía hacer por él. Y, claro, cuando llamó al día siguiente, lo primero que me dijo fue que estaba en la comisaría y que alguien le había situado en el escenario de un robo. Y que si podía ir allí y apoyar su cuartada diciendo que ese día había estado trabajando en mi jardín. —Beatrice se encogió de hombro—. No me quedó más remedio que hacerlo.

—Así que fuiste y diste una declaración falsa —dijo Clement.

Beatrice se quedó pensativa. Fue en ese momento, por primera vez, cuando se dio cuenta de lo culpable que era a los ojos de la ley, y de que podría ser procesada por todo lo que había hecho. Antes, siempre se había visto como una madre que protegía a su hija, y nunca había se le había pasado por la cabeza que estuviera cometiendo un delito. Sin embargo, ahora todas esas ideas se estaban desmontando por sí solas. ¿Qué pena le caería por perjurio? ¿Y era perjurio mentir por alguien que había sido acusado falsamente? Pero, entonces, se recordó con ironía, también había mentido bajo juramento en un tribunal forense.

Probablemente acabaría en la cárcel.

Jamás hubiera creído que algo así le pudiera suceder. Esas cosas no le pasaban a gente como ella, gente que había sido educada en la obediencia de las normas y las leyes. Ciudadanos respetables y normales. Y ahora... ¡sus vecinos verían cómo se la llevaban en un coche de policía! La verdad saldría a la luz. Reginald sabría lo que su hija había hecho. La vida de Rex se convertiría en una miseria. El escándalo...

Y, sin embargo, a Beatrice ya le daba igual todo. No sentía ninguna preocupación. Había sufrido tanto durante todo ese tiempo que era como si ya nada pudiera hacerle daño.

—¿Qué pasó después? ¿Tras hacer su declaración dándole a Jonathan su coartada y salir de la comisaría?

Las palabras del forense la sacaron de su ensimismamiento.

—¿Qué? Oh, solo fuimos al parque más cercano y hablamos de lo que había pasado. Y nos preguntamos si ella habría hecho algo más que pudiera demostrar su culpabilidad. Pero fue

Jonathan quien se dio cuenta —señaló Beatrice—. Dijo que Gisela querría demostrar, más allá de toda duda, que él estaba detrás del robo. Así que tal vez hubiera escondido el dinero o el resto de los medicamentos robados en algún lugar comprometedor, donde la policía podría encontrarlos. De modo que fuimos a su casa, con la intención de registrarla de arriba abajo. Pero cuando llegamos, Jonathan dijo que su madre estaba en casa todo el día, así que no creía que Gisela se hubiera arriesgado a intentar entrar. La habría visto o descubierto. A continuación, comprobó su furgoneta, y allí no había nada, lo cual hubiera sido difícil —dijo Beatrice, con la voz tan agotada que casi arrastraba las palabras—, ya que Gisela no tenía ninguna llave de la furgoneta. Entonces fuimos al cobertizo del jardín trasero de los McGillicuddy. Era el único lugar donde podíamos buscar.

—¿Y hubo suerte? —preguntó Clement.

—Sí. Encontramos todo en su caja de herramientas. El resto de medicamentos y algo de dinero. —Beatrice bajó la cabeza, recordando la vergüenza—. Fue tan amable conmigo entonces. Tenía todo el derecho a estar enfadado. A estar furioso, de hecho, después de lo que Gisela había pretendido hacer. Pero no lo estaba. Me dijo que se desharía de todo y que no diríamos nada al respecto.

—Y luego solo quedaba la investigación —dijo Clement con rotundidad—. Y las mentiras que ambos dijeron.

—Sí.

—Y eso fue todo. Gisela fue enterrada y Jonathan se salvó de la horca —dijo Trudy con asombro, sintiéndose casi tan agotada emocionalmente como Beatrice.

—¡Así fue! —exclamó una voz joven y sorprendentemente alta, irrumpiendo en la habitación y haciendo que todos se sobresaltaran cuando la puerta se abrió de golpe. La figura de Rex Fleet-Wright, con la cara roja y los ojos desorbitados, llenaba el vano de la puerta—. ¡Y eso nunca debió ocurrir! —gritó ante la cara de asombro de su madre—. ¡Gisela se merecía que él muriera!

34

—¡Rex! —exclamó Beatrice con los ojos desorbitados al ver a su hijo—. ¿Qué te ocurre?

Trudy se había levantado por instinto cuando el joven entró en la sala, pero Clement Ryder le hizo un gesto para que se sentara de nuevo y ella obedeció con cautela.

Rex Fleet-Wright no parecía darse cuenta de su presencia, pues solo tenía ojos para su madre. Era delgado y moreno, con unos ojos verdes muy vivos, y tenía un rostro anguloso que recordaba al de su hermana. Pero sus labios estaban fruncidos en una mueca de ira y se inclinaba sobre su madre de manera amenazadora. Su cara estaba roja y hablaba con tanta vehemencia que casi escupía al hablar.

—No tenías derecho a meterte donde no te llamaban. —Estaba tan furioso que le temblaban las manos.

Trudy comprendió entonces lo que significaba estar cegado por la rabia.

—¡Rex! —le gritó Beatrice.

—¿Por qué tenías que arruinarlo todo? —prosiguió él—. Sabía que algo pasaba el día que murió. Sabía que estabas tramando algo, pero pensé que solo... —Se interrumpió de golpe y se balanceó un poco.

Rex, vestido con unos pantalones negros y un jersey de punto color crema, se puso lívido y se apoyó en la silla de su madre.

—Si hubiera sabido lo que ella quería...

—¿Por qué no nos hablas del día en que murió tu hermana, Rex? —intervino Clement con suavidad—. Estabas aquí en casa ese día, ¿verdad?

La pregunta pareció devolverle al presente y Rex miró al forense con desdén.

—Sí, estuve aquí —admitió con una sonrisa sombría—. Mamá creía que había salido a jugar con mis amigos. Pero no fue así.

—¿Tienes muchos amigos, Rex? —preguntó Clement con curiosidad, observando con atención al joven.

El chico respiraba con dificultad y estaba claro que luchaba por contener las emociones intensas que debía de sentir. Parecía que el mismo mal que había perseguido a su hermana había encontrado otra víctima a la que atormentar.

¿Acaso era hereditario?

Su madre se removió inquieta en la silla, presintiendo que lo peor aún no había pasado, pero sin saber dónde estaba el peligro. Aun así, intentó proteger a su hijo.

—Rex —le advirtió en voz baja, pero él se apartó con brusquedad de ella y se tiró sobre una silla cerca de la ventana, desde donde podía observar a todos los ocupantes de la habitación con una mirada torva.

—No, la verdad es que no —respondió él al fin a la pregunta del anciano.

—¿Es porque no les caes bien, Rex? —preguntó Clement con sequedad—. ¿O es que no has encontrado a nadie con quien salir y que te haga sentir a gusto?

Rex resopló.

—Más bien lo último, por supuesto. Solo Gisela me entendía de verdad. —Luego se echó a reír. Era una risa bastante aguda que irritó al instante a Trudy, algo semejante a cuando alguien rasca una pizarra con las uñas—. Y también lo primero —admitió con amargura.

Clement sonrió y asintió al ver que el muchacho se sinceraba.

—No es que sea importante, ¿verdad? Se puede ser feliz estando solo.

—Sí. Me gusta leer, sobre todo ciencia ficción. Y a veces historias de miedo. — Rex se encogió de hombros—. Me sirve para evadirme de todo esto... —Agitó una mano por la habitación—. De este barrio tan aburrido... No tienes ni idea de cómo lo odiábamos...

—¿Odiábamos? ¿Te refieres a ti y a tu hermana?

—A Gisela tampoco le gustaba esto —afirmó Rex con desprecio—. Ella debería haber estado en Montecarlo, ganando una fortuna en las mesas de bacará. O en Hollywood, tras la estela de James Dean. Adoraba a James Dean. Siempre comparaba a ese idiota de McGillicuddy con él. —Rex resopló de nuevo—. Intenté decirle que no era lo bastante bueno para ella y que estaba malgastando su tiempo con un tipo así.

Ahora parecía petulante, y Trudy empezó a preguntarse, con cierta inquietud, si no estaba, como habría dicho su abuela, «en sus cabales».

—Pero Gisela no te haría caso —dijo Clement en voz baja.

—No. Yo... No pude hacérselo ver —aceptó decepcionado—. Ella solo se fijaba en su físico. Y solo sabía hablar de la tragedia que le había tocado vivir: que se había casado siendo muy joven, que había enviudado de la noche a la mañana y que había tenido que criar a esa mocosa suya...

En su silla, Beatrice volvió a moverse con inquietud.

—Rex, sabes que no tienes que responder a las preguntas de este hombre. Y creo que...

—¡No me importa lo que pienses, madre! —la interrumpió Rex de manera brusca y cruel. Sus ardientes ojos verdes irradiaban un completo rechazo—. Tampoco le importaba a Gisela. De hecho, los dos solíamos sentarnos en su habitación para burlarnos... de ti. De los dos... Porque mi padre es igual de despreciable.

Beatrice se estremeció.

—Tú y tu hermana estabais muy unidos —continuó Clement, aprovechando la incapacidad del chico para escuchar el buen consejo que le había dado su madre. Sabía que necesitaba mantener al chico hablando antes de que Beatrice tuviera la oportunidad de saber lo que estaba pasando y decidiera echarlos de su casa—. Supongo que tú también sufrirías mucho con el padecimiento de Gisela —añadió empatizando con él.

—¡Claro! ¡Y la ayudé todo lo que pude! Y traté de ayudarla cuando ese bruto..., ese completo bastardo de McGillicuddy la dejó caer —despotricó Rex—. Pero al final fue imposible. No conseguí evitar que se hundiera.

—¿Por qué no nos hablas del día en que murió? —siguió Clement con el mismo tono suave.

—¡No! —dijo Beatrice mirando al forense con ojos suplicantes.

—¡La vi! —gritó Rex, haciendo caso omiso de las objeciones de su madre y fijando su mirada en el anciano. Al menos este parecía comprender la injusticia de lo que se había hecho—. La vi tumbada en la cama, tan tranquila, quieta y hermosa... Yo había estado leyendo tebeos en mi habitación, pero tenía la puerta entreabierta y vi a mamá entrar en su cuarto. Y se quedó tan tranquila. No les oí hablar, así que sentí curiosidad. Y cuando vi a mi madre salir un rato después y bajar las escaleras para llamar a mi padre y al médico, entré en su habitación.

—¡Oh, Rex, no! Nunca lo dijiste —se lamentó su madre.

Ignorándola por completo, con los ojos todavía fijos en el forense, el joven se echó un poco hacia atrás en la silla, y sus ojos adquirieron un aspecto soñador. Clement lanzó una rápida mirada a Trudy, aliviado al ver que seguía anotando todo lo que se decía.

Asintió ligeramente con la cabeza. Muy bien. Iban a necesitar sus notas más tarde.

—La vi tumbada y supe que estaba muerta. Y entonces vi la nota... Una nota que ahora sé que ella ni siquiera escribió. ¡Oh, diablos! Tendría que haberme dado cuenta enseguida de que no la había escrito ella —dijo con verdadero disgusto—. ¡Fui un idiota! Una notita tan escueta..., sin emoción ninguna..., fría. —Miró a su madre con amargura—. Ni siquiera pude llorar por ella en ese momento —continuó en un hilo de voz—. Tan solo me quedé allí, mirándola. Sabiendo que se había ido.

Sabiendo que nunca volvería a oír su voz ni vería su sonrisa. Ella lo era todo para mí, era lo único que hacía que mereciera la pena vivir en este mundo absurdo —declaró, ajeno al melodrama del que era protagonista—. Quería gritarle, zarandearla y preguntarle por qué no me había llevado con ella. Eso es lo que más me dolió, ¿sabes? —añadió confidencial, volviéndose para mirar al anciano y asegurarse de que lo había entendido bien—. Si me hubiera dicho lo que iba a hacer, podríamos habernos ido juntos.

—¿Pactar un suicidio? —Clement suspiró, sacudiendo la cabeza.

—¿Por qué no? —quiso saber Rex, desafiante—. En cambio, allí estaba yo, abandonado a mi suerte. A veces era tan egoísta... —dijo, pero su tono de voz era más de admiración que de enfado.

—¿Cuántos años tenías entonces?

Rex se encogió de hombros, como si su juventud no hubiera tenido importancia.

—Oí que mamá regresaba y salí de la habitación justo a tiempo. Me escapé de casa cuando llegó el médico y volví a casa poco después que mi padre. —Rex soltó una carcajada sin venir a cuento—. Más tarde, cuando oí la versión de los hechos que dio a la policía, supe que ella y mi padre habían estado tramando algo, inventando alguna estúpida historia, porque no mencionaron la nota de suicidio. Tardé poco en darme cuenta de que lo estaban ocultando porque no querían un ¡escándalo!

Gritó la última palabra a su madre con tanta fuerza y odio que hasta Trudy retrocedió.

—Como si ella no mereciera un escándalo. Como si no mereciera que se hablara de ella, se la llorara, se la festejara y... Lo habría gritado desde los tejados si hubiera podido. ¡Estaba muerta! Gisela estaba muerta y todo el mundo debería haber llorado. En vez de eso, mis padres se inventaron una ridícula historia sobre pastillas que se había tomado de forma accidental. —Sacudió la cabeza y sus ojos brillaron con lo que a Trudy le pareció verdadera locura—. En aquel momento me pareció todo tan patético... Pero ahora sé hasta qué punto Gisela fue traicionada. ¡Por ti! —Se aproximó violento a su madre, con los puños cerrados, mientras esta se encogía en la silla—. No tenías derecho a hacerlo. ¿No te das cuenta, incluso ahora, tonta inútil, de lo que has hecho? ¡Lo que había planeado era una maravilla! Era inteligente y perfecto. Si no te hubieras entrometido, ese hombre habría sido ahorcado por lo que le hizo a tu hija. ¡Pero no! ¡Tuviste que ir y estropearlo todo! ¡Tenías que decepcionarla! Como siempre.

—Pero tú no la decepcionaste, ¿verdad, Rex? —preguntó Clement, alzando la voz hasta casi gritar al ver que el chico estaba a punto de lanzarse sobre su madre.

Trudy se tensó, esperando y deseando entrar en acción si llegaba a atacar a Beatrice.

Sin embargo, las palabras del forense le calaron y, en lugar de eso, se giró y se quedó mirando al anciano, con los ojos desorbitados. Clement asintió con la cabeza.

—Es obvio que eras el único aquí que realmente la comprendía —dijo tranquilizador—. Gisela y tú erais como almas gemelas, ¿no? Hemos hablado con sus amigos y todos nos han contado lo unidos que estabais.

Trudy recordó algunas de las descripciones que les habían hecho de la retorcida y malsana relación de Gisela con su hermano pequeño, y se estremeció. Pero fue lo bastante prudente como para no hablar.

—Éramos íntimos. Me quería, era la única que me quería —susurró Rex.

Al oír esto, Beatrice emitió un pequeño gemido de dolor, pero Clement estaba seguro, incluso ahora, de que aún no se daba cuenta del verdadero horror de lo que estaba por venir.

—Y cuando murió, no ibas a dejarlo así, ¿verdad, Rex? Dejar que la familia lo encubriera y la enterrara, casi con culpa, como si ella no tuviera ninguna importancia.

—¡Diablos, no! ¡Si hubiera sabido cuál era su plan, la habría ayudado! —gritó—. Nunca habría dejado que mi madre lo arruinara todo. Me habría asegurado de que Jonathan pagara por lo que le hizo, tal y como ella pretendía.

—Pero eras muy joven —dijo Clement llevando la conversación—. Un niño... No podías hacer mucho. No entonces.

—No, tienes razón. Tuve que esperar.

—Pero esperar no es suficiente —siguió Clement—. También has pensado mucho, ¿verdad, Rex? Todos estos años has estado haciendo planes. Y eran planes muy inteligentes. Planes para vengar a tu hermana.

—¿Qué? —preguntó Beatrice casi sin fuerzas.

Trudy lanzó una rápida mirada al forense.

Rex empezó a sonreír con amplitud, mostrando los dientes.

—Oh, sí. He hecho planes —aceptó con la mirada perdida.

—No ibas a dejar que el asesino de tu hermana se saliera con la suya, ¿verdad, Rex? —insistió Clement—. Porque eso es lo que pensabas de Jonathan, ¿no? Por lo que sabías, ella se había suicidado porque estaba enamorada de él, y él nunca había sido digno de ella. Y no se podía salir con la suya, ¿verdad?

—No, lógico —reconoció Rex, sonando petulante e impaciente ante una pregunta tan tonta.

—Entonces, ¿qué hiciste? ¿Cómo lo preparaste todo? Empieza por Marcus Deering —le animó Clement—. Eso fue muy ingenioso. ¿Cómo supiste de él? Quiero decir, ¿que era el verdadero padre de Jonathan? —Mientras hablaba, miró a Trudy, satisfecho de ver que, una vez más, tomaba nota con diligencia.

—Oh, eso fue fácil. Gisela sentía curiosidad por todo lo que tuviera que ver con su adorado Jonathan —se burló Rex—. Ella no soportaba que él fuera tan poco curioso sobre el padre que nunca conoció. No creo que creyera nunca la historia de su madre de que era un ignorante campesino, lo bastante estúpido como para dejar que un tractor le pasara por encima y lo matara. Siempre me decía que Jonathan tenía el físico de alguien de alta alcurnia y que no podía ser posible que su padre fuera un vulgar campesino. Y tenía razón.

Clement asintió.

—Supongo que ella debió de husmear en su casa.

—Sí. Encontró una pista en la libreta de banco de su madre. Desde hacía años, alguien le pagaba una cantidad regular. Estaba claro que tenía que ser para la manutención de su hijo. Y luego, encontró unas cartas de amor en un cajón oculto del joyero de la señora McGillicuddy. Cartas que Deering le había escrito años atrás, cuando aún estaba enamorado.

—¿Y Gisela te contaba todos sus descubrimientos?

—Oh, sí, tenía que presumir. ¡Y solo me lo dijo a mí! Ni siquiera se lo contó a él. Creo que pensaba sorprenderle con la noticia más tarde, cuando creyera que había llegado el momento. ¡Pero entonces él la dejó! ¿Cómo podía ser tan estúpido como para dejarla? —se enfureció—. En fin... —Respiró hondo y sonrió al recordarlo—. Ella se jactó durante mucho tiempo de haberse enterado. Le dije que no era para tanto, que eso no lo convertía en aristócrata, ¿verdad? *Sir* Marcus solo fue nombrado caballero por sus servicios a la industria. Pero ella dijo que eso demostraba su punto de vista: que Jonathan era de alta alcurnia y que había heredado la inteligencia y el arrojo de su padre. ¡Ja! Llevaba un negocio de jardinería de poca monta, ¡por Dios! Pero Gisela seguía insistiendo en verlo como el Príncipe Azul.

Clement necesitaba avanzar con mayor rapidez antes de que Rex cambiara de idea y comprendiera que estaba hablando más de la cuenta.

—Así que, una vez que creciste un poco y tuviste tiempo de hacer tus planes, decidiste que ya era hora de vengar a Gisela.

—Sí.

—Pero ¿qué te hizo pensar en las cartas anónimas? —dijo Clement.

A Trudy le dio un vuelco el corazón. ¿Era posible...?

—Oh, eso fue sencillo —presumió Rex—. En cuanto investigué a Deering, tuve mi primera idea de cómo podía matar a McGillicuddy y salirme con la mía. Era tan simple que daba risa: ¡prestidigitación!

Beatrice se quedó mirando a su hijo como a un extraño.

Pero, por suerte, parecía incapaz de hablar.

—¿Prestidigitación? —repitió Clement sin perder fuelle, sabiendo que era vital que el chico siguiera hablando y alardeando de su astucia—. Como ¿un mago? ¿Hacer que todos miren al lugar equivocado? Así, cuando McGillicuddy fuera asesinado, nadie miraría a tu familia. Era bastante razonable. Después de todo, McGillicuddy no tenía otros enemigos, ¿verdad? Solo te había hecho daño a ti y a los tuyos.

—Exacto. Ere un hombre inteligente, doctor Ryder —le felicitó Rex—. Necesitaba asegurarme, cuando McGillicuddy murió, de que la policía buscaba a su asesino en el lugar equivocado. Así que empecé a escribir las notas anónimas a *sir* Marcus, amenazando con matar a su hijo si no hacía lo correcto. Sabía que todo el mundo asumiría que las notas se referían a su hijo legítimo, Anthony.

—Pero, cuando Jonathan murió, sabías que se establecería su conexión con *sir* Marcus, y entonces todo el mundo pensaría que estaban buscando a un asesino rencoroso con la familia Deering —dijo Clement, forzando una sonrisa de admiración en su rostro—. Sí, eso fue muy inteligente. Y lo del incendio del almacén también encajaba, ¿no? Era otra pista falsa que complicaba todo el caso.

—¡Oh, eso! —exclamó Rex—. No me había enterado hasta que vi el artículo de Deering en el periódico local. Hablando de lo mucho que lo sentía.

—No estoy muy seguro de seguirte —dijo Clement.

Rex suspiró, como si estuviera decepcionado.

—Cuando escribí las notas, necesitaba algo que fuera lo suficientemente punzante como para sonar amenazador, pero al mismo tiempo que fuera tan ambiguo como para que significara cualquier cosa. Y «haz lo correcto» fue algo que se me ocurrió. —Se rio—. Al fin y al cabo, el hombre había surgido de la nada para convertirse en un gran millonario. No llegas a eso sin hacer algo que te remuerda un poco la conciencia, ¿verdad? Todos estos empresarios gordos son iguales. Parásitos despiadados y avaros.

—Ah, sí, ya veo —dijo Clement, esbozando una sonrisa de reconocimiento ante esa muestra de reflexión cínica que tenía mucho de cierta—. Y así, con toda la atención de la Policía centrada en ellos y en proteger a Anthony, el asesinato de Jonathan no supuso ningún problema para ti, ¿verdad? —dijo Clement con sorna—. De hecho, me preguntaba si no te habría parecido un poco decepcionante.

Rex asintió y esbozó una sonrisa que hizo que Trudy se sintiera incómoda.

—¿Sabes? Tienes toda la razón. Todo lo que tenía que hacer era seguirle hasta el jardín aquel día y, cuando llegara el momento, acercarme con sigilo por detrás, coger su pala del suelo y...

—¡Oh, Rex, no! —se lamentó Beatrice.

Su hijo se limitó a lanzarle una sonrisa cínica y desdeñosa.

—¿Se dio cuenta Jonathan de que se acercaba? —preguntó Clement con indiferencia.

—No —dijo Rex, casi avergonzado por primera vez—. No le hubiera ganado en una pelea directa. Él era más grande que yo, y más fuerte.

Rex se encogió de hombros. Por un momento, había perdido su actitud chulesca y fanfarrona.

—Ya veo... Así que, al final, tuviste que conformarte con un método bastante ordinario para despacharlo.

Rex enrojeció de manera visible.

—Te limitaste a golpearle en la nuca y, después de que cayera, le diste otro par de golpes para asegurarte de que estaba muerto. Tuviste cuidado de no dejar huellas dactilares —reflexionó, ignorando el bufido despectivo de Rex—, y te deshiciste de la ropa que llevabas puesta, solo por si acaso. ¿Me equivoco?

—La quemé en una hoguera —admitió Rex alegremente—. Así que no había salpicaduras de sangre ni pequeñas pistas que me involucraran. He leído a Agatha Christie. Ni siquiera Hércules Poirot podría encontrar pruebas de lo que yo hice.

—Y con la Policía buscando a un asesino interesado en Deering, nadie miraba hacia ti —terminó Clement—. Sí, todo fue muy inteligente. Enhorabuena —añadió secamente.

Beatrice Fleet-Wright comenzó a llorar, inconsolable, mientras su mundo se derrumbaba sin remedio.

Su monstruoso hijo la miró sin compasión.

—Supongo que ahora querrás hacer una declaración completa —dijo Clement con firmeza. Y cuando el joven vaciló, sorprendido por su actitud tan directa, el forense sonrió ufano—. Después de todo, Rex, has sido tan astuto que, a menos que confieses, es posible que todo se vuelva a esconder bajo la alfombra. —Señaló a la mujer rota que lloraba en su silla—. Si la policía no encuentra pruebas contra ti, tus padres seguirán ocultando lo que pasó de verdad. Contratarán a perspicaces abogados y nadie sabrá nunca que cometiste el asesinato perfecto. Pero, lo que es más importante, nadie sabrá nunca lo que hizo Gisela. Piénsalo, Rex —soltó Clement en voz baja—. Imagínatelo. Tú, de pie en un tribunal abierto, con todos los periodistas allí, pendientes de cada una de tus palabras, diciéndoles a todos lo maravillosa y especial que era. ¡A ella le habría encantado semejante puesta en escena! Después de todo, ¿cuántos de esos aburridos tiparracos que se sientan en la tribuna pública, o incluso los abogados que están en la defensa o en la acusación, habrían sido capaces de hacer lo que ella hizo?

El rostro de Rex se iluminó por la emoción.

—Tienes razón. ¡Nadie sabría nada!

—Exactamente. Pero ella era magnífica, ¿verdad? Incluso se sacrificó como nadie es capaz de hacerlo: ¡dando su vida! Parece sacada de una novela de Thomas Hardy —dijo Clement—. La bella y joven heroína trágica, deshecha por el amor. El despreciable plan de sus malvados padres para silenciar el escándalo. Y el triunfo de su hermano pequeño, la única persona que la amaba y apreciaba de verdad, que acudió en su rescate para vengar su honor. —Clement sacudió la cabeza—. Será espectacular, Rex.

—¡Sí! ¡Sí!

—Pero primero, debes dejar que el agente Loveday te arreste. Y luego tienes que confesarlo todo —le advirtió, con voz casi burlona.

Rex asintió, pero estaba tan absorto en el mundo de fantasía enfermiza que el forense acababa de describirle que apenas dio su consentimiento. En su fuero interno ya se hallaba preparando sus discursos para el juicio.

Trudy, algo aturdida, respondió a la significativa mirada que le dirigió el forense y, con las piernas temblorosas, se puso en pie, buscó sus esposas y se aproximó a Rex Fleet-Wright, procurando que no se le notara el nerviosismo.

Veía que el joven no estaba bien de la cabeza, y eso le imponía lo suficiente como para mostrar precaución. Aun así, se armó de valor y cumplió con su deber.

Cuando ella levantó las esposas, Rex le tendió las muñecas con impaciencia, la mirada perdida en sus pensamientos.

Trudy tomó aire y se obligó a recitar la consabida advertencia.

—Rex Fleet-Wright, debo advertirle que todo lo que diga será anotado y podrá ser utilizado como prueba.

Pero, mientras soltaba el discurso, solo podía pensar —y con cierto asombro— en que estaba arrestando a un hombre que había cometido un asesinato.

35

Cuando llegaron a la comisaría, el sargento fue el primero en fijarse en ellos. Phil Monroe observó la cara de Trudy, que mezclaba asombro y triunfo, y la expresión más seria del forense. Entre ellos llevaban a su prisionero, que miraba a su alrededor con desdén, como si estuviera en un restaurante de mala muerte. Sin perder tiempo, el sargento cogió el teléfono y llamó al inspector Jennings para avisarle de que le esperaban.

El inspector salió a recibirlos en la puerta de su despacho y, al ver al joven esposado, dirigió una mirada interrogante a Trudy. Ella sintió un nudo en la garganta.

—Señor, acabo de detener al señor Rex Fleet-Wright por el asesinato de Jonathan McGillicuddy —anunció.

Por un segundo, su superior pareció aturdido, luego atronador. Luego, estalló:

—Pero ¿qué has hecho?

Rex soltó una risita.

—Creo que también tienes que arrestarlo por las agresiones a Anthony Deering —intervino Clement con sequedad, cortando a Jennings antes de que le diera un ataque de apoplejía—. ¿No es cierto, Rex? —le preguntó suavemente.

Jennings, con los ojos muy abiertos, lanzó una mirada al joven, que asintió complacido.

—Ah, sí. Le hice unos arreglitos al coche. Fue fácil, lo leí en un manual. Y le tendí la trampa con el alambre para que se cayera del caballo. Robé el cañón espantapájaros del cobertizo de un granjero. Si quieres, te enseño dónde —se ofreció con amabilidad.

Jennings, procurando que no se le notara su perplejidad, se recompuso y movió la cabeza mientras decía:

—Ya veo. Agente Loveday, ¿podría llevar al señor Fleet-Wright a una sala de interrogatorios? Y doctor Ryder... —le lanzó una mirada feroz al forense—, ¿podría ponerme al corriente? ¡A fondo!

Trudy, contenta de alejarse del inspector, se dispuso a procesar a su prisionero con diligencia, disfrutando de la cara que ponía el oficial de fichajes cuando le leía los cargos. Apenas había rellenado el papeleo e instalado a Rex en la sala de interrogatorios cuando se abrió la puerta.

No le sorprendió ver entrar al inspector Jennings y al sargento O'Grady. El sargento le dedicó una amplia sonrisa a espaldas del inspector.

—Puede irse, agente —dijo Jennings, despidiéndola con brusquedad, y Trudy, sin ningún reparo, se hizo a un lado.

Nunca había sido tan ingenua como para pensar que le permitirían asistir a la entrevista formal, y mucho menos participar en ella, pero no le importaba.

Al fin y al cabo, ya lo había oído todo.

En lugar de eso, se dirigió a su escritorio, recibiendo miradas curiosas del resto de los agentes de la sala mientras lo hacía. Estaba claro que los rumores ya habían empezado a circular, y las miradas que recibía iban del escepticismo a la envidia, pasando por la diversión.

Clement Ryder la encontró diez minutos más tarde, delante de su máquina de escribir, completamente absorta en su labor de transcribir las anotaciones de su cuaderno. No dudaba de que el inspector Jennings no tardaría en pedírselas.

Sin embargo, cuando se acercó el forense, dejó de teclear y le sonrió cansada.

—¿Está el inspector muy enfadado conmigo? —preguntó ella.

Clement se encogió de hombros con despreocupación y se sentó frente a ella.

—Más o menos —dijo—. Pero le dije que le habías mantenido informado de lo que hacíamos, como te pedí, pero que la culminación del caso fue tan rápida e inesperada que no fue culpa tuya que acabara así... No podíamos dejar nuestra entrevista a medias y llamarle, ¿verdad? La señora Fleet-Wright se habría recompuesto y habría llamado a un abogado. Y, como le señalé, dada nuestra falta de pruebas, necesitábamos obtener la confesión de Rex con cierta urgencia.

Trudy suspiró intentando deshacerse de la tensión.

—¿Y estuvo de acuerdo con usted?

Los labios de Clement se crisparon.

—Al final. Y a regañadientes.

Trudy asintió cabizbaja.

—Anímate —dijo Clement con una sonrisa—. Pronto habrá resuelto su caso de asesinato, sus superiores se habrán librado de él y, además, se habrá ganado la gratitud eterna de *sir* Marcus. Se sentirá muy bien.

Trudy no creía que esa alegría le llegara a ella. De hecho, estaba bastante segura de que al día siguiente volvería a las calles para perseguir a carteristas y a ladrones de bolsos.

Para distraerse, miró al forense, pensativo.

—¿Cuánto sabía? ¿O adivinaba? —preguntó—. Quiero decir, ¿antes de que fuéramos a hablar con la señora Fleet-Wright? Me sorprende que usted pareciera tenerlo todo calculado incluso antes de que pusiéramos un pie en la casa.

Clement le devolvió la inocente mirada.

—Bueno, estaba bastante seguro del papel que Beatrice había desempeñado para encubrir el plan de su hija. Una vez que me pregunté por qué la mujer falsificaría una nota de suicidio y luego se presentaría ante el tribunal y asumiría la culpa por la muerte de su hija, estaba claro que había algo mucho más oscuro detrás.

Trudy suspiró.

—¡Pero incluso así! Averiguar el plan de Gisela para inculpar a Jonathan de su asesinato fue un golpe de efecto que lo cambió todo.

—Bueno, había pistas —dijo Clement con modestia—, y el robo al repartidor de la farmacia fue una de las más importantes. Pero, sobre todo, lo que aprendimos sobre el carácter de la chica muerta fue lo que más nos ayudó a comprender lo que debió de ocurrir aquella tarde.

Trudy sacudió la cabeza. El viejo era increíble. Entonces sus ojos se entrecerraron.

—¿Y Rex? ¿También sospechó lo suyo?

—¿Que había matado a McGillicuddy?

Clement vaciló unos segundos.

—A decir verdad, no había empezado a atar cabos hasta que el joven irrumpió en la habitación echando espumarajos por la boca. Por otro lado, estaba claro que alguien había matado a Jonathan —señaló Clement—. Y si dejamos de lado todo ese asunto de Deering y nos preguntamos quién tendría un buen motivo para querer muerto a Jonathan, entonces el hermano pequeño se convertía en un sospechoso plausible. Sabemos que adoraba a su hermana y que debía de estar destrozado por su muerte —señaló—. Sabemos, puesto que había vacaciones escolares, que él habría estado cerca de la casa el día que ella murió, y no era improbable que algo pudiera haber visto. Y, reconozcámoslo, una vez que empezó a hablar, no fue tan difícil inducirle a admitirlo todo, ¿verdad?

Trudy se estremeció, recordando la alegre jactancia de Rex.

—No está bien de la cabeza, ¿verdad? —dijo después de pensarlo un momento.

—No, no creo que lo esté —reconoció Clement en voz baja—. Lo cual es una verdadera lástima.

Trudy le miró desconcertada, y él le dijo en voz baja:

—¿De verdad quieres sentirte responsable de ver cómo ahorcan a un hombre, agente Loveday?

Trudy sintió un escalofrío. Nunca había pensado en lo que pasaría con él. Ella había sido la que lo había arrestado. Y había sido, junto con el médico forense, la que había reunido las evidencias que lo condenaban. ¿Qué sentiría si, dentro de un año, por ejemplo, lo ejecutaran? Se le revolvió el estómago.

Se sentía mal.

—Tal como están las cosas, acabará en algún manicomio —señaló Clement con rapidez, al ver su expresión—. Según mi experiencia, cuando estos tipos se derrumban, se vuelven locos enseguida. Los abogados defensores pronto lo declararán inimputable. Puedes apostar por ello.

Trudy respiró aliviada y luego se forzó a sonreír.

—¿Así que ni siquiera tendrá su momento de gloria en el tribunal, como le prometió?

Clement se encogió de hombros.

—Pues no. No tendrá ninguna gloria —dijo sonriendo. Luego se dio una palmada en los muslos preparándose para levantarse y marcharse—. Así que, cuando acabe el día, supongo que tú y tus compañeros saldréis a celebrarlo —añadió, echando un vistazo a la sala—. Creo que es la tradición, ¿no?

Trudy asintió. En realidad, se sentía tan agotada que lo único que quería era irse a casa con sus padres y dejar que la mimaran y la cuidaran. Pero eso no se lo iba a decir a nadie.

—Sí, probablemente —expresó con indiferencia.

El quebrantahuesos le sonrió y se levantó.

—Ha sido muy interesante, agente Loveday —dijo, y le tendió la mano. Tras un segundo de desconcierto, se levantó ella también y se la estrechó con cariño.

—Sí, doctor Ryder, lo ha sido —reconoció. Y sintió que un rayo de tristeza la atravesaba cuando el anciano se dio la vuelta para marcharse. Iba a echarle de menos, a pesar de lo irritante y molesto que podía llegar a ser.

Entonces, justo cuando estaba a punto de alejarse de su mesa, volvió a mirarla con ojos brillantes.

—Ahora que el inspector Jennings ha sentado un precedente, puede que haya otros casos que pasen por mi mesa y que haya algo en ellos que me parezcan sospechosos.

Trudy parpadeó y empezó a sonreír.

—Es una posibilidad, doctor —dijo con cautela.

—Si eso ocurre, puede que necesite ayuda.

—Entiendo, señor —aceptó con creciente confianza.

—Y si la necesito, el inspector Jennings podría recordar lo bien que funcionó la última vez que te nombró para ese cargo.

Trudy parecía menos segura.

—Especialmente si le dejo claro lo molesto que puedo ser si no me da lo que quiero —añadió con modestia el doctor Clement Ryder, al tiempo que se ponía el sombrero.

Trudy podría haber besado al quebrantahuesos. En su lugar, inclinó la cabeza y dijo con sencillez:

—Hasta la próxima, doctor Ryder.

Agradecimientos

Con mi mayor agradecimiento al señor Ken Wells —agente de policía jubilado—, al señor N. Gardiner, de la Oficina Forense de Oxford, y al Museo del Autobús de Oxford.

www.ingramcontent.com/pod-product-compliance
Lightning Source LLC
LaVergne TN
LVHW091632070526
838199LV00044B/1028